자연 속 숲길을 찾아서 I

자연 속 숲길을 찾아서 I

펴 낸 날 2022년 4월 25일

지 은 이 임석원
펴 낸 이 이기성
편집팀장 이윤숙
기획편집 이지희, 윤가영, 서해주
표지디자인 이지희
책임마케팅 강보현, 김성욱
펴 낸 곳 도서출판 생각나눔
출판등록 제 2018-000288호
주 소 서울 잔다리로7안길 22, 태성빌딩 3층
전 화 02-325-5100
팩 스 02-325-5101
홈페이지 www.생각나눔.kr
이 메 일 bookmain@think-book.com

• 책값은 표지 뒷면에 표기되어 있습니다.
ISBN 979-11-7048-376-2 (03810)

자연과 하나 되는 숲 나들이

자연 속 숲길을 찾아서 I

(서울과 경기도, 충청도, 강원도 편)

임석원 지음

차례

2부 충청도

3부 강원도

책을 내면서

※ 우리나라 직장 근로자들은 2000년 전후로 격주 토요일 휴무를 시작하였다. 2005년을 지나면서 거의 모든 직장인이 주 5일 근무(매주 토, 일요일 휴무)를 하였다. 주 5일 근무제도가 정착되면서 많은 사람들이 토·일요일에 여행을 다니기 시작하였다. 연, 월차 휴가를 사용하여 짧게는 3~4일, 길게는 10일 이상 해외로 여행을 가는 사람들도 늘어났다.

2020년 봄부터 코로나 감염위험으로 해외여행이 사실상 중단되었다. 세계적으로 이름난 관광지에 갈 수가 없게 되었다. 국내에서도 사람들이 많이 찾는 이름난 여행지에 가는 것은 조심스러워졌다. 여행 문화가 바뀌었다. 유명한 곳보다는 조용한 곳을 선호하게 되었다. 코로나 사태가 장기화되자 매스컴과 인터넷에서 언택트(다른 사람들과 접촉이 많지 않은) 여행지를 소개하였다.

나는 해외에서 근무하던 중 그 나라의 내전 상황으로 50 중반에 귀국, 은퇴할 수밖에 없었다. 은퇴 후의 삶을 제대로 준비하지 못한

채 은퇴한 꼴이 되었으니 몹시 당황하였다. 그러나 곧 내가 나이가 들었음을 인식하고, 어느덧 중년과 장년을 지나 노년을 향해 가고 있음을 받아들였다. 가계를 꾸려가기 위하여 주 3일 일자리에 취업하였다. 급여는 적었지만 내 시간이 많아졌다. 읽고 싶었던 책을 읽고, 평일에 여행을 다닐 수 있어서 좋았다.

2018년 12월에 내가 다니던 주 3일 근무 일자리가 없어지면서 나는 더 이상 일을 하지 않기로 마음먹었다. 일자리에서 떠난 후 2019년 1월부터 3년 동안 나는 국내여행을 다녔다. 지방마다 좋은 여행지가 많이 있다. 그 중 나는 자연 속에 들어가서 걸을 수 있는 숲길을 택하였다. 주로 평일에 여행을 다녔으니 그야말로 언택트 여행을 한 셈이다. 아내와 둘이, 친구와 둘이 조용한 자연 속으로 여행을 다녔다. 공휴일에는 한음회 친구들과 어울려서 여행을 다녔다. 때때로 가족여행도 다녔다.

문화생활이라는 이름으로 현대인들을 붙들고 있는 도시에서 벗

어나 자연 속으로 들어가 보자. 현대 문명의 소산인 인공 건축물이 보이지 않고 소음이 들리지 않는 자연, 그곳은 모든 생명의 근원지이다. 그 안에는 온갖 생명체와 무생물이라 하더라도 자연을 이루는 개체들이 다 모여 있다. 그리고 각각의 개체들이 자기의 영역을 지키며 서로서로 상부상조하며 살고 있다. 이러한 자연 속에 들어가 오감으로 자연을 인식하고 그 일원이 되어 노는 것이 어쩌면 최고로 좋은 여행이지 않을까?

혼자서 사색하며, 사랑하는 사람(가족)과, 또 친구와 함께 도란도란 이야기를 나누며 자연 속 호젓한 숲길을 걸어보자. 자연 속 숲길을 찾아가 걷는 것은 한창 일하는 사람들에게는 힐링이 되는 '놀이'이다. 은퇴자들에게는 늙어가는 심신을 건강하게 하는 '운동'이다. 모든 사람에게 동등한 가치를 제공하는 자연의 품 안에 들어가 걷고 놀기를 권하고 싶다.

이 여행기가 평생 수고하고 열심히 살아온 선배들과 동료들 또 후

배들의 삶의 여정에 참고가 되기를 바랄 뿐이다. 여행지를 선정하면서 또 여행하면서 그리고 여행 후 이 글을 쓰면서 내가 생각하고 느끼고 감동 받은 것들을 적었다. 이 책을 읽고 같은 여행지에 가면 크게 도움이 되리라 믿는다. 이 책을 읽는 분들 모두가 알차고 아름답고 멋진 삶을 살기를 바라는 마음 간절하다.

감사합니다.

2022년 4월

임석원

자연 속 숲길을 찾아서 I

1부

서울과 경기도

남산 둘레길

❖ 남산의 이른 봄

4월 초 따뜻한 봄기운이 돌기 시작하는 때, 서울에 사는 친구와 남산에 오르기로 했다. 이 친구는 내가 은퇴한 후 한 달에 한 번씩 만나며 가장 가까이 지내는 친구다. 11시에 충무로 남산골 한옥마을에서 만나기로 했다. 이곳에는 각기 다른 우리나라 전통가옥 5채가 복원되어 있다. 외국인 관광객들이 한옥을 보러 찾는 곳이기도 하다. 하지만 우리에게는 그저 서울의 도심 공원으로 보인다. 한옥만 있는 곳이 아니고 남산 자락의 넓은 부지 위에 한국식 정원이 잘 조성되어 있기 때문이다.

더운 여름철에 오면 우리는 왼편에 있는 연못(청학지)을 바라보는 시원한 정자(천우각)에서 만난다. 봄가을에는 먼저 온 사람이 1시 방향으로 올라가다가 국악당 앞쪽에 있는 벤치에서 만난다. 벤치 옆으로 흐르는 작은 물길 건너 위에 있는 정자(청류정)나 조금 더 올라가서 연못(관어지) 옆에 있는 정자(관어정)에서 만나기도 한다. 왼편에 서울천년타임캡슐을 묻어 둔 광장도 있고 다른 정자들도 있으니 걷기 좋은 길을 따라 두루 돌아볼만 하다.

우리는 11시에 국악당 앞 벤치에서 만났다. 위로 올라가 후문을 지나 오른쪽 남산 방향으로 올라갔다. 남산 1호 터널과 퇴계로 사이 도로 위 육교를 건너 왼쪽 터널을 통과하면 서울 시청 남산별관, 중부공원녹지사업소가 나타난다. 이 건물을 지나 4시 방향으로 급하게 우회전하여 올라가면 남산 북측 둘레길에 들어선다. 바로 앞에 예쁘게 가꾼 작은 꽃밭이 있고 옆에 벤치도 있다. 우리는 아직 쉴 때가 아니니 바로 왼쪽, 남산 방향으로 걷기 시작하였다. 이 길은 완만하여 남녀노소 누구나 걷기에 좋다.

우리가 걷는 둘레길 옆 실개천을 따라 버들강아지가 새순을 돋우고 있었다. 둘레길 양옆에 심긴 벚나무에는 꽃망울이 맺히기 시작하였다. 산 아래 줄지어 심긴 개나리도 곧 노란 꽃망울을 터뜨릴 자세다. 산등성에는 노란 꽃을 피운 산수유인지 생강나무인지가 보였다. 양지바른 곳에는 분홍빛 꽃망울을 틔운 성급한 진달래도 눈에 띄었다. 산에 심긴 나무들은 아직도 물을 빨아들일 준비가 안 되었는지 마른 가지 그대로였다. 그래도 머지않아 봄이 왔음을 알고 뿌리는 물을 펴 올리고 잎은 자라나서 광합성을 하며 생장하리라.

둘레길 중간중간에 쉼터가 있다. 길가에 벤치뿐 아니라 정자도 있고 화장실도 있다. 우리나라의 공공 편의시설은 세계 어느 나라와 견주어도 뒤지지 않는다. 좌측으로 장충단공원과 동국대 방향으로 내려가는 길을 지나면 석호정(국궁장)이다. 석호정을 지나 조금 더 가면 좌측에 장충체육회 체력단련장이 있고 우측에 남산타워로 오르는 계단이 있다. 이 지점에서 우리는 계속 돌아서 남측 둘레길로 갈지 남산 서울타워로 오를지 결정한다. 이날 우리는 남산 정상으로 올라가기로 했다.

이곳에서 남산 정상까지 결코 짧은 길이 아니다. 계단으로 잘 정비된 오르막을 땀을 흘리며 계속 올라가야 한다. 남산 서울타워가 있는 정상까지 쉼터가 세 곳 있다. 우리는 컨디션이 크게 나쁘지 않는 한 첫 번째 쉼터와 두 번째 쉼터를 지나치고 세 번째 쉼터에 이르러서야 쉰다. 다리 근육을 튼튼히 하기 위하여 오르막 계단을 쉬지 않고 오른다. 이날도 세 번째 쉼터에 가서야 가쁜 숨을 돌리고 땀을 닦고 물을 마셨다. 세 번째 쉼터에는 우리가 편히 앉을 수 있는 정자와 벤치가 있다. 그 옆에는 운동기구가 몇 개 있어서 몸을 풀기도 좋다.

다른 때에는 이곳에서 과일과 김밥으로 점심을 먹기도 한다. 그러나 이날 친구와 나는 남대문시장에 가서 점심을 먹기로 했다. 아직은 차가운 날씨여서 야외에서 김밥을 먹고 배탈이라도 나면 안 된다. 조금 위로 올라가니 남산으로 올라오는 자동차도로다. 남산(정상) 버스

정류장과 화장실을 지나 경사진 오르막을 계속 올라갔다. 드디어 서울타워 앞 광장에 도착하였다. 우리는 남산 정상에 올라오면 늘 하던 대로 우측에 있는 전망대에서 서울 강북을 조망하고 잠시 쉰다. 뒤편 남산 서울타워 휴게실에 들어가 강남도 조망한다.

우리는 서울타워 휴게실에서 나와 남산 꼭대기 팔각정으로 갔다. 그 아래 봉수대를 돌아보고 남산의 남서쪽 계단으로 내려왔다. 케이블카 승강장을 지나 남서쪽으로 내려오는 계단 좌우로는 나무가 많지 않다. 좌측은 성곽이고 우측은 케이블카 승강장이기 때문이다. 그 대신 앞이 탁 트여 있어서 서울의 남서쪽을 내려다보기에는 좋다. 친구와 나는 여름에 이 계단을 내려오면서 아름다운 석양 노을을 감상하기도 하였다.

계단을 다 내려오니 성급한 벚나무가 벌써 벚꽃을 피우고 있었다. 머지않아 남산 둘레길에도 벚꽃이 만발하리라. 좌측으로 화장실이 있고 계단 맞은 편에는 운동기구들이 있는 체력단련장이다. 체력단련장 앞에서 우회전하면 북측 둘레길로 내려가는 길이다. 우리는 좌회전하여 길을 따라 교육연구정보원(오래전에 어린이회관) 건물 앞 광장으로 갔다.

안중근 의사가 생전에 말씀하시던 유묵(遺墨, 살아 있을 때 써둔 필적)

을 돌아보았다.

見利思義 見危授命(견리사의 견위수명, 이익을 보거든 정의를 생각하고 위태함을 보거든 목숨을 주라.)
國家安危 勞心焦思(국가안위 노심초사, 국가의 안위를 걱정하고 애태운다.)
爲國獻身 軍人本分(위국헌신 군인본분, 나라를 위해 몸 바침이 군인의 본분이다.)
一日不讀書 口中生荊棘(일일부독서 구중생형극, 하루라도 책을 읽지 않으면 입안에 가시가 돋는다.)

현재 우리나라에 국가의 독립을 위해 목숨을 바친 안중근 의사 같은 지도자가 있는가? 이익을 보거든 정의를 생각하는 사람이 있기나 한가? 안중근 의사의 동상 앞에 서서 그분을 바라보자니 죄송하고 숙연한 마음이 들었다. 우리 모두- 특히 각계각층의 사회 윗자리에 있는 사람들이 -나라와 민족의 역사 앞에서 부끄러운 삶을 살지 않아야 하는데! 현실을 보면 안타까울 따름이다. 어찌하면 좋은가?

그 옆에 안중근 의사 기념관이 있다. 들어가서 그분의 일생을 살펴보고 우리 모두 좀 더 나은 삶을 살기 위하여 인생관을 재정립할만한 곳이다. 이날은 월요일이어서 휴관이었다. 우리는 전에 들어가 보았다. 친구와 나는 남산공원을 내려와서 늦은 점심을 먹으러 남대문시장 갈치 골목으로 갔다.

❖ 남산 단풍구경

11월 초순 어느 날 서울에 사는 죽마고우와 세종호텔 앞에서 만났다. 소파로를 막아놓고 공사 중이어서 남산 방향으로 올라갈 수가 없었다. 우리는 4호선 지하철 명동역을 통과하여 명동 주민센터와 퍼시픽호텔 사이 골목길로 남산을 향해 올라갔다. 소파로의 오른편에 있는 남산 돈가스 식당들을 지나 좌측으로 길을 건너 남산으로 오르는 계단으로 진입하였다. 계단으로 오르니 길 양편의 단풍이 우리를 반겨주었다. 노랗고 빨갛고 갈색의 단풍잎이 떨어져 양탄자를 깔아 놓은 듯 계단 위를 장식하고 있었다.

이 계단은 완전히 다른 세계로 들어가는 통로다. 각종 나무들이 숲을 이루어 계단 양옆과 위로 하늘까지도 감싸고 있다. 이 계단을 오르면 사람과 차량으로 번잡한 도심의 시끄러운 소리가 들리지 않는다. 새소리와 바람 소리, 나뭇가지가 바람에 흔들리는 소리가 주위를 채운다. 도시의 찌든 냄새 대신 산속 숲 냄새가 난다. 서울도심 한가운데 이렇게 멋진 남산이 있다는 것은 놀라운 축복이다.

계단을 다 오르면 남산 북측 둘레

길을 만난다. 우리는 왼쪽 오르막길로 걷기 시작하였다. 늦가을 남산의 단풍이 나무 위에도 달려있고 둘레길 옆에도 쌓여있으니 보기에 좋았다. 평일인데도 단풍구경 나온 사람들이 제법 많았다. 우측에 있는 와룡묘를 지나 조금 가면 좌측에 하늘이 탁 트인 장소에 쉼터가 있다. 그곳에서 남산 서울타워 쪽을 바라보니 소나무가 모여 있는 곳을 제외하고는 온통 갈색으로 변해 있었다.

북측 둘레길 중간쯤 갔을까? 길옆의 단풍들이 불이라도 붙은 듯 울긋불긋 빛나고 있었다. 빨갛고 노란 단풍이 어울려 있는 곳에 햇빛이 파고들고, 형형색색의 단풍들이 살랑대는 바람에 흔들리니 붉고 노란 불꽃이 훨훨 이글거리는 듯하였다. 많은 사람들이 그 앞에서 사진을 찍고 있었다. 친구와 나도 황홀하리만치 멋진 광경을 사진에 담지 않을 수 없었다.

석호정을 지나고 장충체육회를 지나 계속 나아가서 남측 둘레길로 접어들었다. 이날 우리는 남산 정상에는 올라가지 않고 둘레길만 천천히 걷기로 했다. 친구가 1주일 전부터 종아리에 통증이 와서 몸 상태가 평상시 같지 않았기 때문이다. 병원에 다니면서 며칠 쉬었지만 좋아지지 않았는데, 이날 나랑 만나 담소하며 걸으니 기분이 좋아지고 몸도 회복되는 것 같다고 했다.

남측 둘레길은 숲을 뚫고 가는 좁은 산길이니 북측 둘레길보다 더 운치가 있었다. 길옆 큰 나무 아래 낙엽이 수북이 쌓여있었다. 하얏트호텔 뒤 공원에 이르니 우리가 걷는 길 위에 갈색과 노랑, 빨강 단풍이 가득하였다. 프랑스 시인 구르몽(1836~1915)의 시 「낙엽」의 한 구절 "시몬, 너는 좋으냐? 낙엽 밟는 소리가"가 저절로 떠올랐다. 또 한 구절이 따라왔다. "우리도 언젠가는 낙엽이리니"

낙엽

시몬, 나무 잎새 져버린 숲으로 가자
낙엽은 이끼와 돌과 오솔길을 덮고 있다
시몬, 너는 좋으냐? 낙엽 밟는 소리가

낙엽 빛깔은 정답고 모양은 쓸쓸하다
낙엽은 버림받고 땅 위에 흩어져 있다
시몬, 너는 좋으냐? 낙엽 밟는 소리가

해 질 무렵 낙엽 모양은 쓸쓸하다
바람에 흩어지며 낙엽은 나지막이 외친다
시몬, 너는 좋으냐? 낙엽 밟는 소리가

발로 밟으면 낙엽은 영혼처럼 운다
낙엽은 날갯소리와 여자의 옷자락 소리를 낸다
시몬, 너는 좋으냐? 낙엽 밟는 소리가

가까이 오라, 우리도 언젠가는 낙엽이리니
가까이 오라, 밤이 오고 바람이 분다
시몬, 너는 좋으냐? 낙엽 밟는 소리가

저만치 가는 가을을 붙잡으려는 양 빨갛게 달아오른 단풍나무가 보였다. 그 옆에 노란 은행잎을 가득 달고 있는 큰 은행나무가 서 있었다. 두 나무 아래 빨간 단풍잎과 노란 은행잎이 수북이 쌓여 있었다. 그곳에 아이를 데리고 나와 사진을 찍어 주는 젊은 엄마가 있었다. 그 아름다운 광경에 상상의 프레임을 갖다 대니 멋진 미술작품이 되었다. '파란 하늘 아래 빨강과 노랑의 단풍이 가득 찬 캔버스, 그 속에서 노는 아이와 사진 찍는 엄마' 멋진 그림이지 않은가!

우리는 길옆 한쪽에 있는 탁자에 앉았다. 파란 가을 하늘 아래 울긋불긋 단풍으로 물든 아름다운 자연 속이다. 우리는 각자 배낭에 싸온 사과와 감, 김밥과 두유를 꺼내 점심으로 먹었다. 서로 아무것도 숨길 수 없는 죽마고우다. 어떤 이야기도 나눌 수 있는 친구다. 친구지간에 허심탄회하게 이야기를 나누며 먹고 마시니 이보다 더 좋은 시간이 또 있을까?

아무리 돈이 많고 권력을 쥔 자리에 있다 한들 함께 할 친구가 없으면 무슨 소용인가? 그냥 있는 그대로 속내를 드러내고 마음 편하게 떠들고 웃을 수 있는 친구가 있어야 한다. 돈과 권력이 결단코 좋은 인생을 보장해주지 못한다. 죽마고우 중에 이런 말 하는 친구가 있다. "예쁜 여자도 좋지만 내 맘 편하게 해주는 마누라가 최고야." 친구도 그렇다. 돈 많고 윗자리에 앉아서 행세하며 잘나가는 친구보다 나랑 자주 어울려 노는 친구가 제일이다.

우리는 빨갛고 노란 단풍이 떨어져 수북이 쌓인 길을 걸어서 남산 서울타워에서 내려오는 도로로 나왔다. 남산도서관으로 내려와서 우측으로 돌아 안중근 의사 유묵(遺墨)과 교육연구정보원을 지나 남산으로 오르는 계단 쪽으로 갔다. 이쯤에서 남산 서울타워를 바라보는 가을 경치도 일품이다. 남산으로 오르는 계단과 그 옆 화장실과 그 앞 운동기구들이 있는 체력단련장을 지나 아래쪽 계단으로 내려왔다.

계단을 다 내려와서 우측으로 북측 둘레길로 들어섰다. 조금 걷다 보면 우측 산기슭에 목멱산 호랭이(전에 목멱산방, 남산도 식후경)라는 멋진 식당이 나온다. 식당을 지나 좌측에 조지훈 시비가 있다. 조금 더 올라가면 오전에 우리가 올라온 계단이다. 남산 둘레길 북측과 남측을 모두 합치면 7.5km다. 세종호텔에서 남산 입구 계단까지 700~800m쯤 되니 왕복 1.5km다. 그러니 이날 친구와 나는 족히 9km쯤 걸은 셈이다. 운동도 하고 친구도 만나 좋은 시간을 보내니 일석이조가 아닌가?

북한산 우이령길

10월 하순 아내와 나는 북한산 단풍을 즐기며 걷기 좋은 우이령길에 갔다. 이 길은 북한산 둘레길 마지막 코스 21구간으로 강북구 우이동과 양주시 장흥면 교현리를 이어주는 고갯길이다. 아주 옛날부터 사람들이 다니던 길인데 1969년 1·21 사태(북한 무장군인들의 청와대 습격기도 사건) 이후 일반 시민들의 통행이 금지되었다.

2008년 민주화 물결의 영향으로 이 길의 통행을 재개하여야 한다는 여론이 일어났다. 이명박 대통령-오세훈 시장 시절인 2009년

7월, 폐쇄된 지 40년 만에 제한적 탐방이 시작되었다. 환경훼손을 최소화하기 위하여 하루 1,000명(우이탐방지원센터 입장 500명, 교현탐방지원센터 입장 500명)만 입장이 허용된다. 미리 최소 하루 전에 탐방예약을 해야 들어갈 수 있다.

우이탐방지원센터와 교현탐방지원센터 사이의 거리는 4.5km다. 하지만 대중교통을 이용하여 이 길에 가게 되면 전체 걷는 거리는 약 7km쯤 된다. 우이경전철 종점인 북한산 우이역이나 우이동 버스종점에서부터 우이탐방지원센터까지 거리가 2km 정도 되고, 교현탐방지원센터에서 의정부에서 서울로 들어가는 버스 타는 큰 도로까지 500m쯤 되기 때문이다. 왕복하면 10~13km쯤 된다.

아내와 나는 대중교통을 이용하여 우이경전철의 종점인 북한산 우이역으로 갔다. 우이역에서 우이령길 탐방지원센터 방향으로 조금 가다 보면 길이 둘로 갈라진다. 어느 쪽으로 가도 우이령길 입구로 간다. 우리는 좌측 북한산 기슭으로 난 길을 따라 걸었다. 단풍이 한창인 숲길이어서 쾌적하고 좋았다. 길의 좌측 산기슭에 우거진 나무들은 말할 것도 없고 우측에 심겨진 나무들도 단풍들을 뿜어내고 있었다.

탐방지원센터에서 예약자 확인을 하고 탐방 길을 오르기 시작하였다. 오른다고 했지만, 나이 많은 사람이나 어린아이도 큰 부담 없이 걸을 수 있는 좋은 길이었다. 길도 마사토로 아주 평탄하게 잘 깔아 놓았다. 날씨도 화창하고 그지없이 좋은 날이었다. 평일이니 탐방객도 많지 않았다. 사람들이 북적대지 않으니 숲길을 걷기에도, 단풍을 감상하기에도 좋았다.

초입부터 단풍이 절정이었다. 어쩌면 모든 생물의 아름다움이 막바지에 절정인가보다. 1km쯤 걸었을까? 우이역에서부터 치면 3km쯤 걸은 셈이다. 우리는 북한산이 올려다보이는 멋진 곳에 있는 나무 탁자를 발견하고 그곳에 앉았다. 주위의 알록달록 아름다운 단풍들과 골짜기를 건너 멋지게 솟은 북한산 봉우리를 바라보며 한참을 쉬었다.

일어나 다시 걷기 시작하였다. 몇백 미터 가지 않아서 좌측으로 또 멋진 단풍나무 숲이 있었다. 햇살이 옆에서 비쳐 드니 단풍들이 눈부시게 아름다웠다. 아내와 나는 그곳의 아름다운 풍경 속으로 들어가 보지 않을 수 없었다. 그 숲에 들어가니 휴식할 수 있는 탁자와 벤치가 있었다. 한곳에 앉으니 사방으로 울긋불긋 단풍들이 빛나고 있었다. 가히 환상적인 세계였다. 다시 일어나 우이령 고개를 지나 조금 내려가니 우측으로 도봉산 오봉을 바라보는 전망대가 있었다. 오봉에 얽힌 설화를 읽고 멋지게 보이는 다섯 개의 바위 봉우리를 감상하였다.

오봉 전망대에서 나와 교현리 쪽으로 내려갔다. 오후 늦은 시간이 되자 탐방객들이 보이지 않았다. 얼마쯤 내려가니 오른편에 넓은 광장이 나오고 석굴암으로 들어가는 길이 있었다. 시간이 늦어 그곳에는 다음 기회에 가보기로 하고 교현리로 빠져나왔다. 이날 우리는 전부 7km쯤 되는 산속의 아름다운 단풍 길을 걸었다.

그다음 해 가을 서울 선배 부부를 포함한 한음회 친구들, 서울과 분당지역에 사는 일곱 사람이 우이령길 단풍구경을 갔다. 우리 모두는 우이경전철 종점인 우이역 2번 출구에서 만났다. 전년도와 마찬가지로 우리는 우이탐방지원센터로 가는 두 갈래 길 중 좌측 북한산 기슭 길로 올라갔다. 이 길부터가 아름다운 단풍 길이다. 우이탐방지원센터에서 우리 일곱 사람의 명단을 확인하고 우이령길을 걷기 시작했다.

자동차 소리 하나 들리지 않고 아파트 하나 보이지 않는 숲 속 길이다. 바람이 이는 소리와 나뭇잎이 살랑대는 소리, 간간이 들리는 새소리 그리고 우리들의 재잘거리는 소리만이 숲 속을 채우고 있었다. 보이는 건 흙길과 길 양옆의 나무와 단풍, 그리고 맑고 푸른 가을 하늘과 흰 구름이다. 여기가 서울에서 가장 아름다운 숲길이 아니라면 어디겠는가?

우리는 우이령 고개 조금 못 미쳐 좌측에 있는 단풍나무 숲 휴식 장소로 들어갔다. 탁자의 양편 의자에 앉아서 싸온 도시락으로 점심을 먹었다. 어디를 가든지 각 집에서 싸온 반찬을 펼쳐 놓으면 어디 내놓아도 손색이 없는 가정식 뷔페 정식이다. 집집이 인당 1.5인분 정도로 음식을 싸오니 언제나 배불리 먹는다. 이러니 한음회 친구들 모두가 통통하다. 살이 빠질 턱이 없다.

점심 먹는 자리 주위의 단풍이 울긋불긋 너무나 아름다웠다. 점심을 먹고 우리는 단체로, 커플별로, 또 혼자서도 사진을 찍었다. 우이령 고갯길을 지나 조금 내려가서 도봉산 오봉이 보이는 전망대에 이르렀다. 오봉을 바라보고 있는 네 여자의 뒷모습을 찰칵! 그리고 돌아서서 오봉을 배경으로 또 한 번 찰칵!

이날 우리는 교현리 방향으로 내려가다가 우측에 있는 석굴암이라는 절로 올라갔다. 오봉 아래 석굴암에 올라가 사찰을 구경하고 불교 경전이 들어 있는 윤전대(마니차, 이 장치를 돌리면 경전을 읽는 효과가 있다고 함) 쪽으로 내려왔다. 윤전대 주위에 오래된 소나무가 몇 그루 있었다. 늦은 오후에 사람들이 없으니 세외 신선 세계처럼 보였다. 우리는 그곳 신선들이 앉을만한 곳에 자리를 펴고 앉았다. 간식을 먹고 커피를 마시며 시간 가는 줄 모르고 담소하였다. 해가 서쪽 산으로 완전히 기울어져서야 우리는 자리를 털고 일어났다.

우이동으로 되돌아와서 그냥 헤어질 수가 있는가? 특별한 저녁을 먹으러 전철을 타고 장충동 족발집으로 갔다. 족발 두 접시를 해치우고 막국수도 두 쟁반을 먹었다. 모처럼 서울 나들이를 하였는데 식사만 하고 헤어질 수 있겠는가? 우리는 도로 건너 맞은편 태극당 제과점으로 자리를 옮겼다. 자리를 잡고 앉아서 차와 함께 팥이 가득 든 찹쌀떡을 또 먹었다. 행복이란 마음에 맞는 사람들과 한 상에 둘러앉아 음식을 나눠 먹고 담소하고 웃고, 이런 것 아니겠는가?

이 얘기 저 얘기를 나누다 보니 우리는 시간 가는 줄 모르고 밤늦게까지 앉아 있었다. 조용한 제과점에서 담소하는 우리의 모습이 불현듯 어느 영화 속의 한 장면과 오버랩되었다. 평화로운 저녁 조용하고 아늑한 식당에서 노부부 몇 커플이 담소하며 저녁을 먹는 장면…, 이날 저녁 우리의 모습이 바로 그 영화 속 주인공들의 모습이 아니었을까?

과천 대공원

❖ 대공원 둘레길과 국립현대미술관

1월 하순 어느 날 서울에 사는 친구와 과천 대공원역에서 11시에 만났다. 이날 우리는 과천 대공원 둘레길(산림욕장길)을 걷고 현대미술관에 가기로 했다. 둘레길을 돌다가 점심 먹으러 내려올 수는 없다. 대공원역 주위에는 마땅한 식당도 없다. 좀 추웠지만 우리는 김밥과 인스턴트 국으로 둘레길 양지바른 곳에서 점심을 먹기로 했다. 동물원 정문으로 올라가서 우측으로 가거나, 호수의 다리를 건너기 직전 우측 산으로 올라갔다가 호수로 내려와 수변길을 지나 올라가면 대공원 둘레길이 나온다. 2021년부터 둘레길 입장이 무료이다. 2020년 말까지는 동물원 입장료를 내고 동물원으로 들어갔었다.

대공원역에서 둘레길 입구까지 약 1.5km다. 둘레길은 평지에서 산으로 올라가는 계단으로 시작된다. 우리는 이미 1.5km나 걸었으니 오르막을 오르는 게 만만치 않았다. 그래도 오르막이 길지 않아 다행이었다. 오르막길을 다 오르고 조금 걷다 보니 금방 작은 소나무 숲이 나타나고 벤치가 하나 있었다. 우리는 벤치에 앉아서 땀을 닦고 물을 마시고 커피도 마시면서 쉬었다.

평일이고 코로나 사태로 사람들이 많지 않았다. 우리가 쉬는 동안 지나간 사람은 부부 한 쌍이 전부였다. 좀 쉬고 일어나서 본격적으로 둘레길 걷기에 들어갔다. 내리막길에는 1월 중순에 내린 눈이 녹지 않아서 아이젠을 착용하고 내려갔다. 조금 더 진행하니 선녀 못이 있는 습지가 나왔다. 습지 위에 덱 길이 있고 앉을 자리도 있었다. 그렇지만 눈이 녹지 않고 여전히 습지를 뒤덮고 있어서인지 사람들이 쉬고 간 흔적이 없었다.

다시 눈 덮인 오르막을 오르니 평평한 지역이 나왔다. 그곳에는 햇볕이 들어 따뜻하여 눈이 다 녹았다. 벤치가 여기저기 몇 개 놓여 있었다. 한 탁자에서 여자들 넷이 점심을 먹고 있었다. 벌써 점심 먹을 시간인가? 시계를 보니 12시였다. 우리는 1시쯤 점심을 먹기로 하고 계속 걸었다. 어느새 '얼음골 숲'에 도착하였다. 이곳은 여름에 숲의 계곡에서 나오는 공기가 시원하게 느껴져 쉬기 좋은 장소이다. 덱 바닥 위에 큰 쉼터가 있고 그 위에 식탁과 의자가 네 세트 놓여 있었다. 그곳에 햇볕이 드니 남자 둘씩 두 팀이 점심을 먹고 있었다.

비어 있는 식탁이 있었지만, 사람들이 있는 데서 점심을 먹자니 좀 꺼려졌다. 사람을 만나면 반가워해야 하는데 코로나 사태로 서로 피하는 세상이 되었다. 언제 이런 상황이 끝날는지…? 그곳에서 더 나아가 오르막을 오르니 정자와 벤치가 있었다. 이날 다행히 바람이 불지 않고 햇볕이 그곳에 들었다. 정자에는 들어가지 못하도록 테이프로 둘러놓았다. 우리는 벤치에 앉아서 과일을 먹고 김밥과 뜨거운 국(일회용기에 건더기와 수프를 넣고 뜨거운 물을 부어 먹는 국)으로 점심을 먹었다. 햇볕이 드니 추위를 느끼지 않고 따뜻해서 좋았다. 점심을 먹고 커피를 마시면서 편하게 쉬었다.

일어나서 조금은 가벼워진 배낭을 메고 다시 걷기 시작하였다. 조금 가자니 전망대가 나왔다. 둘레길(산림욕장)의 전체 거리는 7.2km다. 전망대는 우리가 출발한 동물원의 호주관 입구에서 2.8km, 또 다른 입구, 현대미술관에서 가까운 북문, 산림전시관에서 4.4km 지점에 위치해 있다. 여름에 둘레길을 돌다가 이곳에 서면 시원한 바람이 불어와 땀을 식혀주고, 눈앞에 멋진 풍경이 펼쳐진다. 좌우의 산에 둘러싸여 숲 속에 있는 아늑한 동물원, 그 앞의 호수와 그 위 하늘길로 오가는 리프트, 멀리 과천과 관악산이 보인다.

시계를 보니 1시 반이었다. 시간은 잘도 간다. 우리는 2시에서 4시 사이에 현대미술관에서 한국 근·현대미술을 감상하기로 예약해 두었다. 빨리 가도 2시 반은 지나야 미술관에 도착한다. 친구랑 나는 바빠졌다. 전망대를 지나쳐 빠른 속도로 걸었다. 금방 '쉬어가는 숲'에 도착하였다. 이곳은 둘레길 7,2km의 중간 지점이어서 쉬기에 적당한 장소이다. 여기저기 앉는 자리도 많다. 친구와 나는 대공원 둘레길에 오면 통상 이곳에서 점심을 먹고 쉰다.

어느 해인가 이른 봄에 이곳에 와서 나는 경이로운 자연 현상을 목격했다. 겨울의 찬 공기가 아직 골짜기에 머물러 있는데도 어떤 나무는 연녹색의 큰 잎을 벌써 피우고 있었다. 주위 다른 나무들은 잎을 틔울 기미조차 없는데도 말이다. 골짜기의 위아래를 훑어봐도 딱 그 한 수종, 서너 그루만이 크고 파란 잎을 돋우고 있었다.

봄이 한창 무르익어 온갖 나무들이 잎을 피우고 광합성 활동을 시작하였는데도 잎 하나 틔우지 않는 나무도 있다. 나무들은 겨울이 오면 둥치와 가지에서 물을 빼서 겨울에는 말라죽은 듯 보인다. 얼어 죽지 않기 위해서 그렇게 한다. 그런데 봄의 중간쯤 되었는데도 어떤 나무는 여전히 죽은 듯이 보이다니….

나무 종류별로 뿌리가 물을 빨아들이는 시기가 다르고, 잎을 틔우고 꽃을 피우고 열매를 맺는 시기가 각기 다르다. 다 알고 있는 사실이지만 새삼 확인하고, 사람도 각각 다르다는 것을 다시 깨달았다. '너는 어찌하여 벌써….'라든지 '너는 어떻게 아직도….'라는 식으로 '내 기준으로 다른 사람들을 판단하는 잘못을 저질러서는 안 되겠구나.' 하는 생각이 들었다. 자연에서 배우는 바가 크다.

녹음이 짙은 여름철에 이곳에 오면 친구와 나는 아예 등산화와 양말을 벗고 의자에 올라앉는다. 싸온 과일과 김밥으로 점심을 먹고 커피를 마신다. 편한 자세로 앉아서, 때론 누워서 시간 가는 줄 모르고 책과 여행에 관하여 이야기를 나눈다. 인생의 내리막길에서 같은 관심사를 갖고 이야기를 나누고, 자연 속에서 함께 걷고 놀 친구가 있다는 게 얼마나 큰 행복인지!

'쉬어가는 숲'을 지나 오르락내리락 걷다 보니 청계산에서 가장 높은 봉우리, 만경대가 우리 앞에 나타났다. 만경대가 앞에 있는가? 했는데 어느새 길이 좌측으로 휘어지면서 보이지 않았다. 빠른 걸음으로 걷다 보니 금방 '소나무 숲'에 도착하였다. 다른 때 같으면 친구와 나는 이곳에서도 자리를 깔고 앉아서 해가 질 때까지 노닥거리곤 했다. 속세로 내려가기 싫어서다. 그러나 이날 우리는 미술관을 관람하여야 하니 그럴 시간이 없었다. '소나무 숲'을 지나 내리막으로 치달아 동물원의 북문에 도착했다.

우리는 서둘러 미술관으로 올라갔다. 예약자 명단에서 우리 이름을 확인하고 미술관으로 들어갔다. 먼저 3층 5, 6전시관으로 올라갔다. 그곳에는 1900년대부터 1950년대까지의 근대미술 회화들이 전시되고 있었다. 조선 시대 후기 전통 그림들이 낯설지 않아 미음에 와 닿았다. 근대 초기에 그려진 유화와 추상화도 좋았다. 2층 3, 4전시관에서는 1960년대부터 2000년대 초기까지의 작품들이 있었다. 전반적으로 좋았지만, 개인적으로는 다소 이해하기 어려운 추상화들도 있었다. 1층에는 공예와 우리나라에서 개최한 1988년 올림픽 시기의 건축물에 관한 전시회였는데 그냥 지나쳤다.

우리는 밖으로 나와서 미술관 앞 넓은 나무 덱 휴식장소로 갔다. 오후 늦은 시간이 되자 공기가 차가워졌다. 그래도 테이블 세 곳에 사람들이 앉아 있었다. 우리도 한쪽 테이블에 가서 앉았다. 나는 미술관 앞 이 휴식장소에 앉아 있기를 좋아한다. 이 넓은 나무 덱에는 열댓 개의 원형 테이블과 각 테이블에 네 개씩 의자가 놓여 있다. 앞쪽은 연못이다. 나무 덱 좌우 양편에 연못으로 내려가는 계단이 있다. 나무 덱과 연못 사이에 또 공간을 두어서 예닐곱 개의 테이블과 의자 세트가 한 줄로 놓여 있다.

이 나무 덱 휴식장소는 3층 높이로 길게 지어진 미술관 건물이 뒤를 막아 준다. 왼편은 청계산이다. 오른편은 야외 조각공원이다. 조각공원에는 나무들이 심겨 있고 넓어서 저 아래 속세의 소리가 들리지 않는다. 앞 연못을 지나 길 건너편은 작은 산(동물원 옆 산)이다. 앞산이 그렇게 가깝지도 멀지도, 그다지 높지도 낮지도 않아서 바라보기 좋다. 산 위로 하얀 구름이 흘러가는 파란 하늘이다. 전망 좋고 뒤와 좌우에서 어떤 방해도 받지 않는 아늑한 장소다.

이곳에 와서 앉아 있는 사람들은 자연 속에서 조용히 여유를 즐길 줄 아는 사람들이다. 나는 몇 번이나 이곳에 와서 앉아 있어 봤지만 큰 소리를 내거나 크게 웃고 떠드는 사람을 본 적이 없다. 그래서 나는 아늑하고 조용한 이 장소를 좋아한다. 내가 이곳을 알게 된 때가 벌써 10년 전이다. 여름에 해외에서 귀국, 은퇴한 후 가을 어느 날 이 친구와 이 자리에 처음 왔었다. 그 때 나는 이곳의 정취에 완전히 반했다.

그 후로 이 친구와 과천 대공원에 오면 거의 매번 이곳에 와서 앉는다. 이곳은 천혜의 자연 속에 있는 평화로운 쉼터다.

❖ 대공원 벚꽃구경

4월 중순 아내와 나는 과천 대공원과 현대미술관으로 벚꽃구경을 갔다. 대공원 주차장에 차를 세우고 왼쪽으로 올라갔다. 줄지어 서 있는 벚나무의 만개한 벚꽃에 햇빛이 비치니 눈부시게 화사했다. 어린아이들을 데리고 놀러 나온 엄마와 할머니로 보이는 가족들이 눈에 띄었다. 벚꽃 아래 노는 아이들의 표정은 천진무구하고 다채롭다. 가족마다 마냥 귀여운 아이의 모습을 사진에 담으려는 엄마의 움직임…. 세상에서 가장 아름다운 그림이지 않을까?

아내와 나는 길에서 뿐 아니라 왼편 언덕 위로 올라가서도 벚꽃을 올려다보며 사진을 찍고 놀았다. 공원 관리사무소를 지나 점심을 먹기 위하여 오른편 호숫가로 가서 자리를 잡았다. 어떤 사람들인지 30~40명 되는 한 그룹의 사람들이 잔디밭에서 놀이를 하고 있었다.

젊은 사람들은 보이지 않으니 직장 야유회는 아니고 어떤 단체에서 벚꽃놀이를 왔는가 보다. 우리보다 나이가 많지는 않아 보였다. 이제는 아내나 나나 어디를 가든지 거기에 온 사람들 중 나이가 많은 축에 낀다. 아내와 나는 탁자 한 편에 나란히 앉아서 앞으로 호수를 바라보며 과일과 김밥으로 점심을 먹었다. 참으로 평화롭고 멋진 장소다.

호숫가 여기저기에는 개나리가, 소나무 숲 언덕 중간중간에는 진달래가 피어 있었다. 노란 개나리와 선홍빛 진달래를 보면 반갑기 그지없다. 봄마다 우리나라 지천에 피는 이 두 가지 꽃은 누나와 여동생만큼이나 친근하다. 내가 어린 시절 동네 산에서 보던 진달래와 시골집 울타리 아래 개나리가 떠오른다. 어린 시절로부터 무척이나 멀리 와있다. 인생의 남은 시간이 그리 많이 남아 있지 않다. 남은 삶을 잘 살아야 한다.

우리는 점심을 먹고 현대미술관 방향으로 올라갔다. 서울랜드 정문을 지나니 큰 도로 양옆이 온통 벚꽃 천지였다. 오른편 대공원 피크닉장과 왼편 서울랜드 사이, 더 위로 올라가 오른편 장미원과 왼편 조각공원 사이가 크고 오래된 벚나무 가로수 길이었다. 모두 수령이 100여 년은 되어 보였다. 우리 머리 위로 벚나무가지가 늘어져 벚꽃이 겹겹이 하늘을 가리고 있었다. 길의 좌우 어느 쪽으로 가도 장관이었다. 도심에서 뚝 떨어진 청계산 기슭에서 즐기는 벚꽃놀이다. 공기 좋은 산속 호수 둘레를 걸으면서 즐기는 벚꽃구경이다. 서울 근교 어디 가서 이만한 벚꽃구경 장소를 찾겠는가? 우리는 길을 건너 오른편 대공원 리프트 승강장을 지나 현대미술관으로 올라갔다.

현대미술관 앞 쉼터에서 빈 테이블을 찾아 앉았다. 역시 이곳은 조용하고 아늑하다. 물을 마시고 쉬면서 앞의 연못과 푸른 산, 파랗고 청정한 하늘과 느리게 흘러가는 흰 구름 송이를 바라보며 마냥 앉아 있었다. 야외 조각공원으로 내려갔다. 조각공원 소나무 숲 여기저기에 피어 있는 진달래가 눈에 띄었다. 가까이 가자 푸른 소나무 아래 피어 있는 진분홍빛 진달래가 천상의 순수한 여인처럼 어여뻤다.

서울랜드 쪽으로 내려가면서 왼편 담장 너머에서 자라 담 위로 올라온 새하얀 벚꽃들을 보니 황홀했다. 벚나무 가지마다 눈부시게 활짝 핀 벚꽃들이 햇빛을 거의 차단할 정도였다. 그 탐스런 벚꽃들을 배경으로 담장에 기대어, 또 올라앉아서 포즈를 취하고 사진을 찍었다. 벚꽃을 배경으로 한 사진치고 이곳에서 찍은 사진만큼 멋진 사진을 나는 아직껏 보지 못했다.

아내와 나는 도로로 내려와서 길을 건너 시계 방향으로 대공원 정문 쪽으로 걸었다. 대공원 정문을 지나서 주차장으로 내려가는데도 벚꽃 천지였다. 벚나무 가지가 걷는 길 위로 늘어져서 벚꽃이 우리 머리 위를 덮고 있었다. 리프트 타는 승강장 가까이 가자 TV 모양의 포토존이 있었다. 젊은 연인들이 TV 화면 앞에서 사진을 찍고 있었다. 아내와 나도 나이는 들었지만 이 포토존을 그냥 지나칠 수 없었다. 젊은 친구 한 사람에게 사진을 부탁하였다. 아내와 나는 아예 TV 화면 네모 상자 안에 올라앉았다. 파란 하늘과 분홍빛 벚꽃을 배경으로 멋진 연인이 TV에 나왔다. TV 화면 위쪽에 한 줄로 '벚꽃만큼 사랑하나 봄-서울대공원'이라는 TV 자막도 나왔다.

리프트 타는 곳을 지나 종합안내소 쪽으로 내려가자니 또 포토존이 나왔다. 이번에는 길 위로 쭉쭉 뻗어 나온 벚꽃 가지 아래 '사랑하나 봄'이라는 커다란 글씨를 길 위에 세워 놓았다. 아내와 나는 또 이를 지나칠 수 없었다. 또 다른 멋진 연인의 사진이 나왔다. 과천 대공원 앞은 정말 멋진 벚꽃 명소다.

광주 남한산성

아직 더위가 다 가시지 않은 8월 중순 어느 날 분당지역(분당-용인-광교)에 사는 한음회 친구들 다섯(회장님, 용인 후배 부부와 우리 부부)이 모여 남한산성에 갔다. 남한산성은 서울 남동쪽에 있는 산성이다. 이 성은 기원전 6년(백제 온조 13년)에 처음 축조되었다고 한다. 하지만 그때의 흔적을 찾아볼 수는 없다. 지금 우리가 보는 남한산성은 1624년(조선 인조 2년)에 쌓기 시작하여 1626년 7월에 완공된 성이다. 672년(신라 문무왕 12년)에 쌓은 주장성의 기초를 따라 쌓았다고 한다. 임금이 거처하는 행궁도 있고 종묘와 사직단도 있다.

축성하는 데 노역자들뿐 아니라 승려와 승군도 참여하였다고 한다. 성곽 길이는 외성 포함하여 약 12km라고 하는데 통상 우리가 걷는 둘레길의 거리는 8km 정도이다. 근래 들어 성곽과 행궁이 복원되고 2014년에 유네스코 세계문화유산으로 지정되었다. 이 성은 1636년(인조 14년) 12월에 병자호란이 일어나 임금이 피신했던 성이다. 겨우 47일 동안 버티다 항복하고 말았다. 1637년 1월 30일 인조가 삼전도에 나가 청나라 태종 앞에서 '삼배구고두례(三拜九叩頭禮)'의 항복예식을 치렀다. 삼전도 굴욕이다.

항복 후 무려 50만이나 되는 남녀가 포로로 끌려갔다. 그 당시 조선의 인구가 천만 명쯤 되었다니 조국을 떠나 종으로 끌려간 포로가 전체 인구의 5%였다. 전쟁 중 임금인 인조는 피신하였지만 전 국토가 유린당했다. 백성들은 청나라 군사들한테 짓밟혔고 재산은 약탈당했다. 명분과 실리를 다 잃고 온 백성이 희생을 당했다.

병자호란은 조선이 외교 정책을 잘못 펴서 일어난 전쟁이다. 그 당시 조선은 '국력이 쇠퇴하는 명나라냐? 새로 일어나는 후금-청나라냐? 어느 쪽 편을 드느냐?'의 갈림길에 서 있었다. 임진왜란 때 우리를 도와준 명나라에 등을 돌릴 수 없었다. 그러나 실리를 들어 청나라 편에 서자는 신하도 있었다. 힘이 약한 조선으로서는 사실 어느 편을 들기가 난감했다. 약자이기에 어쩌면 양다리 걸치기 외교로 나라를 지켰어야 했는데 그렇게 하지 못했다.

나만갑(1592~1642)이 기록한 책 〈병자년 남한산성 항전일기〉를 읽어보면 그 당시 조선이 얼마나 나약한 나라였던가를 알게 된다. 나라가 다 유린당하는 중에도 책에 언급된 장교들은 부하들의 죽음보다 제 앞가림이 먼저였다. 거짓으로 공적을 인정받으려 했던 볼썽사나운 꼴도 보게 된다.

지금의 우리나라, 대한민국은 어떤가? 가까운 미래에 '미국이냐?

중국이냐?'의 갈림길에 서게 될지도 모른다. 두 나라와 다 좋은 관계를 유지하기 위해서는 우리의 입장을 두 나라에 충분히 이해시키는 적극적인 외교 정책을 펼쳐야 한다. 과연 정부에 이러한 중대한 일을 해나갈 철학과 능력을 갖춘 사람들이 있는지? 그렇지 못한 사람들이 요직을 맡아 저와 제 가족만 챙기고 있지는 않은지? 인접한 강대국 일본과도 좋은 관계를 유지해야 하는데 그렇지 못한 현실을 보면 안타깝기 그지없다. 최태성이 쓴 책, 『역사의 쓸모』에 역사의 흐름에 영향을 끼친 많은 유명, 무명의 인물들이 나온다. 사회적으로 고위직에 있는 사람일수록 바른 가치관과 세계관을 갖고 있어야 하는데 우리나라의 현실은 어떤지…?

남한산성에 올라가서 남문 주차상에 차를 세우려니 주말이어서 만차였다. 주차장 입구 차단기를 아예 내려놓았다. 우리는 더 내려가 중앙주차장 입구에 줄 서 있는 차량 뒤에서 기다렸다가 주차할 수밖에 없었다. 시간이 너무 늦어져 가까운 데서 점심을 먹고 움직이기로 했다. 점심 도시락을 들고 천주교 순교성지 위, 산으로 올라갔다. 자리를 잡고 각자 싸온 반찬을 펼쳐 놓고 점심을 먹었다. 매미와 산새들이 자연의 음악을 울려주었다. 20년 지기 친구들과 자연 속에서 점심을 먹으니 천국에서의 점심이었다.

점심을 마치고 세 여자는 돗자리와 간식을 들고 남문 가는 길 우측에 있는 잣나무 숲으로 이동하였다. 용인 후배와 나는 남한산성 일주를 하려고 검단산으로 가는 길로 올라갔다. 제1남옹성을 만나 성곽으로 올라가 좌회전하여 동문 방향으로 들어섰다. 그런데 햇볕이 쨍쨍 너무 뜨거웠다. 건강하려고 산행을 하는 건데 더위를 먹으면 오히려 건강에 해롭다. 우리는 남쪽 성곽길 산행을 접고 반대 방향, 남문 쪽으로 방향을 바꿨다. 남문까지는 성곽길로 내려갔다.

남문을 지나서는 바로 아래쪽으로 내려와 넓은 산책로를 택하였다. 남문에서 수어장대와 서문을 거쳐 북문으로 도는 이 산책로는 남녀노소 누구나 걷기 좋은 길이다. 완만한 오르막과 내리막이 이어져서 다리 근육을 키우며 걷기에 딱 좋다. 남문에서 시작하는 길 초입에는 양편으로 참나무 숲이다. 짙은 그늘이 드리운 걷기 좋은 길을 걸으니 한여름인데도 덥지 않았다.

우측에 군데군데 벤치와 쉼터가 마련되어 있다. 계속 걷다 보면 200~300년 된 소나무 숲이 시작된다. 소나무 아래 탁자와 벤치가 마련되어 있는 멋진 쉼터가 두어 곳 있다. 후배와 나는 수어장대를 넘어가서 쉬기로 하고 계속 올라갔다. 수어장대 조금 못미처부터는 성곽 옆으로 걷는 길이다. 우측 청량산(해발 497m)에 있는 수어장대에는 전에 몇 번이나 올라가 보았기에 들르지 않고 계속 성곽을 따라 내려갔다. 화장실을 지나 조그만 언덕 위에 있는 벤치에 앉았다. 여름에는 거의 언제나 시원한 바람이 불어오는 자리다. 남문에서 이곳 쉼터까지 2km쯤 된다. 후배와 나는 2.5km 정도는 걸었으니 편하게 앉아 커피를 마시며 쉬었다.

다시 일어나서 우측 숲길로 들어가 걸었다. 서문 조금 못미처 큰길로 나왔다. 서문을 지나고부터는 산책길 양옆이 울창한 소나무 숲이다. 운치 있는 이 길을 내려가면 좌측으로는 숲이 끝나고 성곽이다.

여전히 우측은 울창한 소나무 숲이다. 북문으로 내려가는 내리막길 좌측, 성곽 쪽에 또 숲이 나타난다. 우리는 좌측 숲길로 들어갔다. 서문 전의 숲길이나 북문 전의 숲길을 나는 좋아한다.

북문을 지나면 성곽길이 이어진다. 성곽길로 조금 나아가니 가파른 오르막 계단이다. 오르막을 오르고 내려오니 또 오르막이다. 이렇게 두 번 계단 길을 올라갔다 내려오면 오른편에 우리가 즐겨 찾는 숲 속 쉼터가 나온다. 남문에서 약 4km 되는 지점이다. 숲으로 들어가면 가운데 공터에 탁자가 하나 놓여 있고 양옆으로 벤치가 있다. 벤치 하나에 4명은 앉을 수 있으니 모두 8명이 앉아 쉴 수 있는 자리이다.

이 숲 속 쉼터는 사람들이 지나다니는 길옆이 아니어서 이 장소를 아는 사람들만이 찾아온다. 이날 다행히 그 자리가 비어 있어서 우리는 탁자 양편에 있는 의자를 하나씩 차지하고 앉았다. 한편으로는 참나무, 다른 한편으로는 소나무 숲이 둘러싸고 있다. 땀을 닦고 물을 마시고 우리는 둘 다 등산화를 벗고 양말도 벗었다. 발을 의자 위에 올려놓고 편한 자세로 앉아서 담소하였다. 아무도 방해하지 않는 숲 속 쉼터에서의 휴식이었다.

되돌아갈 때는 언제나 시간에 쫓긴다. 북문까지는 오르락내리락 성곽길을 걷고, 북문부터는 계속 오르막이 이어진다. 오르막길을 빠른 걸음으로 올라가니 다리에 근육이 붙는 듯하다. 서문을 지나 수어장대 가까이 가다가, 올 때 쉬던 벤치와 화장실을 지나 좌측 숲길로 들어갔다. 이 길을 따라 조금만 내려가면 넓은 공간, 쉼터가 나온다. 이 곳에서 좌회전하여 약수터를 지나 내려가면 행궁과 종로 방향이다. 우측 산길로 가면 남문 방향이다. 이 넓은 공간의 좌측 11시 방향 저 멀리 탁자가 하나, 우측 길가에 탁자가 하나, 그리고 정면 숲 가장자리에 벤치가 세 개 있다.

내가 좋아하는 장소는 좌측 11시 방향에 있는 탁자이다. 여름철에 남한산성 둘레길을 걷는 사람들에게 인기가 있는 쉼터이다. 이날 그곳에 아무도 앉아 있지 않았으니 후배와 나는 운이 좋다. 그 자리로 가서 각자 의자를 차지하고 앉았다. 앞과 좌우로는 소나무 숲이다. 우리 뒤로 사람들이 올 이유가 없다. 사람들은 저 멀리 뒤에서 좌로 가거나 우로 간다. 누구도 이 분위기를 해치지 않는다. 우리 두 사람은 물을 마시고 아예 등산화를 벗고 편한 자세로 드러누웠다. 소나무 가지를 올려다보다가 스르르 눈이 감기고 잠이 들었다.

나는 남한산성에 올 때마다 걷기를 마치고 내려가기 전 이곳에서 쉬기를 좋아한다. 앞으로는 내리막 골짜기 소나무 숲이다. 시야가 트여서 좋다. 시원한 바람이 불어와 피부에 와 닿는다. 제각각 지저귀는 새소리와 나뭇가지를 간질이며 지나가는 바람 소리가 들린다. 소나무 숲 속에서 솔잎 냄새를 맡는다. 자연을 느끼며 그 소리를 들으며 그 냄새에 취한다.

더 머물러 있고 싶지만, 여자들이 기다리니 후배와 나는 일어나지 않을 수 없었다. 우측 숲길을 걸어 산책길로 나가 남문 방향으로 내려갔다. 남문 조금 못미처 좌측 잣나무 숲으로 내려갔다. 잣나무 숲 속에는 여기저기 돗자리가 펼쳐져 있고, 그 위에 사람들이 앉아서 또 누워서 놀고 있었다. 회장님과 실장님(용인 후배의 아내를 비서실장으로 부른다.) 그리고 나의 아내도 넓은 돗자리 위에서 뒹굴거리고 있었다. 남한산성 내 최고의 피서지다. 실장님과 아내는 쉬다가 운동하러 수어장대까지 올라갔다 왔다고 한다. 회장님은 새벽에 8km쯤 탄천을 걸었다고 마냥 쉬었단다. 후배와 나는 남한산성 한 바퀴 도는 거리쯤 되는 8km를 걸었다. 다섯 사람 모두가 만족한 좋은 하루였다.

남양주 다산길과 다산유적지(역사문화탐방)

6월 6일, 현충일(휴일)에 아내와 나는 다산유적지와 실학박물관에 가기로 했다. 얼마 전 월요일에 갔더니 실학박물관이 문을 닫아서 들어가 보지 못했기 때문이다. 한음회 회장님과 실장님도 함께 갔다. 이날 회사에 가지 않는 아들도 따라나섰다. 늦게 출발하여 다산생태공원에 들어서니 잔디밭에 사람들이 삼삼오오 모여앉아 점심을 먹고 있었다. 우리도 자리를 잡고 둘러앉아 점심을 먹었다.

점심 후 우리는 먼저 다산생태공원을 돌아보았다. 노란 금계국 꽃밭이 맨 먼저 여자들을 불렀다. 멀리서 보기보다 훨씬 넓은 금계국 꽃밭이었다.

아들이 사진사가 되어 꽃밭 여기저기서 포즈를 취하고 있는 여자

들의 사진을 찍어 주었다. 강변에 있는 노란 금계국을 배경으로 '여유당집'이라는 책을 펼친 모양의 포토존 앞에서 찍은 사진이 멋지게 나왔다.

완만한 덱을 따라 올라가는 전망대에도 올라가 보았다. 다산 시문집에 나오는 시 한 편이 써 있었다.

소내나루 전망대

배 타고 소내로 돌아가며
한강에 외배 띄우니
봄바람에 비단 물결 잔잔하여라
각박한 세상 떠나와 보니
덧없는 인생 위안이 되네

미음(渼陰)의 숲은 끝이 없고
온조(溫祚)의 성곽은 아름답네
일곱 척 조그만 몸으로
경세(經世)를 어찌하겠나

다산은 40세에 유배의 형을 받고 한반도 남쪽 끝으로 귀양을 갔다. 18년 가까이 유배생활을 하고 57세에 고향으로 돌아온 후 쓴 시다. 인생의 단맛과 쓴맛을 다 본 다산이 인생의 말기에 그의 심정을 토로한 시다. 60~70살이 넘어서면 각박한 세상에 집착하지 말아야 한다. 젊어서 모두들 열심히 일하며 살지 않았는가? 벌어 놓은 게 많든 적든 먹고살 만하면 세상에서 한발 물러나 나만의 삶을 누리는 게 최고다. 남과 비교하지만 않으면 잘 살 수 있다.

우리는 전망대에서 내려와 다산 유적지와 실학 박물관의 반대 방향, 수변 생태공원 쪽으로 갔다. 다산길을 먼저 걷기로 한 것이다. 아무렴, 박물관에 가서 공부(?)하는 것보다 걷고 노는 게 먼저지. 다산 유적지와 실학 박물관에 가는 것은 그다음이다.

생태공원 안에 물길(연못?)을 건너는 작은 나무다리가 있었다. 다리의 양편 난간 위에 진분홍의 예쁜 페튜니아 화분이 줄지어 놓여 있었다. 물가에 심겨 무성한 녹음을 내뿜는 나무들 사이에 놓인 예쁜 꽃다리였다. 여자들이 이곳을 그냥 지나칠 수가 있겠는가? 아들이 회장님과 실장님, 아내의 독사진을 한 장씩 찍어 주었다. 그래, 60을 넘었어도 언제나 오늘이 가장 젊은 날이다. 한 사람 한 사람 다 40대 여인으로 보이는 사진이 나왔다.

다산 2코스는 3.3km의 아름다운 길이다. 생태공원을 나와 왼편으로 팔당호를 바라보며 걷는 듯하더니 산길이 되었다. 산길 옆 언덕에는 쉴 수 있는 정자도 있었다. 우리는 쉬어야 할 정도로 걷지는 않았기에 정자를 그냥 통과하였다. 연이 심긴 연못가의 논두렁길을 지나는데 연잎이 아직은 어려 보였다. 연꽃을 보려면 한여름에 와야 하는데 그땐 더워서 오겠나…?

산길을 빠져나오니 다시 팔당호를 왼편에 두고 걷는 길이 되었다. 길옆의 수초와 물 위에 떠 있는 수련, 물 너머 작은 섬처럼 보이는 숲, 그 너머 진하게 그리고 흐릿하게 겹쳐 보이는 산들…, 이 아름다운 풍경이 물 위에 비쳐 신비한 데칼코마니를 그려내고 있었다. 아름다운 수변 길이었다.

길 중간쯤 덩굴나무 터널도 만들어 놓았다. 별장지대도 있었다. 젊은 사람들 몇 가족이 함께 와서 놀고 있는 집도 볼 수 있었다. 이곳은 상수도로 사용되는 팔당호 물의 주변이니 깨끗하게 관리되고 있을 것이다. 이런 청정지역에 와서 마음에 맞는 사람들과 어울려 휴일을 보내니 힐링 만점이다.

다산길을 걷고 다산 문화관과 기념관, 다산 생가와 묘소를 돌아보았다. 다산 정약용(1762~1836)은 부친의 임지를 따라 전라도 화순과 경상도 예천, 진주 등에서 공부하며 어린 시절을 보냈다. 서울에서 살던 1783년, 22살에 과거시험 진사시에 합격하여 관직 생활을 시작하였다. 1801년(순조 1년) 신유박해(천주교 박해사건)로 유배를 가던 때까지 18년 동안 중앙무대에서 활동하였다.

특히 1789년 이후 정조(1752~1800, 재위 기간 1776~1800)의 총애를 받아 여러 요직에서 근무하였다. 정조가 어머니(혜경궁 홍씨)를 모시고 아버지(사도세자, 후에 장조로 격상)가 묻혀있는 현륭원(현재의 융릉)에 갈 때 다산은 한강을 도강하는 배다리를 놓았다. 수원 화성을 건축하던 때에는 거중기를 고안하여 성곽 쌓는 일을 수월하게 하였다.

정조가 죽은 후 1801년부터 1818년까지 18년 가까이- 첫해에는 경상도 포항에서, 그 후로는 전라도 강진에서 -유배생활을 하였다. 강진에서 유배생활을 하는 동안 그는 중국의 유학과 성리학을 연구하고 제자들을 가르치며 제자들과 함께 500여 권의 책을 저술하였다. 그는 청소년기에 이미 성호 이익(1681~1763)을 중심으로 한 근기학파의 개혁이론을 접하였다. 이를 염두에 두고 『경세유표』, 『목민심서』, 『흠흠신서』 등의 저서에서 실학에 바탕을 둔 사회 개혁안을 제시하였다.

1818년 57세에 유배에서 풀려나 그는 고향인 이곳 남양주에 여유당(與猶堂)이라는 집을 짓고 남은 생애 18년을 살았다. 이곳에서 그는 집필을 끝내지 못한 저서들을 정리, 완성하였다. 회갑 때는 자서전 격인 『자찬묘지명』을 썼다. 끝으로 자신의 저서 500여 권을 정리한 『여유당전서』를 편찬하였다.

우리가 유념해야 할 것은 말년에 고향에 돌아와서 그가 지은 집에 이름 붙인 여유당(與猶堂)의 의미이다. 이 이름은 여유를 갖고 유유자적 살겠다는 뜻이 아니다. 노자의 도덕경에 나오는 한 대목에서 따온 이름이다. '여(與)함이여 겨울 냇물을 건너듯이, 유(猶)함이여, 너의 사방 이웃을 두려워하듯이' 여유당의 의미는 사람들의 음모에 언제 어떻게 빠져 해를 당할지 모르니 온갖 사람을 다 경계하면서 신중하게 처신하며 살아가야 한다는 뜻이다.

1799년 다산의 정치적 스승이었던 번암 체재공이 죽고 1800년 정조도 의문사하였다. 정조가 죽은 후 다산은 당쟁으로 인한 천주교 박해사건으로 형들과 매형(이승훈)이 죽고 자신은 근 18년 동안 유배생활을 하였다. 잘나가던 집안(형제들)이 다 몰락하고 자손들이 더 이상 관직에 나갈 수 없는 폐족이 되었다. 그러니 세상을 보는 그의 마음이 어떠했겠는가?

실학박물관에 가서 문화해설사의 해설을 들으며 박물관을 관람하였다. 실학의 비조(시조) 반계 유형원에 대하여 또 성호 이익, 연암 박지원, 추사 김정희 등 실학자 여러 인물에 대하여 들었다. 우리나라 실학의 태동과 발전에 영향을 끼친 연행사에 대하여도 들었다. 그 당시 실학자들은 17세기부터 중국 청나라에 파견한 연행사로 간 인물들이었다. 또 그들이 갖고 온 서적들을 탐독하고 개혁 사상을 배운 사람들이었다. 예나 지금이나 선진 사상과 문물을 듣고 보고 배우는 것이 시대의 흐름에 뒤처지지 않는 길이다.

일본에 파견한 통신사에 대해서도 들었다. 실학박물관에는 다음에 충분한 시간을 갖고 다시 와보고 싶다. 그 당시 시대적 상황과 실학자들에 대하여 자세히 보고 들어야겠다.

주1) 남양주에는 또 다른 아름다운 수변공원이 있다. 바로 물의 정원이다. 북한강변을 따라 아름답게 조성된 공원으로 걷기 좋다. 물에 잠긴 버드나무와 물을 바라보며 벤치에 앉아 사색하고 추억을 만들 수 있다. 5월 말~6월 초에 가면 빨간 양귀비꽃, 가을에는 코스모스 천지이다. 주차장에서부터 시작하여 물의 정원을 다 걷고 용진 나루터를 지나 한음 이덕형의 집터 유적(별서 터)까지 걸어갔다 오면 약 5km, 두 시간쯤 걸리는 산책코스가 된다.

세조의 이야기가 있는 수종사에 올라가서 물의 정원과 한강을 조망해보기를 추천한다. 옛 선비들, 다산과 초의선사가 극찬한 풍광이다. 수종사 안에 있는 삼정헌은 우리나라 차 문화를 이어받은 곳이라 하니 그곳에서 차도 마셔보시라.

▶ 남양주 물의 정원

주2) 양평에는 북한강과 남한강이 만나는 두물머리가 있다. 산과 물이 어우러져 만들어 내는 아름다운 경치가 일품인 넓은 공원이다. 주위 아름다운 풍경을 감상하며 산책을 즐길 수 있다. 그 옆 세미원은 아기자기하게 조성된 넓고 아름다운 정원이다. 여름에 종류별로 잘 가꾸어진 연꽃으로 유명한 곳이다. 단, 세미원은 입장료를 내고 들어가야 한다.

물의 정원이나 두물머리 두 곳 다 숲길이 아니어서 산책하려면 햇볕을 피할 수 없다. 여름철에는 한낮을 피하여 가는 게 좋다. 봄가을에도 맑은 날에는 챙이 넓은 모자를 쓰는 게 좋다.

▶ 양평 두물머리

가평 잣 향기 푸른 숲

가평 잣 향기 푸른 숲은 축령산 자연휴양림의 반대편 축령산과 서리산 자락에 있다. 즉 축령산 자연휴양림은 축령산과 서리산의 남서쪽 남양주에, 잣 향기 푸른 숲은 두 산의 북동쪽 가평에 위치하고 있다. 아직 사람들에게 잘 알려져 있지 않아서인지, 수도권에서 좀 멀어서 그런지 찾는 사람이 많지 않다. 사람들이 많이 오지 않으니 한적하여 조용한 숲길을 걷기에 아주 좋다.

이곳의 둘레길은 잣을 수확하는 차량들이 오르내리는 임도다. 잣을 따는 시기가 아닌 때에는 이곳에 들어오는 사람들만이 걷는 길이다. 매표소 앞에 있는 주차장에서 출발하여 위로 올라가다가, 내부 주차장을 지나 오른편 순환 임도를 따라 이 숲의 가장 높은 위치에 있는 사방댐까지 가면 5km쯤 된다. 다시 그 길로 내려오면 10km쯤 잣나무 숲길을 걷게 되니 아주 좋다.

1월 중순 경기도와 강원도 내륙지역에 많은 눈이 내렸다. 아내와 나는 눈 쌓인 잣 향기 푸른 숲 길을 걸으러 갔다. 이날 아들도 따라나섰다. 우리는 김밥과 컵라면을 사 갖고 10시 반쯤 출발하였다. 잣 향기 푸른 숲 가까이 가면 식당들이 많이 있다. 사람들이 많이 찾는 아침고요수목원으로 가는 길목에 있는 식당들이다. 날씨가 좀 추워서 그곳 식당에서 점심을 사 먹을까도 생각했는데 우리는 점심 먹는 시간을 아껴야 했다.

아들이 6시 반에 저녁 약속이 있다니 그곳에서 4시쯤, 늦어도 4시 반 전에는 출발하여야 한다. 더 늦게 출발하였다가는 퇴근하는 사람들의 차량에 막혀서 언제 집에 도착할지 모른다. 그러니 아들의 저녁 약속이 아니더라도 그때쯤 출발하는 게 최선이다.

12시 좀 못 되어 잣 향기 푸른 숲 앞 주차장에 도착하였다. 차를 세우고 소정의 입장료를 내고 들어갔다. 아내와 둘이 지난가을에 왔을 때보다 사람들이 두 배 이상 더 많이 온 듯하였다. 하얀 눈 쌓인 숲길을 걷고 싶은 사람이 어찌 우리뿐이겠는가? 한 번 왔었기에 길을 아는 우리는 내부 주차장을 지나 방문자 센터 앞에서 오른쪽 임도로 들어섰다. 올라가는 길의 눈은 깨끗이 치워져 있었다. 임도 초입의 눈도 길 양옆으로 치워져 있었다.

조금 올라가자 길에 쌓인 눈이 그대로 있었다. 아무렴, 그래야지. 눈 쌓인 길을 걸으려고 여기까지 왔는데 눈을 다 치워버리면 기대에 어긋나지. 이곳에 근무하는 직원들의 수가 많지 않아 임도까지 눈을 치울 여력이 없었을 것이다. 지난밤에 바람이 불어서 잣나무 가지 위에 쌓여있던 눈은 다

떨어지고 없었지만, 길 위에는 여전히 눈이 많이 쌓여 있었다. 우리는 1시쯤 점심을 먹기로 하고 눈 쌓인 임도를 기분 좋게 걸었다. 아내는 스틱을 짚으며 걸었고, 아들과 나는 스틱을 갖고 오지 않았다. 스틱을 갖고 걸으면 사진 찍기에 불편하다. 대신 배낭에 아이젠을 넣어 갖고 왔으니 필요하면 아이젠을 착용하기로 했다.

길 양옆에 잣나무가 무성하고 눈 쌓인 아늑한 길을 걸으니 우리는 다른 세상에 온 듯하였다. 추운 겨울이지만 마음이 푸근하였다. 하얗게 쌓인 눈을 조심조심 밟으며 느리게 걸었다. 겨울의 차가운 공기에 섞인 잣나무 향기가 폐로 들어오니 신선했다. 눈 쌓인 잣나무 숲길을 아내와 아들과 함께 걸으니 행복했다. 젊은 날엔 바쁘게 살다 보니 눈 오는 날 한적한 길을 찾아 걸었던 기억이 없다. 그렇게 하지 못했다. 은퇴 후 소박한 행복을 누리니 정말 좋다.

경사가 완만한 길이지만 발이 푹푹 들어가기도 하는 눈길을 계속 걷자니 아내가 피곤하였던지 좀 쉬고 가자고 했다. 그러나 마땅히 앉

을 자리가 없었다. 어쩔 수 없이 길가의 잣나무에 기대서서 쉬고 따뜻한 물을 마셨다. 지난가을에 아내와 둘이 왔던 때 쉬던 자리까지 올라가서 점심을 먹기로 했다. 그런데 그 장소는 우리가 생각했던 것보다 훨씬 멀리 있었다. 임도의 중간쯤 있었던 것으로 기억했는데 주차장에서 거의 한 시간 이상 올라가서 있었다. 어림잡아 주차장에서 3.5km쯤 올라가서, 사방댐 전방 1.5km쯤 되는 지점에 있었다.

그곳에는 죽은 잣나무 둥치를 잘라서 세워 놓은 원통형 의자(?)가 여섯 개 있었다. 보통의 사람들이 편하게 앉을 수 있는 높지도, 낮지도 않은 의자였다. 길 아래로 푸른 잣나무 숲을 바라보며 잣 향기 내음을 맡으며 상쾌하게 앉아서 쉴 수 있는 자리였다. 뒤편 길(임도) 위도 잣나무 숲이니 어느 쪽에서 바람이 불어와도 잣 향기가 코로 들어왔다. 우리는 컵라면을 꺼내 뜨거운 물을 붓고 기다리면서 싸온 과일을 먼저 먹었다. 그리고 김밥을 뜨거운 라면 국물과 함께 먹었다. 날씨가 추웠지만 그래도 한 시간 이상 걷느라 더워진 몸에 뜨거운 국물과 함께 점심을 먹으니 춥지 않았다.

점심을 먹고 커피를 한 잔씩 마시고 일어서니 어느새 두 시가 지났다. 우리는 부지런히 사방댐 전망대까지 올라갔다. 사방댐을 한 바퀴 돌고 내려오니 세 시가 다 되어 간다. 우리는 시간상 올라온 임도로 내려가는 것을 포기할 수밖에 없었다. 계속 시계 반대 방향으로 돌아서 거리가 짧은 임도로 내려가기로 했다. 중앙에 있는 화전민 마을을 아들에게 구경시켜 주고 싶었지만 그럴 시간이 없었다.

화전민 마을은 일제강점기와 1950년 6·25 한국전쟁 때, 또 그 후에 이곳 산속 깊이 들어와서 살던 사람들의 삶의 흔적을 재현해 놓은 곳이다. 그곳에는 초가집, 너와집(지붕을 기와 크기의 나무 판재로 이어서 건축한 집)과 귀틀집(통나무를 '井' 자 모양으로 쌓아 올려 벽을 만들어 지은 집) 그리고 그들이 장에 내다 팔려고 숯을 만들었던 숯가마 등을 재현해 놓았다.

거리가 짧은 대신 경사진 왼편 임도로 내려왔다. 주차장에 도착하여 차에 오르니 4시 15분이었다. 늦지 않게 출발할 수 있어서 다행이었다. 이날 나는 10km쯤 걷고 싶었지만 마음먹은 대로 되지 않았다. 그래도 피톤치드가 뿜어져 나오는 잣나무 숲 둘레길 전부를 돌았으니 7km는 걸었으리라. 언제 또다시 이렇게 멋진 눈 쌓인 숲길을 걷겠는가? 은퇴 후엔 하고 싶은 것을 할 수 있는 기회만 오면 잡아야 한다. 돈보다 시간이 더 값진 시기이다.

수원화성(역사문화탐방)

▶ 서광종 사진

수원화성은 임진왜란으로 필요성이 확인된 서울의 남쪽 방어기지로서 축조되었다. 1794년(정조 18년) 1월부터 1796년(정조 20년) 9월까지 2년 9개월 동안 영의정 번암 채제공의 주관으로 건축되었다. 설계는 실학자 다산 정약용이 맡았다. 그는 중국의 성과 서양의 성에 관한 자료를 입수하여 연구하고 설계하였다. 실용적이고도 아름다운 근대 성곽과 행궁으로 태어나는 데는 예술가 단원 김홍도와 당시 여러 지식인들의 공도 컸다.

화성은 정조 때는 관리가 잘 되었다. 그러나 정조 사후에는 관리가 느슨해졌다. 일본강점기 동안에는 방치되다시피 하였다. 축성 후 200여 년이 지나는 동안, 특히 6·25 한국전쟁을 겪으면서 많이 파손되었다. 그래도 축성의 전 과정을 기록한 '화성성역의궤'가 있었기에 1997년 유네스코 세계문화유산으로 등재되었다. 그 후 1999년부터 축성 당시 모습으로 복원하는 사업이 진행되고 있다. 2023년 복원완료 예정이다. 성곽 전체둘레가 축조 당시에는 8.36km이었는데, 현재까지 복원된 성곽의 길이는 5.52km이다.

추석 전날 우리 가족은 오전에 송편을 만들어 쪄먹고 오후에 수원화성에 갔다. 2시 반쯤 창룡문 안쪽 주차장에 차를 세웠다. 5.5km의 성곽을 시계 반대 방향으로 돌며 산책하기로 했다. 성곽을 따라 창룡문 쪽으로 가니 사람들이 많이 나와서 연을 날리고 있었다. 어른들이 아이들에게 실패를 들려주고, 아이들이 연을 날리도록 연을 하늘로 띄우고 도와주는 모습을 보니 흐뭇했다.

여러 가지 모양의 연이 하늘에서 춤을 추며 날고 있었다. 내가 어릴 때는 방패연과 가오리연만 날렸는데 용, 문어, 물고기 모양 등 다양한 연이 보였다. 그중 궁중 미인의 모습으로 채색한 긴 연이 단연 돋보였다. 길 건너 광장에는 국궁장이 만들어져 있었다. 평상시에는 보지 못했는데 사람들이 활을 쏘고 있었다. 아들도 전에 이곳에 와서 활을 쏘아 보았단다. 나도 해보고 싶었지만 참았다. 활을 쏘려고 줄 선 사람들이 많아서 우리 식구 넷이 다 해보려면 성곽을 다 돌지 못할 것 같아서였다.

우리는 창룡문(동문)을 거쳐 동장대(연무대)를 돌아보고 방화수류정에 갔다. 신발을 벗고 정자에 올라가서 광교산 쪽을 바라보며 앉았다. 시야가 탁 트인 멋진 자리였다. 이 자리가 225년 전쯤 정조 임금이 앉았던 자리가 아니었나? 하는 생각이 들었다. 광교산에서 발원하여 흘러오는 물이 성안으로 들어오는 지점에 아름다운 연못과 공원을 조성해 놓았다. 멋진 풍광을 조망하며 앉아 있는 아내와 나의 뒷모습을 아들이 찰칵! 아름다운 추억의 사진을 남겼다.

망중한을 즐기다 깨어난 우리는 성곽길을 따라 다시 걸었다. 비가

내리기 시작하였다. 세차게 내리는 비는 아니고 가랑비였다. 오후에 비가 온다는 일기예보를 보고 배낭에 우산을 준비해온 우리는 우산을 펼쳐 들고 걸었다. 장안문(북문)을 지나고 화서문을 통과하니 오르막길이 시작되었다. 숨을 헐떡이며 등산하다시피 화성의 정상, 화성장대(서장대)까지 올라갔다. 가는 비가 계속 내려서 우리는 화성장대 아래층에 앉아서 물을 마시고 쉬었다. 어느덧 저녁때가 되었나 보다. 성벽에 조명등이 켜졌다. 우리는 팔달문 쪽으로 내려왔다. 내려오는 길의 경사가 급한 데다가 비가 오니 땅바닥이 미끄러웠다. 우리는 조심조심 내려와야 했다.

성에서 나와 팔달문을 지나 통닭 거리로 갔다. 작년 추석 때는 지동시장에서 순대철판볶음을 먹었기에 올해는 통닭을 먹기로 했다. 명절 전날인데도 사람들이 많았다. 영업하는 집마다 줄을 서서 차례를 기다려야 했다. 한 집에 들어가서 요즘 유행하는 왕갈비 통닭과 후라이드 통닭을 주문하였다. 왕갈비 통닭은 그해에 상영된 영화 「극한 직업」에서 나와 생긴 메뉴다. 통닭집이 모여 있으니 사람들에게 통닭 거리로 알려지고 손님들이 많이 찾아온다. 상인들 간에 경쟁하면서 통닭 맛이 좋아지니 찾는 손님이 더 많아진다. 선순환이 되니 참 좋다.

추석 전날 우리 가족 넷이 다 모여 아침부터 저녁까지 즐겁게 지냈으니 이보다 더 좋을 수가 있겠는가? 감사할 뿐이다.

수원 화성에 오면 성곽길을 돌기 전이나 후에 성의 중앙에 위치한 화성행궁과 화성박물관에 들어가 보기를 권한다.

정조(1752~1800, 재위 기간 1776~1800)는 재위 기간 25년 동안 13번이나 아버지가 잠들어 계신 현륭원(현재의 융릉)에 참배하러 왔다.

1795년에는 8일간 화성행차를 하였다. 이때 완공된 행궁에서 여러 궁중 행사를 개최하였다. 행궁 봉수당에서 어머니의 회갑잔치를 개최하였다. 낙남헌에서는 수원 어른들을 초청하여 연회를 베풀었다. 또 수원지역 젊은이들을 대상으로 특별 과거시험을 치르고 인재를 선발하였다. 이러한 역사의 현장이 바로 화성행궁이다.

화성박물관에는 상설전시실이 두 곳 있다. 먼저 화성축성실에서는 화성이라는 근대적 성곽을 건설한 과정과 수원의 옛 모습을 볼 수 있다. 또 다른 전시관, 화성문화실에서는 1795년 정조의 화성행차, 어머니의 회갑연, 그리고 당시 8일간의 연행과 화성 축성의 최고 책임자였던 번암 채제공의 모습을 볼 수 있다. 또한, 수원 화성의 방어와 자신의 왕권 강화, 두 가지 목적으로 창설한 장용영 관련 문서와 군사들의 훈련 방법과 병기들도 볼 수 있다.

또 기획전시실이 있어서 수원화성, 융, 건릉과 용주사의 역사 유물과 자료 등이 일정 기간 전시된다. 야외전시장도 있는데, 이곳에서는 수원화성을 건설하던 때 다산 정약용이 고안하여 만들어 사용하였던 거중기와 녹로 등이 실제 크기로 복제, 전시되고 있다. 복제한 정조의 태실과 태실비도 있고 수원 지역에 근무했던 목민관들의 선정비도 10기가 모여 있다.

화성 융, 건릉과 용주사(역사문화탐방)

추석 다음 날 우리 가족은 점심을 먹고 융, 건릉에 갔다. 점심을 먹었지만 찐 밤과 송편을 쌌다. 나들이할 때는 언제나 챙기는 찬물, 뜨거운 물과 커피는 내 배낭에 들어 있다. 내비게이션에 융, 건릉을 치고 내비게이션이 안내하는 대로 차를 운전하여 갔다. 융, 건릉의 정문 앞 주차장에 차를 세우고(무료 주차) 소정의 입장료를 내고 들어갔다.

우리는 먼저 융릉과 건릉 역사문화관에 들어가 보았다. 현재 이곳에 추존 장조의 융릉이 있기까지 이야기를 읽어 보았다. 사도세자(1734~1762)는 아버지 영조의 명령으로 파벌정치의 희생양이 되어 뒤주에서 죽임을 당했다. 죽은 후 그는 왕세자의 신분이 아닌 보통 사람의 신분으로 '묘(수은묘)'에 묻혔다.

사도세자의 아들 정조는 왕이 된 후 아버지 사도세자를 장헌세자로 격상하고 아버지가 묻힌 '묘'를 '원(영우원)'으로 격상하였다. 더 나아가 현재의 이곳으로 이장하여 아름다운 '원(현륭원)'을 조성하였다. 그 후 장헌세자는 또 장조로 추존되고 현륭원은 '능(융릉)'으로 격상되었다. 현재의 융릉이 있기까지의 역사를 보자니 그의 아들 정조의 지극한 효심에 감동하지 않을 수 없었다.

왕족의 무덤이라 하더라도 묻힌 사람의 신분에 따라 이름을 달리 부른다. 능(陵)은 왕과 왕비의 무덤을, 원(園)은 왕세자와 왕세자빈 또 왕을 낳은 후궁의 무덤을 칭한다. 왕족의 무덤이라도 위 반열에 들지 않으면 일반인의 무덤처럼 그냥 묘(墓)라고 부른다. 참고로 무덤에 묻힌 사람이 누구인지 알 수 없지만 출토된 유물이 역사적으로 중요한 가치가 있는 경우 총(冢)이라고 한다. 경주에 있는 천마총이 이에 해당된다. 고분(古墳)이란 주인을 알 수 없는 옛 무덤을 가리킨다.

우리는 왕릉을 축조하는 과정을 훑어보고 재실로 이동하였다. 재실은 왕릉에 올리는 제례를 준비하는 장소이다. 제례를 준비하는 신하가 먼저 와서 몸과 마음을 정돈하고 준비한 음식을 살펴보는 곳이다. 제례를 올리기 위한 제기와 향 등이 항시 이곳에 보관된다. 능참봉이 이곳에서 근무하며 하인들을 데리고 능을 관리한다.

역사문화관과 재실을 둘러본 후 우리는 정조의 아버지, 장조와 그의 왕비(현경왕후, 혜경궁 홍씨)가 합장되어 묻힌 융릉으로 향했다. 소나무가 우거진 숲길이어서 운치가 있었다. 이어지는 참나무 숲길도 울창하고 좋았다. 융릉으로 들어가는 금천교를 건너고 홍살문을 지나니 멀리 능이 보였다. 홍살문을 지나 바로 우측에 있는 배 위에서 인사를 하고 어도 위를 걸어서 정자각으로 갔다.

정자각은 제사를 지내는 전각이다. 우측 계단으로 올라가서 정자각의 제사 상차림을 살펴보고 능을 바라보았다. 능 바로 앞에 있는 혼유석(상석)과 그 앞 좌우에 있는 망주석, 장명등, 문인석과 무인석, 석마, 석양, 석호 등을 찾아보았다. 정자각에서 좌측으로 내려왔다. 능에서 나오면서 좌우에 있는 비각과 산신석, 예감(제사 뒤 축문을 태우는 곳)과 수라간도 둘러보았다.

다음 건릉으로 가는데 우리는 오른쪽, 건릉 방향으로 바로 가지 않고 반대편, 왼쪽으로 갔다. 가능하면 잘 가꾸어 놓은 숲길을 많이 걷고자 함이었다. 길은 자연스럽게 좌회전하여 산 위쪽으로 올라갔다. 오르막을 오르자니 숨이 가빠지고 몸이 더워지고 땀이 났다. 조금 오르니 벤치가 있었다. 우리는 그곳에 앉아서 물을 마시고 잠시 쉬었다.

융릉과 건릉이 있는 산(숲)의 가장 바깥쪽 길을 한 바퀴 돌면 2km가 조금 더 된다. 두 번 돌면 4km가 넘는다. 잘 가꾸어진 숲길을 4km 이상 걸으면 좋은 운동이 될 것이다. 이날은 딸 아들과 함께 왔으니 같은 길을 두 번 돌자고 할 수가 없었다. 다음에 아내와 둘이 오면 그렇게 하리라 생각하면서 건릉으로 갔다.

건릉에 도착하여 융릉에서와 같은 순서로 정자각에 올라가 보고 나왔다. 건릉은 정조와 그의 왕비(효의왕후 김씨)의 합장릉이다. 건릉의 모습은 사실 정자각에서 잘 보이지 않았다. 왕릉의 전체적인 구조는 세세한 부분은 조금 다를지라도 융릉이나 건릉이나 크게 다르지 않을 것이다. 우리는 융릉과 건릉을 다 보았지만 바로 나오지 않았다. 좀 쉬고 나가자는 데 의견일치를 보았다.

건릉과 융릉을 바로 연결하는 중간 길을 걸어서 건릉 방향으로 걸었다. 중간쯤에서 산 아래로 가는 삼거리를 만나 아래로 내려갔다. 처음에 융릉 쪽으로 가면서 봐둔 장소, 참나무 숲으로 들어갔다. 벤치가 뜨문뜨문 놓여 있었다. 사람들이 많지 않아서 우리는 벤치 두 개를 차지하고 앉았다. 한 곳에서 아내와 나는 찐 밤을 까먹고, 다른 벤치에서 딸과 아들은 송편을 먹으면서 쉬었다. 얼마쯤 쉬고 우리는 일어났다. 숲이 좋아서 일어나는 게 아쉬웠지만, 용주사에 들르기 위해서였다.

용주사는 융, 건릉에서 멀지 않았다. 차로 10분도 안 되어 도착했다. 정조는 왕이 된 후 양주 배봉산에 있던 아버지의 묘(수은묘)를 원(영우원)으로 격상한 후 융, 건릉 자리로 옮기고 현륭원으로 이름을 바꾸었다. 그리고 가까운 이곳에 용주사를 세우고 아버지 사도(장헌)세자의 명복을 빌게 하였다. 절 앞 주차장에 차를 세우고 매표소에서 입장료를 내고 들어갔다.

정조의 효심이 세운 절답게 입장하자마자 바로 왼편에 효행박물관이 있었다. 그곳에서 내 눈길을 끈 것은 1796년(정조 20년)에 제작된 부모은중경 목판과 효행의 이야기가 있는 효문자도(잉어와 죽순, 부채로 한자 '孝'를 쓴 그림)였다. 유물이 많지 않아 다 돌아보는 데 그다지 오래 걸리지 않았다.

위로 올라가서 절을 둘러보고 대웅보전 오른편에 있는 부모은중경탑에 새겨진 글을 읽어보았다. 불교에서 보는 부모의 은혜 열 가지다. 어머니의 마음과 자식 사랑을 생생하게 표현하고 있었다. 부모은중경의 설법을 듣고 감동한 정조가 박물관에서 본 부모은중경 목판을 제작하게 했다고 한다. 절에서는 또 탑을 세우고 부모은중경을 새겼다.

대웅보전의 현판 글씨는 정조가 직접 썼다고 한다. 그가 아버지 장조의 명복을 빌기 위해 창건한 이 절에 대한 관심도가 매우 컸음을 알 수 있다.

우리는 용주사를 나와서 저녁을 먹으러 화성행궁 쪽으로 갔다. 딸이 친구들과 한 번 가보고 우리 가족 외식장소로 일찍이 점찍어 두었다고 하는 수원 갈비 식당으로 갔다. 우리 네 사람은 오후 간식으로 밤과 송편을 먹었음에도 주문한 갈비와 상 위의 반찬을 하나도 남기지 않고 다 먹었다. 우리 가족은 뭐든지 다 잘 먹는다. 모두가 이런 식성을 타고났으니 큰 복이다. 감사하다. 말로만 듣던 융, 건릉과 용주사를 돌아보고 수원왕갈비로 배를 그득 채웠으니 우리 가족 넷 다 100% 만족한 하루였다.

오산 독산성과 화성 당성(역사문화탐방)

독산성은 백제 때 축조되었다. 성곽의 둘레가 1.1km로 작은 산성이다. 이 성은 통일신라와 고려 시대에도 계속 유지, 관리되었다. 임진왜란 때 권율 장군이 왜군을 기만전술로 속여 방어해서 유명해졌다. 조선을 침략한 왜군이 독산성 안에 물이 없을 것으로 판단하고 성을 포위하였다. 권율 장군은 산 아래 왜군이 잘 볼 수 있는 곳에서 군사들로 하여금 흰쌀을 말에 붓고 물로 말을 씻어주는 것처럼 행동하게 했다. 멀리서 이를 본 왜군은 독산성 안에 물이 풍족하게 있는 줄 알고 물러갔다고 한다.

그 당시 흰쌀을 부어 말을 씻는 척했던 자리를 세마대지라고 한다. 임진왜란이 끝나고 그 자리에 세마대가 세워졌다. 1792년(정조 16년)에 독산성과 세마대가 함께 중수되었다. 근래 와서는 1957년 이승만 대통령 때에 복원되었다. 누각 건물에 걸려있는 세마대(洗馬臺)라는 현판 글씨는 이승만 대통령의 친필이라고 한다.

5월 초 한음회 친구들 다섯이 오산 독산성에 갔다. 독산성 가까이 가니 도로 옆에 주차장이 있었다. 주차장에 차를 세운 후 안내 간판을 보고 독산성 방향으로 올라갔다. 주차장에서 독산성으로 오르는 길은 1.2km 정도로 짧으나 경사가 가팔라서 숨이 차고 땀이 났다. 우리는 성으로 올라가기 전 오른편에 보이는 전나무 숲으로 들어가서 잠깐 쉬기로 했다. 삼림욕장으로 내려가는 길옆에 있는 숲이었다. 탁자가 몇 세트 놓여 있었다. 사람들이 없어서 우리는 탁자를 골라 앉을 수 있었다. 땀을 닦고 물을 마시고 숲 속의 산뜻한 공기를 들이마셨다. 쉬면서 커피도 마셨다.

다시 일어나 조금 올라가서 동문을 통하여 성에 들어갔다. 성안에 들어가자 바로 보적사라는 절이 있었다. 지도를 보니 성의 지형상 내려올 때 다시 절에 들르게 되어 있었다. 우리는 먼저 세마대로 올라갔다. 세마대 옆 게시판에 적힌 세마대의 이야기를 읽고 기념사진을 찍었다. 성을 한 바퀴 돌아보는데 성안에 숲도 있고 넓은 풀밭도 있었다. 우리는 성 밖 멀리까지 조망하는 전망 좋은 벤치에 앉았다. 나란히 앉은 우리의 뒷모습을 사진에 담으니 멋진 그림이 되었다. 근처 풀밭에서 여자들이 쑥을 뜯고 있었다. 우리 한음회 여자들도 쑥을 뜯고 싶어 했지만, 쑥을 뜯을 칼도, 담을 비닐봉지도 갖고 오지 않았다. 다음에 혹시 이곳에 다시 올 기회가 있으면 쑥을 뜯기로 하고 절로 내려왔다.

절을 돌아보고 성밖으로 나와, 독산성 앞산으로 올라갔다. 산의 정상에 있는 정자 옆 탁자에 앉았다. 각 집에서 싸온 도시락을 푸니 푸짐한 뷔페 점심이었다, 한음회 친구들과 나들이를 하면 언제나 음식을 나눠 먹고 웃고 떠드니 행복하지 않을 수가 없다.

점심 후 주차장으로 내려오는데 왼편 밭둑과 풀밭에 쑥이 많이 자라고 있었다. 여자들은 쑥이 눈에 어른거려 도저히 그냥 가지 못하겠다고 나무를 잘라 연장을 만들어 쑥을 뜯었다. 각자 국을 끓여 먹을 수 있는 정도의 쑥을 채취하였다. 이쯤에서 우리 한음회 여자들이 쑥떡을 하던 옛날이야기를 해야겠다. 여자들이 40대 후반 때다. 그 무렵에는 여자들이 젊었고 힘이 있었다. 매년 3월 말에서 5월 초순까지 등산을 가서 쑥이 보이면 여자들은 쑥을 뜯곤 했다. 청계산 이수봉 아래 옛골 봉수대 근처에서 또 광교산 아래 고기리에서 쑥을 많이 채취했다.

쑥을 뜯은 후 처음에는 각자 뜯은 쑥을 갖고 갔다. 그러다가 하루에 뜯은 쑥을 다 모아서 한 집으로 몰아주기 시작했다. 쑥을 받은 집에서는 쑥떡을 해서 반 정도는 갖고 나머지 반 정도는 각 집에 고루 나눠주었다. 그다음에는 다른 집에, 또 그다음에는 또 다른 집에…. 여섯 여자가 하루 동안 뜯은 쑥을 한 집으로 몰아주니 쑥이 너무 많아서 쑥떡을 할 때마다 방앗간 기계가 멈춰 설 정도였다. 그러니 얼마나 좋은 쑥떡이었겠는가?

맨 처음 쑥을 받은 집은 우리 집이었다. 그 당시 나의 어머니께서 간암 투병 중이셨는데 쑥떡을 참 좋아하셨다. 이를 알게 된 한음회 여자들이 뜯은 쑥을 각자 가져가지 않고 나의 어머니를 생각해서 우리 집으로 몰아주었다. 아내는 쑥떡을 해서 반은 아버지 어머니께 갖다 드리고, 반은 각 집에 고마움의 표시로 나눠주었다. 이것이 계기가 되어 하루에 뜯은 쑥을 한 집으로 몰아주어 쑥떡을 해먹게 되었다. 회원들이 쑥떡을 해서 나눠줄 때 우리에게는 두 집 몫을- 아버지 어머니 집과 우리 집에 -챙겨 주었다. 한음회 여자들한테 고마운 사랑의 쑥떡 추억이다.

다음 행선지는 당성이다. 내비게이션에 당성을 치고 갔는데 성의 모습은 보이지 않고 신흥사라는 절로 잘못 올라갔다. (신흥사는 일제강점기 1934년에 지은 절로 꽤 컸다.) 다시 내려와서 내비게이션이 안내하는 길을 주의 깊게 따라가 당성을 찾았다. 이 성도 독산성과 마찬가지로 백제 때 축조되었고 성곽의 둘레는 1.2km로 작은 산성이었다. 통일신라 때는 중국 당나라와 교역을 하던 서해 항구뿐 아니라 남북을 다 관찰할 수 있는 높은 위치여서 전략적으로 중요한 성이었다.

우리가 방문했을 때 성곽의 복원공사가 한창 진행되고 있었다. 하지만 성의 윤곽도 아직 나타나지 않아서 좀 썰렁한 분위기였다. 이날 당성에는 우리 말고 다른 사람이 아무도 없었다. 이 성에 비교하여 독산성은 아주 잘 복원되었고 주위에 오르기 좋은 산도 있어서 사람들이 많이 찾았다. 당성도 잘 복원되고 많은 사람들이 찾는 유적지가 되면 좋겠다.

당성을 돌아보는 데 별로 시간이 소요되지 않았기에 우리는 화성 향토박물관에 갔다. 마침 도슨트(문화해설사)가 나와서 친절하게 전시 자료를 안내해주었다. 도슨트의 설명을 들으면서 전시물을 관람하니 옛사람들의 생활상을 생생하게 보는 듯하였다. 몇백 년 전의 기록물들이 남아 있어서 우리가 그 당시 사람들의 생활상을 알 수 있지 않은가? 역시 기록이 중요하다.

집으로 돌아오면서 우리는 오산에 있는 궐리사에 들렀다. 궐리사란 공자를 모신 사당이다. 우리나라에는 오산과 논산, 진주, 세 곳에 궐리사가 있다. 원래 이곳은 조선 초기에 공자의 64대손인 공서린(1483~1541)이 집을 짓고 후학을 가르치던 곳이었다. 공서린이 죽은 후 폐허가 된 이 자리에 1792년(정조 17년) 정조가 사당을 건립하고 궐리사라고 불렀다. 공자가 살던 중국 노나라의 마을 이름이 '궐리'이었기에 그렇게 이름 지어진 것이리라.

우리는 궐리사를 돌아보고 그 안에 있는 250여 년 된 은행나무 둘레 의자에 앉아 쉬면서 이날의 일정을 마감하였다. 참고로 행단(杏亶)이라는 말이 있다. 학문을 닦는 장소를 가리키는 말이다. 공자가 은행나무 아래 단을 만들고 그곳에서 제자들을 가르쳤다는 데서 유래한 말이다.

용인 석포숲-안성 미리내 성지

석포숲은 용인에서 안성에 걸쳐 있는 약 200만 평의 산이다. 서울 남산의 2배 넓이다. 이 숲은 손창근 선생(1929~)께서 50여 년 동안 200만 그루의 나무를 심고 가꾼 산이다. 어릴 적 가난했던 시절을 생각하여 인근 주민들이 따 먹을 수 있도록 산기슭에 밤, 호두, 매실, 살구 등 유실수를 심고 가꾸었다. 2012년 이곳을 찾는 사람들이 자연 속에 들어와 심신을 쉬고 즐길 수 있도록 나라(산림청)에 기부하였다. 석포숲이라는 이름은 손창근 선생의 부친 손세기 선생(1903~1983)의 아호 석포(石圃)에서 따왔다.

10월 중순 주말에 분당지역에 사는 한음회 친구들 다섯이 뭉쳐서 석포숲에 갔다. 차량 내비게이션에 석포숲 공원을 치고 가니 차량 10여 대를 주차할 수 있는 주차장에 도착하였다. 주차장에는 승용차 5대가 주차되어 있었다. 주차장 한쪽에 있는 종합 안내도를 보니 주차장에서 기념공원까지 올라가는 방법은 두 가지가 있었다. 안내판 뒷산으로 올라가는 방법과 주차장에서 차가 더 갈 수 있는 도로(임도?)로 올라가는 방법이다. 우리는 올라갈 때는 산길로 올라가고, 내려올 때는 임도를 따라 내려오기로 했다.

우리는 안내도 뒤쪽 산길로 올라갔다. 초입에는 완만한 산길인가 했는데 경사가 가팔라졌다. 경사진 흙길 중간중간 굵은 각목으로 계단(?)을 만들어 놓았는데 오히려 걷기에 불편했다. 비가 많이 내리는 때에 흙길이 빗물에 파여 쓸려 내려가지 않도록 흙막이 겸용으로 만들어 놓은 것이 아닌가 하는 생각이 들었다. 이곳을 찾는 사람들이 걷기 좋도록 잘 만들어 놓으면 좋겠다.

다 올라왔는가? 했는데 오른편에 덱 길을 만나서 덱 길로 들어섰다. 이 덱 길은 한반도 모양으로 만들어서 '한반도 데크로드'라고 한다. 기부자 손창근 선생의 통일 염원을 담은 길이라고 한다. 우리는 한반도 데크로드를 따라 걷다가 전망대로 올라갔다. 15분쯤이나 걸었을까? 많이 걷지는 않았지만 전망대에 앉아서 좀 쉬면서 사방을 바라보았다. 산 위쪽을 제외한 3면이 탁 트여 있어서 눈도 시원해지고 가슴도 시원해졌다.

담소하며 앉아 있는 세 여자의 사진을 찍고 전망대에서 나왔다. 일직선으로 쭉 뻗은 덱 길을 걸어서 산 위쪽으로 올라갔다. 중간에 쉼터가 있었다. 쉼터의 시설은 단순하면서도 공간 배치가 좋았다. 주위의 풍광도 좋으니 그냥 지나칠 수 없었다. 여자들은 또 그곳 벤치에 앉아서 멋진 추억의 사진을 담았다.

드디어 석포숲 공원에 올라섰다. 멀리 앞산과 산 아래 풍광을 감상하며 앉을 수 있는 벤치가 있었다. 우리는 그곳에 앉아서 커피를 마시고 조금 쉬었다. 이정표를 보니 주차장에서 불과 0.86km 올라와 있었다. 한반도 데크로드를 걸었으니 1km 정도 걸었다. 우리는 오른쪽으로 애덕고개까지 2.9km 임도를 걷기로 했다. 왕복 6km가 좀 안 되는 거리다. 돌아와서 주차장까지 걷기 편한 임도로 내려가면 1.56km가 더해진다. 전부 합치면 8.5km쯤 임도를 걷게 된다. 하루 걷는 양으로 딱 좋지 않은가?

석포숲 공원이라고 쓴 기념 비석 앞에서 기념사진을 찍고 우리는 걷기 시작했다. 여자들 셋이 서둘지 않고 편하게 걸을 수 있도록 앞서 가게 했다. 용인 후배와 나는 뒤에서 느리게 따라갔다. 길은 평탄하고 경사가 거의 없어서 걷기 좋은 길이었다. 왼편으로 산이고 오른편은 골짜기다. 이 길을 석포벚꽃 20리 길이라고 한다. 길가에 심긴 벚나무의 수령이 20년쯤 될까? 가을에 들어선 지 오래지 않아서 벚나무 잎이 드문드문 노란 갈색으로 물들기 시작하였다.

좀 더 가자 오른편 골짜기 아래에서 전나무가 쭉쭉 뻗어 올라 자라고 있었다. 어떤 곳에서는 넝쿨이 전나무를 휘감고 올라서 동남아의 어느 정글 같은 분위기가 났다. 걷다 보니 왼편 산 위쪽에 나무들을 다 잘라내고 소나무를 조림한 언덕이 보였다. 소나무의 키가 고작 20cm나 될까? '저렇게 어린 소나무가 어느 세월에 자라서 소나무 숲을 이룰까? 여름에는 가뭄이나 장맛비 등에 굴하지 않고 겨울에는 폭설이나 맹추위에도 끄떡없이 잘 자라야 할 텐데.' 하는 마음이 들었다.

애덕고개에 가까이 가는데 뒤에서 15명쯤 되는 사람들이 줄지어 산악자전거를 타고 나타났다. 임도에서 산악자전거를 타도 되는 건가? 등산길에서도 종종 산악자전거를 타는 사람들을 만난다. 타는 사람들이야 좋아서 타겠지만, 같은 길을 걷는 사람들과 등산하는 사람들은 충돌하여 다치지 않을까 염려스럽다.

애덕고개에 도착해보니 왼쪽 골짜기로 500m만 내려가면 미리내 성지였다. 말로만 듣던 성지인데 가보지 않을 수가 있겠는가? 우리는 가파른 길을 조심조심 내려갔다. 한국 첫 사제이었던 김대건 신부는 한강변 새남터에서 순교 40일 후 이곳에 와서 묻혔다. 김대건 신부의 묘와 기념성당을 둘러보았다.

김대건 신부(1821년, 순조 21~1846년, 헌종 12)는 중국에서 사제품의를 받고 귀국하여 불과 13개월 동안 사제로서 활동하다가 26살에 죽었다. 일찍 죽은 것이야 애석하지만 그는 그 시대에 그의 역할을 다하

고 순교한 것 아닌가? 일찍 죽든지 오래 살든지 한번 사는 인생이다. 남들 사는 대로 따라 살지 말고, 바른 가치관을 가지고 자신이 살고자 하는 인생을 살아야 한다. 김대건 신부의 묘 앞에서 이런 생각이 들었다.

다시 애덕고개로 올라왔다. 바람이 좀 부는 날이어서 애덕고개 앞 쉼터에 자리를 펴고 각 집에서 싸온 도시락으로 점심을 먹었다. 점심 후 우리는 커피를 마시며 쉬고, 석포숲 공원까지 산길로 가기로 했다. 애덕고개에서 산으로 올라가는 길은 다소 경사진 길이었다. 하지만 산 능선에 올라선 다음부터는 능선길이어서 걷기 좋았다. 문수봉 방향으로 가다가 쌍용산 삼거리에서 좌측 길로 들어서 석포숲 삼거리를 거쳐 석포숲 공원 방향으로 내려왔다. 내려오는 길이 급경사여서 조심해서 내려와야 했다. 임도를 걸어서 주차장으로 돌아왔다. 언제 만나도 반갑고 좋은 한음회 친구들과 걷기 좋은 임도와 산길을 10km쯤 걸은 행복한 하루였다.

2012년에 석포숲을 나라에 내놓은 손창근 선생은 2020년에 추사 김정희의 세한도를 국립중앙박물관에 기증하였다. 그의 부친 손세기 선생은 개성 출신의 사업가였다. 손창근 선생도 외국인 회사에서 일하다가 사업을 하여 집안의 부를 늘렸다. 그는 손세기 선생 때부터 수집한 문화재를 2020년까지 몇 번에 걸쳐서 대학과 국립중앙박물관에 기증하였다. 건물과 연구비 등도 기부하였다. 이런 사실을 알고 나니 부자가 되어서 그 부를 사회에 환원한 손세기, 손창근 선생과 그 가족에게 뜨겁게 존경하는 마음이 들었다.

더불어 손세기, 손창근 선생의 저변에 흐르는 개성상인의 정신에 대하여 알아보았다. 태평양장학문화재단의 학술연구비 지원으로 단국대학교 고승희 교수가 쓴 「개성상인의 경영 사상과 송도치부법의 논리구조」라는 연구보고서를 읽어보고 개성상인의 상도(商道)에 대하여 다음과 같이 정리해보았다.

개성상인은 고려의 건국과 더불어 그 효시를 이룬다고 할 수 있다. 고려의 시조인 왕건은 송악(개성)에 도읍을 정하고 나라의 터전을 잡았다. 그의 아버지 왕릉은 당대의 거상(巨商)으로 당나라와의 교역으로 부(富)를 축적하여 왕건이 후삼국을 통일하고 고려를 건국하는 근간이 되었다. 개성상인을 송도상인이라고도 하는데 이를 줄여서 송상(松商)이라 부른다. 고려 시대 들어 송상들은 송나라, 거란, 여진과 일본뿐 아니라 아라비아까지 진출하여 무역을 하였다. 그들은 수도인 개성을 기반으로 하여 고려왕조 475년(AD 918~1392) 동안 번영을 구가하였다.

고려왕조를 내몰고 조선왕조를 세운 이성계는 자기를 인정하지 않는(?) 개성의 기존세력을 타파하고자 한양으로 도읍을 옮겼다. 새 왕조의 도읍인 한양에서 신흥 상인들이 세력을 키워나가자 송상들은 위기를 맞기도 했다. 이성계를 인정하지 않는 고려의 사대부 집안사람들은 조선왕조에서 벼슬을 하지 않겠다고 선언하고 상업에 뛰어들었다. 지식인이었던 사대부들이 상업에 진출하자 상업의 체계적 문서화(장부조직), 경영의 합리화, 그리고 상술의 고도화를 가져오게 되었다.

그들의 경영철학과 상도를 간추리면 다음과 같다. 먼저, 의(義), 신(信), 실(實)이라는 삼도훈(三道訓)이 있다. 의(義)는 더불어 일하는 사람과 친화하고 동업자와 의리를 지키며 서로 충성하고 협동하는 일이다. 신(信)은 고객에게 신용 있는 사업자가 되어 고객의 신뢰를 확보하는 일이다. 실(實)은 장사를 하여 돈을 벌되 남의 눈을 의식하지 않고 근검절약하여 돈을 모아가는 일을 의미한다.

실천 강령으로 다음 5가지가 있다. 1) 부지런히 고객과 접하고(足), 2) 장사 이외의 대화를 자주 하여 접근하고(口), 3) 친해져서(親) 4) 외상을 주고 믿음(信)을 얻고 5) 장사(商)를 행하라는 상도(商道)가 그것이다.

의(義), 신(信), 실(實)에 바탕을 둔 족(足), 구(口), 친(親), 신(信), 상(商)의 8가지 덕목을 또 다르게 정리하면 다음과 같다. ① 근검 성실의 생활신조(자신에게) ② 신용 최고의 상업윤리(업계와 고객에게) ③ 인화와 협동의 경영원칙(회사 내부에서) ④ 합리적이고 투명한 경영관리 ⑤ 무차입 경영과 한 우물 파기 정책 ⑥ 개척, 도전정신 ⑦ 진충보국(盡忠報國) 사상 등이다.

개성상인들이 확립해 놓은 상거래의 규율과 행동양식은 현대사회에서 사는 보통 사람인 우리에게도 가르치는 바가 실로 크다.

주) 용인자연휴양림도 좋다. 휴양림 안에 잘 닦여진 산책길이 있다. 휴양림 오른편에 치유의 숲길이라고 이름 붙인 계곡 물 따라 걷는 길은 짧지만, 운치가 있다. 휴양림 안쪽으로 잘 꾸며놓은 야생화 단지를 돌아보는 길도 좋다. 휴양림 시설을 둘러싸고 외곽으로 잘 닦여진 임도가 걷기 좋은 길이다. 임도는 휴양림 위 왼쪽에서 용인 외대까지 연결된다. 오른쪽에서는 패러글라이딩 이륙장까지 완만하여 오르기 좋다. 휴양림 내 산책로와 임도를 다 걷고, 패러글라이딩 이륙장까지 다녀오면 4km쯤 된다. 숲길에서 걷고 쉬고 2시간쯤 힐링하기 좋다.

이천 산수유마을 둘레길

매년 봄이 오면 가장 먼저 피어나는 꽃이 산수유다. 3월 말~4월 초 이천 산수유축제 날이 정해지면 아내와 나는 한음회 친구들과 이 축제에 간다. 우리는 2004년 봄에 이 축제에 처음 갔다. 그때 우리는 등산복을 단체로 맞춰 입었다. 바지는 남녀 다 검은색 바지, 상의는 여자들은 오렌지색 긴팔, 남자들은 검은색 긴팔이었다. 우리 한음회 친구들은 그 날을 한음회 역사가 시작된 날로 친다.

우리나라의 1기 신도시 분당에 아파트가 완공되고 입주가 시작된 때는 1991년 말이다. 한음회는 1995년경까지 분당으로 이사 와, 같은 교회에서 만나 친해진 여섯 부부, 12명의 모임이다. 25년이 더 지난 지금 여섯 집 중 세 집은 각각 대구로, 무안으로, 서울로 이사를 갔다. 다른 세 집도 다 집을 옮겼지만 여전히 분당지역에서 살고 있다. 서울로 이사 간 부부가 종종 내려와서 어울리지만, 근래에는 분당지역에 남아 있는 세 집 다섯 사람이 주로 어울려 다닌다.

우리는 거의 매년 이천 산수유축제에 갔다. 그런데 이번 토요일에 열리는 이천 산수유축제에 갈 수 있는 사람은 아내와 나, 우리 부부뿐이었다. 우리 한음회 친구들은 어디를 가든지 거의 언제나 점심으로 김밥을 사거나 도시락을 싼다. 그러나 이날은 우리 부부뿐이니 점심은 축제장에서, 저녁은 이천에 갔으니 이천 쌀밥을 먹기로 했다.

한음회 친구들과 함께 이천 산수유축제에 가면 우리는 먼저 산행을 한다. 축제가 열리는 백사면 산수유 마을 뒷산인 원적산 천덕봉에 오르거나 산수유 마을 둘레길을 걷는다. 산행 후 산 아래서 점심을 먹고, 노란 산수유 꽃이 핀 밭 여기저기에서 꽃구경을 한다. 마을 앞으로 나가 축제장에서 파는 한과나 다른 먹거리를 후식으로 사 먹기도 한다. 축제장에서 마을 뒤 들판으로 올라와 여자들은 쑥과 냉이를 뜯고 캔다.

이날 아내와 나는 오전 11시쯤 산수유마을에 도착하였다. 마을 앞 주차장이 복잡하여 우리는 마을에서 조금 떨어진 동원예비군 훈련부대 앞에 주차하였다. 마을로 가다가 축제장으로 내려가지 않고 원적사로 오르는 언덕으로 올라 둘레길로 들어섰다. 오르막을 오르니 숨이 차올랐다. 원적사 아래 산수유 꽃밭에서 노란 산수유 꽃을 배경으로 사진을 찍으며 쉬었다. 계속 오르막길을 올라 고갯마루에 올라서니 양지바른 곳에는 진달래가 분홍색 꽃망울을 터뜨리고 있었다. 고개를 넘자 경사가 급한 내리막길이었다. 내려가면서 좌측에 짙푸른 잣나무 숲이 있었다. 우리는 시간이 넉넉하니 잣나무 숲으로 조금 들어가서 스트레칭을 하고 체조도 하였다.

더 내려오니 잣나무 숲 아래 약수터가 있었다. 마셔도 되는 물인지 동네 사람으로 보이는 한 어른이 큰 통 두 개를 가지고 와서 물을 받아갔다. 약수터 앞에 벤치가 있어서 아내와 나는 시원한 약수를 받아 들이켜고 앉아서 쉬었다. 약수터에서 아래를 내려다보니 좌측으로 영원사로 들어가는 길이 갈라지는 삼거리가 보였다.

우리는 잠시 쉬고 일어나서 영원사로 가는 숲길로 들어갔다. 오르막이었지만 크게 경사진 길은 아니었다. 완만한 오르막길을 다 오르니 내리막길이 되고 왼편으로 영원사가 나타났다. 우리는 절로 들어가서 앞마당 평상에 앉았다. 스님도 보이지 않고 절에 찾아오는 사람도 없었다. 고요한 가운데 주위 사면이 다 산이었다. 은퇴 후 때마다 깊은 산 속에 들어와 놀 수 있으니 어찌 아니 행복할까? 젊어서 아내와 나는 요즘 세대로서는 이해하기 어려울 정도로 열심히 일했다. 이제 나이 들어서 이렇게 여유 있게 살 수 있으니 얼마나 감사한가!

축제장으로 돌아오는 길에 아내와 나는 여기저기 길가와 밭두렁에서 냉이를 캤다. 쑥은 올라오기 시작한 지 얼마 되지 않았는지 너무 어리고 작아서 뜯기에 좀 이른 듯하였다.

드디어 산수유 축제장, 산수유가 피어 있는 마을 뒤 넓은 밭으로 내려갔다. 젊은 연인들과 어린아이들을 데리고 온 젊은 부부들이 많았다. 우리처럼 나이 먹은 사람들도 좀 있었다. 원적산 등산을 하고 내려온 등산복 차림의 나이 든 사람들도 보였다. 아내와 나는 이곳저곳으로 옮겨 다니면서 산수유 꽃구경을 했다. 노란 꽃이 풍성하게 핀 산수유를 배경으로 사진을 찍었다. 하얗게 핀 매화 앞에서도 사진을 찍었다.

6km쯤 걷고 나물도 캤고 꽃구경도 했으니 점심값을 톡톡히 한 셈이다. 산수유 마을 축제장으로 내려갔다. 동네 사람들이 준비한 장터거리 천막에 가서 장터국밥과 두부김치를 사서 점심을 먹었다. 국밥을 먹다 보니 국물이 좀 부족하였다. 가서 국밥 국물을 좀 더 달라고 했더니 또다시 한 그릇이 될 정도로 푸짐하게 퍼 주었다. 마을 사람들의 인심에 고마웠다. 점심을 배불리 먹고서 우리는 마을 앞에 주욱 늘어선 천막가게를 둘러보러 갔다.

한음회 친구들과 함께 왔던 다른 해엔 배가 불렀어도 문어와 임실치즈, 한과 등 이것저것을 사 먹었다 그러나 이날은 배가 부르고 둘만 왔기에 후식을 사 먹지 않았다. 배가 불러도 여러 사람이 함께하면 또 사 먹게 되는데, 웃음도 여럿이 모여야 더 잘 터지고 더 즐겁다. 확실히 서로 마음이 맞는 사람들과 어울려 먹고 마시고 노는 게 행복이다.

우리는 마을로 돌아와서 육괴정 앞에 섰다. 1519년(중종 14년) 기묘사화 때 개혁을 주장하던 조광조와 그를 따르던 많은 신진세력이 숙청되었다. 육괴정은 이 사건 후 남당 엄용순이 아버지 엄훈의 묘가 있는 이곳으로 낙향하여 건립한 정자이다. 정자 앞에 연못을 파고 연을 심었다. 그는 이곳에서 세상사를 잊고 책을 읽고 다른 선비 다섯 사람과 함께 학문을 논하며 지냈다. 육괴정이라는 이름은 엄용순과 김안국, 강은, 오경, 임내신, 성담령 등 여섯 사람이 서로의 우의를 기념하여 정자 주변에 여섯 그루의 느티나무를 심었다고 해서 붙여진 이름이다. 느티나무는 현재 세 그루만 남아 있다.

저녁 시간까지 시간 여유가 있어서 설봉공원에 들렀다. 아내는 전에 내가 해외 근무하는 동안 한음회 친구들과 와봤다는데 나는 처음이었다. 비가 오락가락 내리기 시작하였다. 아내와 나는 우산을 쓰고 공원 주위를 산책하였다. 안내판을 보니 산과 호수만 있는 단순한 공원이 아니었다. 세계도자센터와 박물관, 미술관 등 볼거리가 많았다. 이천하면 도사기의 본고장 아닌가? 다음에 와서 무엇보다도 세계도자센터에 가보고 설봉산에 오르고 영월암과 설봉서원에도 들러봐야겠다는 생각을 하였다.

집으로 돌아오는 길에 이천 쌀밥집에 가서 쌀밥 정식으로 저녁을 먹었다. 행복한 주말이었다.

▶ 서광종 사진

이천 설봉공원

5월 21일 부부의 날이다. 아내와 나는 이천 설봉공원에 갔다. 지난해 3월 말 이천 산수유축제를 보고 오후 늦게 설봉공원에 들렀다. 그때 언젠가 와서 제대로 봐야겠다는 생각만 하고 갈 기회를 잡지 못했는데 드디어 이날 가기로 했다. 점심으로 과일을 싸고 김밥을 사 갖고 출발하였다. 설봉공원 안내소 뒤편 주차장에 도착하여 그늘을 찾아 주차하였다. 안내소에 들러서 설봉공원에 관하여 소개를 받았다.

우리는 먼저 2019년 경기세계도자비엔날레 국제공모전이 열리고 있는 이천 세계도자센터로 올라갔다. 이 전시회는 2019년 11월부터 시작하여 2020년 5월 31일까지 열린다. 차로 가도 좋다고 했지만 우리는 걷는 게 좋다. 올라가면서 보니 도자 조형물과 타일로 조형물을 설치해 놓았다. 순서대로 보면 먼저 큰 사과를 만들고 액자 프레임을 둘러서 멋진 포토존을 설치해 놓았다. 사과에는 영어로 사랑해(I ♡ U)라고 써 놓았다. 그다음에는 타일과 타일 조각으로 큰 원형 기둥을 가운데, 그보다 작은 원형 기둥을 그 양편에 만들어 놓았다. 각 기둥 위에는 그릇 모양의 자기를 올려놓았다. 또 그다음에는 개와 고양이 사이에 두 사람이 서 있는 조형물이 있었다.

더 위로 올라가니 큰 액자를 만들고 그 앞 우측에는 코끼리를, 액자 뒤 좌측에는 공룡을 작고 귀엽게 만들어 놓았다. 아내를 큰 액자 프레임 안쪽 아래 좌측 코너에, 또 우측 코너에 앉게 하고 사진을 찍었다.

짙푸른 활엽수를 배경으로 멋진 작품이 나왔다. 우리는 도자센터로 들어가기 전에 점심을 먹으러 도자센터 앞마당 좌측에 있는 휴식 장소로 갔다. 그런데 그곳에는 이미 다른 사람들이 와서 쉬고 있었다. 그 앞에 있는 이정표를 보니 휴식 장소 뒷산에 둘레길이 있었다.

둘레길로 올라가니 중간중간 벤치와 평상이 마련되어 있었다. 우리는 멀리 가지 않고 도자센터 앞마당 쪽을 바라보며 앉을 수 있는 평상을 발견하였다. 신발을 벗고 그 평상에 오르니 5월 하순 짙은 녹음이 우거진 숲 속에서 앞이 탁 트인 멋진 자리였다. 어디 가서 이만한 장소를 찾을 수 있겠는가? 양말도 벗고 다리를 펴고 편히 앉았다. 아내와 나는 천천히 담소하며 과일을 먹고 김밥을 먹고 커피도 마셨다.

내려와서 국제공모전을 보러 도자센터로 들어갔다. 도자 전시회에 처음 가본 나는 도기나 자기로 만든 접시나 그릇, 꽃병 등 그릇 종류와 생활용품, 장식품을 전시하는 것으로 생각하였다. 그런데 들어가 보니 내 생각과는 전혀 다르게 일종의 미술 조각 작품전시회였다. 도기나 자기로 만든 작품도 있었지만 보통 사람인 내가 보기에 도기나 자기가 아닌 다른 작품들도 있었다. 그냥 흙을 소재로 만든 작품이면 어떤 형태로든 출품할 수 있는 듯 보였다.

우리나라와 다른 여러 나라 작가들의 작품이 전시되고 있었다. 전시회의 설명을 읽어보니 전부 18개국, 42명 작가의 작품 266점을 전시하고 있었다. 82개국 1,599명의 작가가 10,717점의 작품을 출품하였는데 그 중 엄선된 작품들이라고 한다. 실용적인 그릇이나 장식품도 있었지만 상상을 요하는 완전히 추상적인 작품도 있었다. 찬찬히 보니 볼 게 많았다. 작가들이 어떤 연고로 이런 작품을 만드는 예술활동을 하게 되었는지 궁금하였다. 작가들에 대하여 읽어보았다. 그들은 대부분 어릴 때 주위에 이런 작품들을 접할 기회가 많았던 환경에서 성장한 사람들이었다. 자식의 진로를 결정할 때 이 점을 참고하여야겠다는 생각이 들었다.

2019년 경기세계도자비엔날레 국제공모전에서 대상을 받은 작품은 미국 작가 팁 톨랜드의 「짜증」이었다. 한 사람이 바닥에 앉아서 무슨 작업을 하는데 짜증 난 표정을 짓고 있었다.

경기세계도자비엔날레 국제공모전은 격년으로 열린다. 2017년 대상작품 「베이스 클러스터」도 별도 공간에 전시되고 있었다. 작가는 노르웨이의 트르비욘 크바스뷔였다. 150년 된 꽃병 공장에서 만든 크고 작은 꽃병들을 모아서 한데 엉켜 놓은 작품이었다. 작은 방 한가운데 매달아 놓은 거대한 작품이었다.

전시회를 다 보고 아내와 나는 도자센터의 건물 뒤로 나왔다. 벤치에 앉아 물을 마시고 다리쉼을 하였다. 잠시 쉬고 건물 뒤 오른편에 있는 가마터를 보고 앞으로 나왔다. 왼편으로 돌아 내려가니 도자지원센터 건물이 보였다. 그 건물 아래로 가니 설봉산으로 가는 길이 나왔다. 설봉산에서 내려오는 계곡 물을 따라 잘 만들어진 길이었다.

우리는 설봉산을 향해 걸었다. 산 입구에 천상병(1930~1993)의 시 「귀천」이 액자에 써 있었다. 녹음의 숲을 배경으로 서 있는 액자의 시를 읽었다. 그는 '저승 가는데도 여비가 든다면 나는 영영 가지도 못하나?' 이런 시를 쓸 정도로 가난한 인생을 살았다. 그렇게 살았으면서도 아래와 같은 시를 썼다니 그의 내면 정신이 남다르다.

귀천

나 하늘로 돌아가리라
새벽빛 와 닿으면 스러지는
이슬 더불어 손에 손을 잡고

나 하늘로 돌아가리라
노을빛 함께 단둘이서
기슭에서 놀다가 구름 손짓하면은

나 하늘로 돌아가리라
아름다운 이 세상 소풍 끝내는 날
가서 아름다웠다고 말하리라

5월 하순으로 접어드는 산속에 우거진 녹음을 헤치고 숲길을 걸으니 신선한 공기에 마음이 한층 상쾌하였다. 산 아래 운동기구가 있는 곳을 지나 산으로 오르기 시작하였다. 구암약수를 지나 500m쯤 가니 화두재였다. 이곳에서 우측 설봉산 정상까지 거리는 1km였다. 그 앞에 '화두재 365 계단'이라고 쓴 게시판이 있었다. 계단의 수가 많아 힘들 것으로 예상했지만, 계단의 높이가 높지 않아 오르기 어렵지 않았다.

365계단을 오른 후 조금 가니 '오백 년 송'이라는 팻말을 앞에 두고 멋진 소나무 한 그루가 있었다. 그 소나무 위가 '백운봉'이었다. 이제부터는 걷기 좋은 산 위의 오솔길이었다. 청운봉을 지나 부학루 전망대에 이르렀다. 우리는 전망대 앞에서 이천 시내를 조망하고 물을 마시고 잠시 쉬었다. 조금 더 앞으로 나아가니 부학봉을 지나고 약간 내리막이었다. 조금 내려가는가 싶더니 삼거리였다. 전진하면 설봉산 정상이고 우측으로 내려가면 영월암을 거쳐 하산하는 길이었다. 삼거리에 서 있는 이정표를 보니 화두재 0.71km, 설봉산 정상 0.22km, 영월암 0.30km였다.

아내와 나는 먼저 설봉산 정상에 오르기로 했다. 조금 더 전진하여 계단을 조금 오르니 '雪峯山 해발 394m'라고 쓰인 커다란 정상석이 있었다, 또 그 앞에 희망봉(希望峯) 394m라고 쓰인 아담한 크기의

정상석이 있었다. 아내와 나는 그곳에 올라온 다른 사람에게 부탁하여 '雪峯山 해발 394m' 정상석 좌우에 서서 기념사진을 찍었다. 계속 전진하면 설봉산성이다. 삼국시대에 고구려, 백제, 신라 세 나라가 각축을 벌이며 쌓은 성곽의 흔적을 볼 수 있다는데 이날 우리는 거기까지는 가보지 못했다.

우리는 다시 삼거리로 돌아와서 영월암으로 내려갔다. 길이 상당히 가파른 내리막이었다. 영월암은 신라 때 의상대사가 창건하였다고 전해진다. 그러나 확인할 수 있는 자료는 없다. 다만 경내에 고려 중기에 새겨진 것으로 추정되는 9.6m 높이의 마애여래입상이 있고 통일신라 말 또는 고려 초기의 작품으로 추정되는 유물들이 남아 있어서 이 절이 유서 깊은 고찰임을 말해주고 있었다.

설봉공원에서 찻길로 올라오는 영월암 입구에 있는 은행나무는 수령이 600년을 넘었다고 한다. 이 은행나무는 고려 말의 고승 나옹대사가 이 절에 와서 꽂아놓은 지팡이가 자란 것이라고 한다. 이런 이야기는 과학적으로 따질 일은 아니다. 나옹대사의 아래 시는 언제 읽어도 우리를 깨우친다.

청산은 나를 보고 말없이 살라 하고
창공은 나를 보고 티 없이 살라 하네
성냄도 벗어 놓고 탐욕도 벗어 놓고
물같이 바람 같이 살다가 가라 하네

우리는 도로를 따라 내려갔다. 포장된 도로지만 경사가 가팔랐다. 차량통행이 거의 없는 길이어서 다람쥐가 길에 나와 노는 모습을 볼 수 있었다. 토끼가 길가에서 먹이를 찾고 있는 모습도 보았다.

800m쯤 내려오니 좌측에 설봉서원이 있었다. 문이 잠겨 있어서 들어가 볼 수 없었다. 다음에 오면 들어가 볼 수 있으려나…? 500m쯤 더 내려오니 우측으로 이천 시립 월전미술관이 있었다. 이곳도 코로나 때문에 문을 안 열었는지? 문 닫는 시간이 되어 문을 닫았는지 조용했다. 이날 우리는 산속에서 3km, 공원에서 2km 정도 걸었으니 전부 5km 정도는 걸었다.

설봉공원에는 이천 시립 박물관도 있다. 다음에 와서는 박물관과 미술관에 들어가서 관람하고 호수 둘레와 그 위 공원을 산책하면 좋겠다는 생각이 들었다. 저녁을 먹으러 이천 쌀밥집으로 향했다.

자연 속 숲길을 찾아서 Ⅰ

2부

충청도

아산 공세리 성당과 영인산 자연휴양림

▶ 서광종 사진

9월 하순 어느 날 아내가 바람 쐬러 나가자고 했다. 우리는 아산 공세리 성당과 영인산 자연휴양림에 가기로 했다. 두 곳 다 전에 한음회 친구들과 갔었던 곳이다. 공세리 성당은 고풍스런 정취가 있는 멋진 곳이다. 영인산 자연휴양림은 산책이나 트레킹하기 좋은 곳이다.

우리는 먼저 공세리 성당으로 갔다. 이 성당은 1894년 우리나라에서 아홉 번째, 대전교구에서는 첫 번째로 설립되었다. 1895년 이 성당에 프랑스 성일론(Emilius Devise) 신부가 부임하였고 초기에는 가정집에서 예배를 드렸다. 1897년 폐기되는 보세창고를 매입하여 예배당으로 사용하였다. 1922년에 보세창고를 헐고 그 자리에 지금의 성당을 건축하였다. 그러니 현재 우리가 보는 성당은 지은 지 100년이 되는 건축물이다.

고풍스러운 성당 건물은 주변의 오래된 나무들과 어울려 꽤 운치가 있었다. 수령이 350년 이상 된 나무가 네 그루나 있다. 「태극기 휘날리며」, 「에덴의 동쪽」 등 70여 편의 영화, 드라마가 이곳에서 촬영되었다. 멋진 사진이 나오는 장소로 이름이 나 있어서 사진작가들이 많이 찾는 곳이다.

우리는 성당의 멋진 모습을 둘러보고 성당 건물의 2층에 있는 박물관으로 올라갔다. 이 지역의 다른 역사적 자료와 함께 순교자들의 애석한 역사가 전시되고 있었다. 이 아름다운 성당에서 신앙생활을 하던 많은 천주교 신자들이 순교를 당했다니 마음이 아파 왔다. 1801년(순조 1년) 신유사옥과 1866년(고종 3년) 병인사옥 때 고문당한 후 옥사하거나 참수형을 받은 이 지역 신자가 32명이다. 이 성당의 납골식 순교자 현양탑에는 아홉 분의 묘 표석과 아산 출신 순교자 스물세 분의 묘석이 모셔져 있다.

전시된 자료 중 신자들을 고문하고 처형하는 장면을 보자니 인간의 잔인성에 몸서리쳐졌다. 한나 아렌트가 그의 저서 『예루살렘의 아이히만』에서 말한 '악의 평범성'이 떠올랐다. 유대인 학살, 홀로코스트의 최고 책임자 아이히만의 재판을 지켜본 한나 아렌트는 이렇게 말했다.

"아이히만은 스스로 결단해서 아무 일도 하지 않았고, 선의든 악의든 상관없이 어떤 의도도 없었으며, 그저 명령에 복종했을 뿐이다." 그는 그저 위에서 내려온 지시에 따라서 일했다. 그는 측은지심도, 생각하는 머리도 없는 사람이었던가? 이 사람에게 내려진 사형에 대한 죄목은 '생각 없음'이었다. 지금도 이렇게 자기 생각 없이 사는 사람들이 많지 않은지? 남들 사는 대로 그저 따라 살지 말고, 자신의 소신대로 살아야 한다.

성일론(Emilius Devise) 신부가 이곳에서 처음으로 고약을 만들었다는 사실도 알게 되었다. 우리가 어린 시절 1950~1960년대에는 잘 먹지 못하여 영양이 부족했다. 비누를 사용하여 깨끗하게 목욕도 자주 하지 못했다. 그래서인지 몸에 부스럼이나 종기가 많이 생겼다. 이런 현실을 보고 성일론 신부는 프랑스에서 고약을 만드는 방법을 배워 왔다. 그는 고약을 제조하여 성당 신자들에게 무료로 나누어주었다. 약효가 좋자, 우리나라 전국에 보급하도록 고약의 제조법을 이 성당에서 함께 일하던 이명래(요한)에게 전수하였다. 1960~1970년대에 유명했던 이명래 고약이 이런 경위로 만들어지고 우리나라에 보급되었다.

우리는 다음 행선지 영인산 자연휴양림으로 갔다. 차를 휴양림 입구 주차장에 세우고 차도와 구분되어 만들어진 오솔길로 걸어 올라갔다. 휴양림 안에 주차하면 주차비도 내야 하고 운동 거리도 짧아서 좋을 게 없다. 입구 주차장에서 휴양림 안에 있는 주차장까지 편도 1.9km다. 휴양림 안 주차장에서 수목원과 습지지구, 잔디광장을 지나 산림박물관까지는 2.5km쯤 된다. 산림박물관에서 영인산 자연휴양림의 상징탑인 '시련과 영광의 탑'까지는 500m쯤 된다. 휴양림 입구 주차장에서 박물관까지 다녀오면 9km, 상징탑까지 다녀오면 10km쯤 트레킹을 하게 된다.

매표소에서 입장료를 내고 휴양림 안으로 들어갔다. 물들기 시작한 단풍나무의 노란 잎이 가을이 왔음을 알려주며 우리를 반겨주었다. 중심활동지구인 수목원으로 올라가니 구절초가 한창이었다. 언제부터인가 가을의 전령사 꽃이 코스모스에서 구절초로 바뀐 듯하다. 구절초 꽃을 구경하면서 억새가 무성하게 피어 있는 습지 쪽으로 내려갔다. 억새밭이 연못 주위의 데크 길과 잘 어울렸다. 연못에서 오르막길을 걸어올라 전망대까지 올라가 보았다. 전에 왔던 때는 보지 못한 전망대였다. 전망대 위에서 잔디광장과 연못이 훤히 내려다보였다. 전망대에서 내려와 온실 쪽으로 올라가니 붉은 자줏빛 국화밭이 인상적이었다. 이 특별한 색감이 나는 꽃밭을 바라보는 벤치에 앉았다. 따뜻한 햇볕을 쬐며 한참 동안 앉아 있었다. 다시 일어나 관리사무소 건물 쪽으로 가니 건물 벽을 타고 오르는 담쟁이 잎도 진한 붉은 빛으로 물들며 가을이 왔음을 알리고 있었다.

관리사무소를 지나 산림박물관으로 올라갔다. 이 길은 산등성이 길로 멋진 산책로다. 길 양옆으로 구절초와 억새를 줄지어 심어 놓아 보기에 좋았다. 우리는 이 멋진 산책로와 주위 풍경을 사진에 담지 않을 수 없었다. 구절초와 억새를 양옆에 두 줄로 가꿔 놓은 길에서, 구절초와 억새 사이에서, 억새와 바위와 단풍나무를 조화롭게 꾸며 놓은 정원 속에서, 집과 강아지와 나비 등의 조형물 앞에서 해지기까지 사진을 찍고 놀았다. 석양빛에 반사하여 은빛을 발하는 억새와 구절초 사이에 앉은 아내의 모습을 담은 사진은 정말 멋졌다.

해가 산 뒤로 넘어가자 억새는 금빛으로 빛났다. 해가 진 후 서쪽 하늘이 붉게 물들자 노을 아래 억새는 차분한 황금빛을 발했다. 산림박물관까지 올라갔다가 내려오다 보니 동쪽 하늘에 달이 떠올라 있었다. 휴양림 안에 있는 주차장쯤 내려오니 어둠이 깔리기 시작했다. 우리는 어두워진 숲 속 덱 길과 흙길 대신 안전한 차도로 내려왔다. 1.9km를 걸어 내려오는 동안 들어오는 차는 한 대도 없었고 나가는 차가 딱 한 대 지나갔다. 주차장에 도착하니 우리 차만 어둠 속에 덩그러니 남아 있었다.

아산 봉수산 봉곡사 솔바람길과 외암마을

늦여름 어느 날 우리 가족은 아산 봉수산 봉곡사 솔바람길을 찾아갔다. 아침에 과일과 옥수수를 싸고 김밥을 사 갖고 출발하였다. 봉곡사 입구 주차장에 도착하여 그늘을 찾아 차를 세웠다. 이곳에서부터 아산 송악 천 년의 숲길이 시작된다. 천 년의 숲길은 봉곡사가 있는 봉수산 둘레와 궁평저수지 사이에 있는 산길이다. 4개 코스로 길이 조성되어 있는데 4개 구간 전체 거리를 합치면 26.5km다.

우리는 봉곡사 방향으로 올라갔다. 조금 올라가자 길 양편으로 소나무 숲이었다. 소나무 아래 작은 나무와 풀들이 빼곡하게 우거져서 소나무 숲 속으로는 아무도 들어오지 못하게 막고 있는 듯하였다. 봉곡사까지 700m 거리가 이렇게 환상적인 소나무 숲길이다. 소나무는 수령이 100년 이상 되어 보였는데 소나무 밑동에 'V' 자 형태의 깊은 상처가 눈에 띄었다.

제2차 세계대전 말기에 일본군은 부족한 연료를 송진으로 충당하였다. 소나무에 'V' 자로 상처를 내서 흘러나오는 송진을 채취하여 사용하였다. 일본강점기 35년 동안 우리나라 사람만 고통을 받은 게 아니고 소나무까지도 고통을 받았다. 다시는 이런 굴욕적인 역사가 일어나지 않도록 해야 한다. 나라가 강해져야 한다. 그런데 지금도 정치 지도자들과 그 주변의 사람들은 국력과 안보보다는 당리당략을 우선시하는 듯하다. 참으로 안타까운 일이다.

400m쯤 오르니 사거리가 나왔다. 이정표를 보니 좌로 가면 '천년 비손길'이다. 오돌개 마을을 지나 궁평저수지까지 갔다가 돌아오는 13km나 되는 길이다. 우로 가면 오돌개 마을로 가는 '봉수산 솔바람길'이다. 이 길은 오르내림이 거의 없는 임도를 따라 오돌개 마을까지 가는 길로 3.2km다. 왕복하면 6.4km다. 주차장에서 봉곡사까지 700m다. 솔바람길을 왕복하고 봉곡사에 올라갔다 오면 총 8km 가까이 숲길을 걷게 되니 딱 좋다. 우리는 우측 걷기 좋은 솔바람길로 들어섰다.

바로 앞에 정자가 보였다. 날씨가 더운데 오르막을 올라왔으니 땀이 났다. 아내가 좀 쉬었다 가자고 해서 정자에 들어가 앉았다. 정자 뒤 계곡 물에서 바람이 불어와 몸을 식혀주었다. 물을 마시고 잠깐 쉬었다. 우리는 솔바람길을 걷고 이곳에 와서 점심을 먹기로 하고 일어났다. 길이 넓은 임도여서 편하게 걸을 수 있어서 좋았다. 산 중턱에 낸 길이니 왼편으로 산이고 오른편은 골짜기다. 장마가 2주 이상

지속되었지만 길이 크게 손상되지 않았다.

걷다 보니 길가 오른편에 정자가 또 하나 있었다. 사람들의 왕래가 거의 없으니 저 정자에서 점심을 먹어도 좋겠다는 생각이 들었다. 길 전체가 대부분 그늘이었지만 산길이어서 방향이 바뀜에 따라 햇볕이 내리쬐는 데도 있었다. 그래도 우리는 그늘을 찾아서 걸을 수 있었다. 조금 더 가다 보니 왼편으로 이정표가 보였다. 좌측 산 쪽으로 올라가면 냉풍 체험장이 있단다.

우리는 또다시 땀 좀 식힐 기회다 싶어서 냉풍 체험장으로 올라갔다. 사람이 앉을만한 크기의 돌 7~8개를 일정한 간격으로 둥글게 배치해놓고 각 돌(의자) 뒤에 냉풍이 나오는 땅굴을 파 놓았다. 앉아보았는데 시원한 바람은 나오지 않았다. 긴 장맛비에 흙이 무너져 냉풍이 나오는 구멍이 막혔는가 보다.

우리는 다시 임도로 내려와서 계속 걸었다. 오르막길이 시작되었지만 그다지 경사진 길이 아니어서 걷는 데 문제는 없었다. 오르막길을 걸으니 다리에 근육이 붙는 듯해 오히려 기분이 좋았다. 냉풍 체험장에서 내려와 10분쯤 걸었을까? 오르막이 끝나고 내리막길로 바뀌었다. 오르막이든 내리막이든 경사가 완만한 임도여서 걷기 좋았다. 마을이 저 멀리 보이자 아내가 덥고 배가 고프니 그만 돌아가자고 했다. 딸도 엄마 편에 서서 그만 돌아가잔다. 아들과 나는 마을 입구까지라도 가보고 싶었지만 어쩌랴? 여자들의 말을 들어야지.

되돌아오면서 중간에 있던 정자에서 점심을 먹으려 했는데 몇 사람이 자리를 펴고 앉아서 점심을 먹고 있었다. 우리는 봉곡사로 오르는 길의 사거리 직전에 있던 정자로 돌아왔다. 두 사람이 정자 난간에 걸터앉아 있었다. 하지만 다른 쉴 자리를 알지 못하는 우리는 "실례

합니다. 우리도 한쪽에 앉을게요."라고 말하고 들어갔다. 그곳에서 쉬던 두 사람은 "아닙니다. 저희들은 충분히 쉬었습니다." 하고 자리를 비켜 주었다.

우리는 미안하고 고맙다는 인사를 하고 바닥에 자리를 펴고 앉았다. 과일과 김밥으로 점심을 먹었다. 장마가 끝난 직후였으니 습도가 높고 햇볕이 강하여 후덥지근하였다. 한낮의 더위가 좀 사그라지는 시간까지 정자에서 놀았다.

3시가 지나서 우리는 봉곡사로 올라갔다. 봉곡사는 887년(신라 진성여왕 원년)에 도선국사가 창건하였다고 전해진다. 절의 뒷산은 상상의 새, 봉황의 머리를 닮았다고 해서 봉수산이라고 이름 지었다고 한다. 고려와 조선 시대에 중창하여 전성기를 누렸다고 하나 1592년(선조 25년) 임진왜란 때 본전과 인근에 있던 암자 전부가 불에 탔다. 현재의 사찰은 1891년(고종 7년)에 서봉화상이 세웠다고 한다. 우리는 절에서 나와 천천히 소나무 숲길을 음미하며 걸어 내려왔다.

다음 행선지 외암마을로 갔다. 외암마을과 저잣거리 사이에 있는 주차장에 주차하고 나오니 몹시 더웠다. 걸어서 외암마을로 가는데 도저히 걸어 다니며 관광할 날씨가 아니었다. 아들에게 주차장으로 돌아가서 차를 갖고 오라고 했다. 아내와 나는 전에 한 번 이 마을을 방문하였다. 기억을 되살려 차를 타고 마을을 돌아보았다.

외암마을은 아산시 송악면 설화산 아래 60여 채의 한국 전통가옥이 남아 있는 민속마을이다. 마을 옆에 소나무 동산도 있고 기와집과 초가집 그리고 집집이 낮게 쌓은 돌담이 어우러져 아름답기 그지없다. 산책하며 돌아보기 좋은 마을이다. 근 500년 전 조선 중엽 명종 때(1534~1567년) 예안 이씨 이사종이 장인을 따라 이곳에 정착한 후 후손이 번창하면서 예안 이씨의 집성촌이 되었다.

우리는 이 마을 양반 집 중 규모가 가장 큰 외암 건재고택 앞에 차를 세우고 놀았다. 전에 왔던 때는 들어갔었는데 이날은 문이 잠겨 있어서 들어가 보지 못해 아쉬웠다. 이 집은 이사종의 6세손으로 조선 후기 성리학자인 외암 이간(1677~1727)이 태어난 집이다. 이 집을 현재의 모습으로 건축한 사람은 외암 이간의 5대손으로 조선 말기 고종 때 영암군수를 지낸 이상익(1848~1897) 선생이다. 건재(建齋)라는 택호는 이상익의 아들 이욱렬(1874~1960) 선생의 호를 딴 것이다.

이 집의 특징은 사랑채 앞에 조성한 정원이다. 집 옆에 흐르는 계곡 물을 끌어들여 연못을 만들고 자연스럽게 흘러나가게 했다. 연못과 들어오고 나가는 물길 주변에 나무를 심고 숲이 우거지게 가꾸었다. 사랑채에 앉아서 바라보면 심산유곡에 들어와 있는 듯하다. 사랑채의 당호는 설산장(雪山莊)이다. 겨울에 정원에 눈이 쌓이면 깊은 산속에 들어와 있는 분위기가 되는가 보다.

나는 우리나라의 다른 지방에 가서 이 집보다도 훨씬 규모가 큰 99칸 고택과 다른 고택 여러 곳에도 들어가 보았다. 하지만, 이렇게 큰 규모의 정원을 살림집 안에 조성한 예는 볼 수 없었다. 별서가 아닌 본 집에 이렇게나 아름다운 정원을 조성하고 산 옛 어른이 부러웠다.

우리는 집 앞에 있는 큰 은행나무 아래 그늘에 앉아 한참 동안 이야기하며 놀았다. 건재고택의 우측으로 돌아가서 돌담길을 걷고 사진도 찍었다. 전에 왔던 때 이 돌담길도 기억에 남았었다. 돌담 사이 골목길을 걸으며 다른 집들도 구경해보고 싶었으나, 무더위에 걷는 것은 단념해야 했다. 대신 차를 타고 이 골목 저 골목을 돌아보는 것으로 외암마을 관광을 마쳤다.

주) 외암마을에서 가까운 강당계곡도 좋다. 천안 아산지역에서는 여름 피서지로 인기가 높다. 이 지역에서 가장 높은 해발 699m의 광덕산에서 발원하여 나오는 계곡 물이 깨끗하다. 계곡 양옆으로 나무가 우거져 햇볕이 물에 닿지 않으니 물이 엄청 차다. 우리 가족은 계획에 없던 이곳에 가서 외암마을에서 뜨거워진 몸을 식히고 놀았다. 6시가 넘어 몸에 한기가 느껴져서야 우리는 강당계곡에서 나왔다.

공주 태화산 마곡사 백범 명상길

5월 8일 어버이날을 맞이하여 아내와 나는 대전에 홀로 계신 장인어른을 뵈러 갔다. 3시 반쯤 장인어른 댁에서 나와 집으로 올라오면서 아내와 나는 공주 태화산 마곡사에 들렀다. 마곡사는 2018년 6월에 '산사, 한국의 산지승원'으로 유네스코 세계유산에 등재된 일곱 사찰 중 하나다. 유네스코 세계유산으로 등재된 다른 여섯 사찰은 보은 속리산 법주사, 영주 부석사, 안동 봉정사, 양산 통도사, 순천 선암사와 해남 대흥사다. 다른 나라에 있는 세계유산도 보러 가는데 우리나라에 있는 세계유산이니 하나하나 가봐야지.

조선 시대(1392~1910년) 때 숭유억불 정책으로 도시에 있던 사찰은 폐사되거나 쇠퇴하여 거의 다 사라졌다. 상대적으로 산지에 있던, 또는 산지로 들어간 승원은 오히려 더 적극적으로 스님들과 출가한 이들의 수행에 필요한 시설과 공간을 정비하고 늘렸다. 그 결과 오늘에 와서 일곱 산사가 세계유산의 반열에 올랐다. 신앙은 어쩌면 박해받을 때 더 성장하고, 신자들은 그때 더 참 신앙인이 되는가 보다.

우리는 오후 늦게 '태화산 마곡사(泰華山 麻谷寺)'라고 쓴 일주문을 지나 절 앞까지 차를 타고 들어갔다. 절로 들어가는 입구 앞 주차장에 차를 세우고 마곡사 뒤 백범 명상길 2코스를 먼저 걷기로 했다. 지도를 보고 은적암을 향해 오르기 시작했다. 피톤치드가 뿜어져 나오는 소나무 숲길이었는데 조금 가팔랐다. 산속 숲길을 헉헉대며 오르니 맑은 산소가 폐 속으로 빨려 들어왔다. 숨이 가빠지고 땀이 나도 기분이 상쾌했다. 춘마곡(春麻谷) 추갑사(秋甲寺)라는 말(마곡사는 봄에, 갑사는 가을에 아름답다는 말)이 있다. 하지만 나는 언제 어디든지 숲이 우거진 산속에 들어가면 다 좋다.

백련암으로 가는 삼거리를 지나고 녹음이 짙은 참나무 숲길을 오르니 은적암이었다. 기와집이 'ㄷ' 자 형태로 지어져 있고 가운데 널찍한 마당에는 잔디가 두껍게 깔려 있었다. 'ㄷ' 자 건물의 우측 빈자리는 흰 철쭉과 붉은 작약을 심은 정원이었다. 은적암 후면은 산과 소나무 숲이어서 뒤를 완벽하게 감싸고 있었다. 규모가 제법 컸지만 아늑한 시골집처럼 느껴졌다. 요즘 시골에 멋지게 지은 집보다 이렇게 꾸미지 않은 오래된 집이 훨씬 정감 있어 좋다. 속세를 떠난 사람들의 수행 장소로 제격이었다. 은적암(隱迹菴)이라는 암자 이름이 딱 어울리는 집이었다.

은적암을 뒤로하고 내려왔다. 삼거리에서 백련암 쪽으로 난 길로 들어서니, 숲 속이 온통 초록 세상이었다. 동남아 열대지방 어느 원시림 속을 걷는 분위기였다. 골짜기를 지나고 산기슭으로 오르니 정자가 나타났다. 우리는 정자에 올라 난간에 기대어 앉아 물을 마시고 땀을 닦고 쉬었다. 늦은 시간이어서인지 산속에는 아무도 없었다. 불현듯 우리는 신선 세계에 들어와 노니는 한 쌍의 남녀가 된 듯하였다.

정자에서 나와 오르락내리락 산속 숲길을 걸어 백련암에 도착하였다. 백련암은 규모가 작지 않은 암자였다. 길가에 건물 네댓 채가 빽빽하게 들어서 있었다. 이곳은 백범의 은거 장소로 이름이 나서 많은 사람들이 찾는 장소가 되었다. 또 암자 뒤로 돌계단을 오르면 활인봉으로 가는 등산길이다. 속세 사람들이 지나는 길목에 있으니 차분히 수행하기에 은적암만 못해 보였다.

암자 뒤 활인봉 방향으로 100m쯤 계단을 오르면 마애불이 있다기에 올라가 보았다. 계단 양옆으로 봄꽃 분홍철쭉이 한창이었다. 마애불이라고 하여 웅장하고 재질이 강한 바위에 잘 새겨진 불상으로 생각했는데 그렇지 않았다. 시골 산속에 있는 보통 바위에 불심이 깊은 평범한 석공이 새긴 듯한 마애불입상이었다. 높이는 25m라는데 그렇게 높게 보이지 않았다. 하지만 나는 소박한 불상이 오히려 더 마음에 들었다.

내려오면서 보는 백련암의 뒷모습은 앞에서 보는 모습과는 딴판이었다. 앞에서 볼 때는 부산하게 느껴졌었는데, 뒤에서 보니 산속 고

즈넉한 암자였다. 깊은 산 속에 있는 사찰은 역시 늦은 오후나 저녁 무렵 조용한 시간에 보아야 그 진가를 제대로 느낄 수 있다.

백련암을 뒤로하고 나오니 우리는 백련암으로 출입하는 차량이 다니는 포장된 도로를 걷게 되었다. '백련암 김구 선생 머무시던 곳'이라고 쓰인 큰 석비를 지나니 완전 시골길이었다. 논과 밭이 보이고 그 뒤로 야트막한 산이 감싸주고 있었다. 조금 내려오니 삼거리였다. 이정표를 보니 위로 올라가면 생골이라는 마을이다. 6·25 한국전쟁 때 피난민들이 이 산속으로 들어와서 화전을 일구고 살다가 형성된 마을이다. 1950년대만 해도 태화산이 어지간히 깊은 산이었던가 보다. 마곡사 앞으로 내려왔다. 2km쯤 걸었을까?

우리는 다리를 건너 마곡사로 들어갔다. 마곡사는 643년(백제 의자왕 3년)에 자장율사가 창건하였다. 마곡사(麻谷寺)라는 이름은 법회를 여는 때마다 사람들이 삼밭의 삼(麻, 삼마)같이 빽빽하게 많이 모였다고 하여 붙여졌다고 한다. 그러나 모든 게 처음 같지는 않다. 차츰 신도 수가 줄어들고 찾는 이가 없게 되자 통일신라 말부터 고려 전기까지 폐사되었다. 1172년(고려 명종 2년)에 보조국사가 중건하였으나, 1592년(조선 선조 25년) 임진왜란 때 소실되고, 60여 년 동안 또 폐사되었다.

현재의 모습은 1651년(효종 2년)과 1785년(정조 9년)에 중건한 것이라고 한다. 우리는 절의 정문격인 해탈문을 지나고 사천왕문을 통과하여 들어갔다. 두 문 다 300~400여 년이나 되는 오랜 역사를 지닌 문으로 고색이 창연했다. 경내로 들어가면서 왼편으로 영산전과 매화당, 명부전 등 여러 전각이 있었다.

극락교를 건너니 'ㄱ' 자 형상으로 지어진 범종루가 보였다. 범종루를 지나 좌측으로 넓은 마당에 5층 석탑이 있고 정면에 대광보전, 그 뒤에 대웅보전이 있었다. 대웅보전은 밖에서는 2층 건물로 보이지만 안은 뻥 뚫린 한 공간이다. 마곡사는 이렇게 극락교의 남쪽, 남원은 수행공간이고 극락교를 건너 북쪽, 북원은 부처님의 공간으로 구분되어 있다. 현재 마곡사는 계룡산 자락에 있는 동학사, 갑사와 신원사를 말사로 둔 조계종 6교구 본사이다.

대광보전 앞마당에 있는 높이 8.7m의 5층 석탑은 고려 말기에 건축된 탑인데 특이하게도 5층 옥개석 위에 청동제 상륜을 올려놓았다. 우리나라 다른 탑에서는 보기 어려운 상륜이다. 이 상륜은 당시 원나라(몽골)에 전파된 라마교에서 건축하던 라마탑의 풍마동 장식이라고 한다. 고려 말기에 원나라에서 성행하던 라마교의 영향을 받은 것이다.

라마교는 7세기 초 티벳에 전파된 불교를 가리키는 말이다. 라마교 즉 티벳 불교는 불교의 다른 종파와 크게 다른 점이 있다. 그들은 자기 나라에서 가장 뛰어난 승려, 거의 부처의 경지에 오른 대덕고승(大德高僧)을 선정하여 지도자로 삼는다. 티벳 불교신자들은 이 승려를 라마라고 부르고 이 승려의 가르침을 전적으로 따른다. 서양 사람들이 이를 보고 라마교라고 이름 붙였다.

사실 많은 종교 지도자들이 그 종교 창시자의 가르침을 본래의 뜻 그대로 가르치기보다는 그들 자신의 권위와 이익을 위하여 왜곡하여 가르치고 있다. 어쩌면 티벳 불교(라마교)에서처럼 거의 부처의 경지에 오른 최고의 고승이 가르치는 것이 본래 창시자의 가르침에 가장 가까울 수 있다. 얼마 전까지도 티베트에서 달라이가 라마이었기에 우리는 달라이 라마라고 불렀다.

마곡사에는 구한말 백범 김구(1876~1949)가 피신하여 머물던 자취가 남아 있다. 백범은 1896년에 조선인으로 변장하고 조선을 염탐하던 일본인 장교 쓰치다를 황해도 안악군 치하포 나루에서 죽였다. 범인으로 붙잡힌 백범은 인천형무소에 수감되었다. 복역 중 1898년에 탈옥하여 이곳으로 피신해 '원종'이라는 이름으로 은거하였다. 그때 그가 은거하던 집(건물)은 대광보전과 5층 석탑 서편에 있다. 2004년에 복원하여 백범당이라고 이름을 붙였다. 해방 후 백범이 이곳을 방문한 적이 있다. 그때 그를 따르던 사람들과 찍은 기념사진이 마루에 걸려 있고, 기념식수한 향나무도 백범당 옆에 있다.

백범이 좋아했다는 한시 「야설(野雪)」이 백범당 벽에 붙어 있다. 그의 마음을 읽을 수 있는 시다. 이 시는 서산대사 휴정(1520~1604)이 썼다고 알려지기도 했지만, 사실은 조선 후기 시인 임연당 이양연(1771~1853)이 쓴 시다. 아마도 서산대사도 같은 마음으로 살다 간 위인이었기에 그가 쓴 시로 잘못 알려지지 않았을까?

야설(野雪)

눈 덮인 들판을 걸어갈 때
어지러이 걷지 마라
오늘 내가 남긴 발자취는
뒷사람의 이정표가 되리니

다음 해 설날 연휴 때 아내와 나는 마곡사를 다시 찾았다. 겨울 날씨치고는 화창하고 좋은 날이었다. 아들이 운전하겠다며 따라나서서 함께 갔다. 늦은 점심을 먹고 출발하여 4시쯤 마곡사 입구 상가 지역 앞 큰 주차장에 도착하였다. 차를 세우고 우측에 흐르는 계곡 물길 따라 설치된 덱 길로 걸어서 들어갔다. 주차장에서 절 입구까지는 500m쯤 되는데 걷기 좋은 길이었다. 아들이 마곡사에 처음 왔기에 우리는 먼저 스님들의 수행공간인 남원부터 부처님을 예배하는 공간인 북원까지 사찰관람을 하였다. 사찰관람 후 백범당 뒤 대웅보전 옆으로 사찰을 빠져나왔다.

백범 명상길 1코스를 걸으려고 출발점을 찾는데 어디인지 모호했다. 눈썰미 좋은 아내의 주장에 따라 개울물의 징검다리를 건너 산 위로 올라갔다. 산신각을 지나니 지도상에 나와 있는 군왕대로 가는 이정표가 나왔다. 길을 잘 찾은 것이다. 산신각에서부터 군왕대로 올라가는 길의 언덕에는 노송 천지였다. 키 15m 전후의 오래된 소나무가 구불구불 하늘로 향해 오르는 모습은 무언가 신비감을 자아내고 있었다.

군왕대(群王垈)는 마곡에서 지기(地氣)가 가장 강하여 왕이 나올 명당이라고 한다. 군왕대까지 올라오느라 땀이 난 우리는 길옆에 반듯하게 잘라서 직육면체로 만든 큼직한 화강암 의자에 앉았다. 배낭에 싸온 물을 마시고 귤을 먹으면서 좀 쉬었다. 사방에 키 큰 소나무가 자라고 있는 숲길 가에 앉아 있자니 '과연 좋은 명상 길이겠구나.' 하는 생각이 들었다. 군왕대에서 반대편으로 내려가는 언덕도 온통 노송 길이었다.

500m쯤 걸으니 계속 직진하면 생골, 오른쪽으로 내려가면 삭발바위(600m)로 가는 길이라는 이정표가 나왔다. 오른쪽으로 200m쯤 내려가니 왼쪽으로 한국문화연수원, 오른쪽으로 삭발바위(400m) 이정표가 또 세워져 있었다. 이정표를 따라가니 숲 속이 아니고 바로 마곡사 뒤편에 이르렀다. 그곳에 삭발바위가 있었다. 결국, 백범 명상길 1코스는 마곡사 백범당 → 산신각 → 군왕대 → 생골 가는 길에서 우회전 → 한국문화연수원 가는 길에서 우회전 → 삭발바위 → 백범당으로 돌아오는 길이었다. 역으로 돌아도 된다. 1코스도 아내와 내가 선에 걸었던 2코스와 마찬가지로 2km쯤 되는 길이었다.

우리는 범종각에서 6시에 타종하는 종소리를 들으며 마곡사를 빠져나왔다. 산속이어서 해는 언제 넘어갔는지 어둑어둑해지기 시작하였다. 그래도 우리는 서둘지 않고 마곡천 옆 덱 길을 천천히 걸어서 주차장으로 돌아왔다. 주차장으로 돌아오는 길에는 가로등이 켜져 있었다.

공주 계룡산 갑사-용문폭포-신흥암

5월 하순 세종시 근처 대전공원묘원에 있는 아버지 어머니 산소에 갔다. 세종까지 갔는데 대전에서 혼자 사시는 장인어른을 가뵙지 않고 돌아올 수가 있겠는가? 아내와 나는 전화를 드리고 장인어른 댁으로 갔다. 장인어른을 모시고 나와서 점심을 함께 먹고 집에 들어가서 과일을 먹으며 이야기하고 놀았다.

오후 3시쯤 올라오면서 아내와 나는 공주 갑사에 들렀다. 갑사는 420년(백제 구이신왕 원년)에 고구려 아도화상이 창건하였다. 556년(위덕왕 3년)에 혜명대사가 크게 확장하고 859년(통일신라 헌안왕 3년)에 의상대사가 중수하여 화엄종 10대 사찰의 하나로 번영하였다. 1597년(선조 30년) 정유재란 때 왜군들에 의해 사찰이 소실되었다. 전란 후

1604년(선조 37년)에 복구하고 1654년(효종 5년)에 증축하여 현재의 모습이 되었다.

이 절은 1592년(선조 25년) 임진왜란 때 영규대사(?~1592)가 조선 최초로 승병을 일으켜 호국불교 도량으로 유명해졌다. 영규대사가 승려 수백 명을 모아 승병을 조직하고 왜군에 맞서 싸우자 다른 절에서도 잇달아 승병을 조직하여 전쟁에 참여하였다. 영규대사는 관직에서 물러나 옥천에 살고 있던 중봉 조헌이 일으킨 의병과 함께 처음 치른 청주전투에서 승리하였다. 그러나 금산전투에서 조헌과 함께 순절하였다. 금산에 있는 칠백의총이 바로 이때 순절한 의병과 승병 700명의 유골을 모아 합장한 곳이다. 영규대사의 자취는 금산 진악산 보석사에 가면 또 만날 수 있다.

갑사 주차장에 차를 세우고 조그만 다리를 건너 왼편 산 쪽으로 조금 올라가니 매표소가 나왔다. 문화재 구역 입장료를 내고 들어갔다. 수령이 200~300년쯤 되어 보이는 나무들이 길 양옆에 줄지어 서 있으니 완전히 딴 세상에 들어온 느낌이었다. 계룡산 갑사(鷄龍山 甲寺)라고 쓰인 일주문을 지나 왼쪽으로 다리를 건너니 탐방지원센터가 나왔다.

아내와 나는 사찰로 들어갈 때는 사람들이 많이 다니는 도로로 올라가고, 나올 때는 계곡 쪽에 있는 대적전 앞의 승탑과 또 그 아래 철 당간과 지주를 보고 물길 따라 자연관찰로로 내려오기로 했다. 사찰로 가는 큰길은 양옆으로 고목이 우거져 울창한 숲길이었다. 갑사계곡의 단풍은 계룡 8경 중 하나라고 한다. 굳이 가을이 아니면 어떤가? 녹음 짙은 봄이나 여름에 와도 이만한 데가 어디 그리 많겠는가? 흰 눈 쌓인 겨울엔 겨울대로 운치가 있으리라.

사천왕문을 지나 여전히 울창한 삼림 속 걷기 좋은 길을 걸어서 갑사까지 올라갔다. 계룡갑사(鷄龍甲寺)라는 현판이 있는 강당을 지나 사찰로 들어가는 계단을 올라갔다. 대웅전을 바라보고 좌측에 있는 진해당과 그 아래 범종루 사이로 밖으로 나왔다. 개울을 건너 산 위쪽으로 20m쯤 올라가니 바로 좌측에 표충원이 있었다.

표충원은 영규대사의 충의를 기리기 위하여 세운 건물이다. 안으로 들어가니 가운데 기허당 영규대사, 좌측에 사명당 유정대사, 우측에 서산당 휴정대사의 영정을 모셨다. 영규대사는 갑사에서 출가하였고, 서산대사로부터 사명대사와 함께 불법을 배운 제자였다. 표충원 앞 우측에 영규대사비도 있었다. 우리는 다시 대웅전으로 돌아와서 우측 적묵당 위로 올라서 삼성각, 관음전을 지나 절을 빠져나왔다.

우리는 용문폭포-신흥암-금잔디고개 방향으로 올라갔다. 갑사에서 금잔디고개까지는 2.3km다. 주차장에서 갑사까지는 700m 정도 되지 않을까? 금잔디고개까지 다녀오면 편도 3km, 왕복 6km쯤 된다. 아내와 나는 금잔디고개까지 갔다 오기로 했다. 조금 올라가니 이정표가 나왔다. 좌측으로는 신흥암-금잔디고개 방향이고 우측으로 가면 대자암이다. 좌회전하여 조금 올라가니 우측에 대성암이 있었다. 조그만 암자인데 영규대사와 800 승려의 죽창 위령탑을 만들어 놓았다. 대성암을 지나고부터는 길이 다소 험해졌다.

아내와 나는 조심조심 걸어서 용문폭포에 다다랐다. 높이가 10m나 될까? 그다지 높은 폭포는 아니었지만 며칠 전 비가 내렸기에 흐르는 물의 양이 많아 보기 좋았다. 용문폭포 앞에 '8곡(八曲) 용문폭(龍門瀑)'이라고 큰 글씨로 깊게 새겨진 바위가 있었다. 왕과 왕비를 위협하여 한일합방늑약에 옥새를 찍게 한 윤덕영이 남긴 글씨다. 그는 온 백성이 고통당하던 일제강점기 때 호사를 누렸다. 갑사 옆 계곡에 간성장이라는 별장을 짓고 갑사구곡을 정하여 바위에 새기고 천혜의 자연 속에서 지냈다.

용문폭포를 지나고 오르는 길은 덱으로 만든 가파른 계단이었다. 덱 계단을 다 오르니 수평으로 걷는 덱 길이 나오고 한 편에 등산객이 휴식할 수 있도록 덱 길 난간을 긴 벤치로 만들어 놓았다. 아내와 나는 이쯤에서 쉬지 않을 수 없었다. 우리는 배낭에 싸온 간식과 커피를 꺼내 먹고 마시면서 에너지를 보충하고 쉬었다.

덱 길이 끝나고 산길로 들어섰는데 평탄한 길이 아니었다. 너덜길(돌길)이었다. 나는 올라가면서 지팡이 할 만한 나뭇가지를 찾아 계속 주위를 두리번거렸다. 마침내 적당한 나뭇가지를 주워서 다듬어 지팡이를 만들었다. 먼저 하나를 만들어 아내에게 주고 내 것으로 또 하나 만들었다. 아쉬운 대로 우리는 나무 지팡이의 도움을 받아 안전하게 등산을 하였다. 신흥암 앞 포장된 도로로 올라가는 길은 완전 급경사의 돌계단 등산로였다. 드디어 신흥암에 도착하였다.

신흥암에는 석가모니 부처의 진신사리를 모신 천진보탑이 있단다. 경내로 들어가서 산신각을 끼고 우측으로 조금 올라가니 탑 형상의 바위가 보였다. 자연 상태 그대로 탑의 형상을 닮은 이 바위가 천진보탑이란다. 석가모니 부처가 열반한 후 부처의 사리 중 일부가 계룡산의 이 바위 아래에 넣어졌다고 한다. 아도화상이 이 탑을 알아보고 탑 아래서 예불을 드리고 갑사를 창건하였다고 한다. 갑사의 창건 설화다.

우리는 금잔디고개까지 올라갔다 내려오기로 했는데 아내가 길이 험하여 더 이상 못 올라가겠단다. 등산용 스틱이라도 갖고 올라왔으면 좋았으련만…. 우리는 1km 남은 금잔디고개까지 오르기를 단념하고 내려가기로 했다. 신흥암 앞길이 임도처럼 잘 닦여 있어서 길을 따라 내려가 보았더니 얼마 못 가서 길이 끊어졌다. 어쩔 수 없이 돌아와 경사가 급하고 험한 돌계단 길로 하산하였다.

하산하는데 갑사를 지나면서 좌측에 이정표가 있었다. 이정표를 보니 계곡 쪽으로 내려가면 대적전과 자연관찰로다. 그 옆에 공우탑이 있었다. 소의 공을 기리는 탑이라니? 어떤 소였기에 공우탑을 세울 정도였을까? 알아보니 '정유재란으로 소실된 대웅전과 진해당을 중건하는 데 나타나서 매일 공사에 필요한 재목을 등에 싣고 온 소' 또는 '갑사에서 암자까지 필요한 물품들을 실어주면 혼자서 척척 나른 영리한 소'였다고 한다. 기릴만한 소였다.

대적전으로 내려가면서 바로 좌측에 계곡을 바라보는 멋진 건물이 있었다. 바로 간성장이다. 윤덕영이 일제강점기 때 별장으로 사용했던 건물이다. 해방 후 한때는 찻집으로 사용되기도 했다는데 지금은 템플스테이의 한 공간으로 사용되고 있다고 한다. 계곡의 다리를 건너다 보니 갑사구곡 중 '5곡 금계암(金鷄嵒)'이라고 윤덕영이 새겼다는 바위가 또 있었다.

우리는 대적전 앞에서 우아한 승탑을 관찰하였다. 승탑은 훌륭한 승려의 사리를 담은 작은 탑으로 신라 말이나 고려 초에 많이 만들어졌다고 한다. 이 승탑은 고려 초에 만들어진 것으로 추정되는데, 팔각지붕과 몸체 아래 사천왕상과 사자상, 연꽃잎 등이 정교하게 조각되어 있다. 보기 드물게 아름다운 승탑이어서 유명하다.

대적전에서 조금 내려가니 신라 때 제작되었다는 유명한 철 당간과 당간지주의 모습이 나타났다. '당'은 깃발이고 '간'은 '당'이라는 깃발을 걸어두는 긴 기둥인 장대다. 즉 '당간'이란 절에 행사가 있을 때 절 입구에 세워져 행사를 알리는 깃발을 매단 장대다. 이 높은 장대를 지탱해주는 두 돌기둥을 당간지주라고 한다.

갑사에 있는 이 철 당간은 신라 중기 680년(문무왕 20년)에 제작된 것으로 추정된다. 통일신라 때 만들어진 유일한 것이어서 귀중한 역사적 유물이다. 무려 1,340년이 지나도 원래 모양 그대로인 철통을 주조하는 기술이 통일신라 시대에 있었다니 놀랍다.

우리는 왼편으로 맑은 물이 흐르는 천을 따라 탐방지원센터로 내려왔다. 일주문을 지나 식당가로 나왔다. 이날 우리는 주차장에서 신흥암까지 편도 2km, 왕복 4km쯤 등산하였다. 주차장에서 대성암 전 삼거리까지 1km는 아주 걷기 좋은 숲 속 산책길이고 그 후부터 신흥암까지 1km는 험한 등산길이었다. 나라의 위기 때 살신성인이 된 영규대사와 한일합방늑약에 옥새를 찍게 한 윤덕영, 그리고 공우탑이 세워질 정도로 사람에게 기여한 소에 관한 이야기가 있는 갑사 나들이였다.

▶ 서광종 사진

공주 계룡산 동학사-은선폭포

6월 25일은 아내와 나의 결혼기념일이다. 코로나 사태로 해외여행은 불가하고, 국내여행이더라도 숙박을 하며 어디 멀리 여행 갈 분위기가 아니었다. 그래도 어디 바람 좀 쐬어야지. 이날 우리는 대전에서 혼자 사시는 장인어른을 찾아뵙고 계룡산 국립공원의 동학사 앞 계곡 길을 걷기로 했다. 점심때 장인어른 아파트에 도착하여 장인어른을 모시고 나왔다. 금강 건너 장어전문식당 금수장에 가서 장인어른이 좋아하시는 장어로 우리들의 결혼기념 점심을 먹었다. 집으로 돌아와 과일을 먹으면서 이야기를 나누며 놀았다. 이야기를 나눈다고 해 봐야 사실은 그 동안 대화 상대가 없었던 장인어른의 넋두리를 아내가 들어주는 것이었다.

오후 세 시 반이 넘어 장인어른 댁에서 나와, 아내와 나는 계룡산 동학사로 향했다. 소형차 주차장에 주차(주차비 받음)하고 상가와 음식점을 지나 동학사로 올라갔다. 매표소에서 입장료를 지불하고 들어갔다. 길의 왼편은 맑은 물이 흐르는 계곡이고 오른편은 참나무들이 우거진 산이다. 주차장에서 동학사까지 1.5km쯤 되는 이 길은 정말 세상 어디에 내놓아도 손색이 없다.

봄이 오면 이 길은 온통 초록으로 물들기 시작한다. 여름에는 녹음이 짙어져 진녹색의 멋진 숲길이 된다. 여름철 동학계곡의 신록은 계룡 8경 중 하나다. 이 길은 봄과 여름뿐 아니라 온 산이 단풍으로 물드는 가을에는 물론이고 눈 쌓인 겨울에도 조용히 걷기 좋은 길이다.

이 길은 아내나 나나 결혼 전 청년 시절에 각자 친구들과 어울려 한두 번은 왔던 길이다. 아내와 내가 결혼하고 젊어서 사서 고생하던 때- 부모님과 동생들이 편히 살 집을 사드리려고 아내를 시집에 들여보내 고생시키고, 나는 해외 나가서 외롭게 근무하던 때- 한국에 휴가 와서 둘이 애틋한 심정을 달래며 걷던 길이다.

또 이 길은 내가 대전에서 근무하던 때 1997년 말 IMF 외환위기로 회사를 그만두게 된 선배 두 분을 차례로 모시고 위로차 걷던 길이다. 두 분의 선배는 1980년대와 90년대에 해외 3개 나라(사우디·싱가포르·인도네시아)에서 함께 근무했었다. 해외에서 외롭게 근무하던 7~8년 동안 말 그대로 생사고락을 함께한 선배들이다. 국가부도라는 어려운 시기에 회사를 떠나야 했으니 그 심정이 오죽 착잡했을까?

동학사의 주소는 공주시 반포면 학봉리다. 그러나 공주에서 가기보다는 대전에서 가는 편이 훨씬 수월하다. 대전에서는 동학사까지 가고 오는 시내버스가 자주 있고 도로도 아주 잘 뚫려 있다. 그러다 보니 대전 사람들뿐 아니라 다른 지역에서 오는 사람들도 동학사가 대전에 속해 있는 줄로 생각하는 사람들이 많다.

계룡산 동학사(鷄龍山 東鶴寺)라고 쓰인 일주문을 지나니 왼편 계곡 쪽으로 자연관찰로가 있었다. 그 길로 들어가 보니 걷는 길옆에 심긴 식물마다 이름표를 붙여 놓았다. 여유를 갖고 돌아볼 만한 잘 조성된 자연관찰 공원이었다. 조금 더 걷다 보니 왼편으로 계곡 물을 건너 동학계곡 옛길이라는 새로운 길을 만들어 놓았다. 옛길을 정비한 길이라는데, 이 계곡에 사람들이 많이 몰리는 때 왕래하는 사람들을 분산하려는 뜻으로 만든 길인 것처럼 보였다.

우리는 내려오면서 그 길을 걷기로 하고 보통 다니던 큰길로 올라갔다. 몇 걸음 오르자 산 위로 올라가면 문수암이라는 암자가 있다는 표지석이 세워져 있었다. 그 표지석을 지나고부터 관음암, 길상암, 미타암이라는 암자가 차례로 오른편 산기슭에 있었다. 동학사라는 본 사찰이 나타나기 전에 넷이나 되는 암자가 한 곳에 모여 있으니 좀 특이하다는 생각이 들었다.

조금 더 올라가니 동학삼사(東鶴三祠; 숙모전, 삼은각, 동계사) 건물이 오른편에 자리를 잡고 있었다. 수양대군은 단종을 폐위하고 스스로 왕(세조)이 되어 조카, 단종을 죽이기까지 했다. 그 과정에서 죽임을 당한 사육신과 351분의 혼을 달래려 만든 전각이 숙모전(초혼각)이다. 삼은각은 쿠데타로 조선을 세운 이성계의 새 왕조에서 벼슬을 마다하고 은거한 고려 말기의 세 분 충신을 모신 곳이다. 통상 삼은은 목은(牧隱) 이색(李穡), 포은(圃隱) 정몽주(鄭夢周), 야은(冶隱) 길재(吉再)를 지칭한다. 동계사는 신라 때 일본에 잡혀간 눌지왕의 동생을 구출하고 자신은 잡혀서 화형을 당한 충신 박제상을 기리는 사당이다.

자신이 왕의 자리에 오르기 위하여 섬기던 임금을 배반하고 죽이고 그 임금을 따르던 충신들까지도 죽인 조선의 태조 이성계. 조카인 단종과 수많은 사람들을 죽이고 왕 위에 오른 세조 수양대군. 왕조시대나 현대 자본주의 시대나 권력과 돈 앞에서 삼강오륜이라는 전통적 윤리와 형제지간의 우의는 헌신짝처럼 버려지는 사건(?)을 종종 읽는다. 안타깝기 그지없다. 잠깐 살다 가는 인생길에서 추구해야 하는 것이 고작 권력이고 돈이란 말인가?

바로 위에 있는 동학사로 올라갔다. 동학사는 713년 상원 스님이

도를 닦던 청량사에서 시작되었다고 한다. 목에 걸린 큰 가시를 빼주었더니 경북 상주 처녀를 업고 온 호랑이. 의남매를 맺고 불도에 전념한 상원 스님과 상주 처녀. 두 사람이 열반에 든 후 제자가 세운 남매탑 등의 설화가 있는 사찰이다. 920년(고려 태조 3년)에 도선국사가 청량사를 중창한 후 사찰이 번창하면서 동학사라는 이름으로 바뀌었다.

동학사는 조선 시대 들어 숭유억불 정책으로 폐사되었다. 조선 말 고종 때 중창하였으나 6·25 한국전쟁 중에 다 파괴되었다. 현재의 대웅전과 다른 전각들 모두 1960년 이후 새로 건축된 건물들이다. 동학사는 비구니(성인 여승)사찰이고 조계종 6교구 본사인 마곡사의 말사이다. 창건 후 삼밭의 삼같이 절 마당에 신도들이 빽빽이 모이던 마곡사도, 호랑이와 여자 앞에서 초연했던 고매한 스님이 세운 동학사도 역사 속에서 폐사되고 중창을 거듭하였다.

세월의 흐름 속에서 모두가 흥망성쇠를 겪는다. 부처의 힘으로 영원할 것 같은 사찰도, 신의 보호와 도움으로 계속 번창할 것 같은 성당과 교회도 세워졌다가 허물어진다. 우리 인간도, 다른 모든 생명체도 생로병사의 길을 벗어날 수는 없다. 어느 종교에 귀의하더라도 창시자의 가르침의 본뜻을 바르게 이해하고 바른 신앙생활을 해야 한다. 행여나 잘못된 종교 지도자의 왜곡된 가르침에 넘어가서 한 번뿐인 인생을 잘못 살아서는 안 된다.

아내와 나는 동학사의 대웅전으로 올라가 대웅전과 그 앞마당에 있는 삼층석탑(고려 초기 작품)을 둘러보았다. 동학사 앞 계곡 길을 다 걷고 동학사도 돌아보았지만, 동학계곡을 빠져나가기가 아쉬웠다. 우리는 항아교를 건너 은선폭포 방향으로 조금 더 올라가 보았다. 이정표를 보니 항아교에서 은선폭포까지는 0.9km였다. 한 시간이면 다녀올 수 있다. 우리는 은선폭포까지 올라갔다 오기로 했다. 오르는 길이 돌길이어서 걷기 좋은 길은 아니었다. 그래도 갑사 위 대성암에서 용문폭포를 거쳐 신흥암까지 오르는 길에 비하면 경사가 완만하고 길의 상태가 좋았다. 그렇지만 이곳도 스틱을 갖고 안전하게 산행하는 것이 좋겠다.

땀을 쏟으며 은선폭포 앞에 도착했지만 흐르는 물의 양이 많지 않아 실망스러웠다. 이날은 완전 여름 날씨로 한낮 기온이 섭씨 29도까지 올라갔다. 아내도 나도 반팔 상의를 입고 있었지만, 워낙 급작스레 더워진 날씨로 은선폭포까지 올라가니 땀이 많이 났다. 폭포 앞에서 물을 마시고 땀을 닦고 잠시 쉬었다.

▶ 은선폭포-공주시제공

은선폭포에서 관음봉까지는 1.1km이다. 급경사 돌길과 계단이지만 오르려면 못 오를 것도 없다. 아내와 나는 한음회 친구들과 어울려 한창 산에 다니던 50대 중반에 계룡산 종주를 하였다. 남매탑으로 올라가서 싸온 도시락으로 점심을 먹고 삼불봉으로 올라갔다. 그리고 바위 능선을 타고 관음봉까지 간 다음 은선폭포를 거쳐 동학사로 내려왔다. 삼불봉에서 바라본 갑사 계곡의 단풍 길은 환상적이었고, 관음봉까지 능선을 타고 가면서 좌우로 내내 멋진 경치가 이어졌다. 그러나 이제는 자제해야지, 몸이 마음 같지 않을 테니까.

은선폭포에서 발길을 돌려 내려왔다. 항아교를 건너 동학사 앞길로 나오기 전 계곡 물가에 벤치가 있었다. 우리는 벤치에 앉았다. 등산화와 양말을 벗고 벤치 위에 올라앉아 고생한 발을 두드리고 장딴지를 주물러 피로를 풀었다. 도란도란 이야기를 나누며 쉬다 보니 어느새 햇빛이 사그라지고 어둠이 슬금슬금 내려앉았다. 그제야 우리는 일어나서 고즈넉한 산사 길을 걸어 나왔다. 이날 우리는 걷기 좋은 동학계곡 길 1.5km와 은선폭포까지 등산길 약 1km를 왕복하였으니 전부 5km쯤 산행을 한 셈이다.

대전 계족산 황톳길

9월 중순 한음회 회장님과 실장님이 대전에 있는 계족산 황톳길에 한번 가자고 했다. 어느 TV 방송국에서 이 길을 소개하였다고 한다. 맨발로 황톳길을 걷는 게 건강에 아주 좋다고 하니 가서 걸어보고 싶단다. 아내와 나는 장인어른 뵈러 또는 집안일이나 친구 만나러 수시로 대전에 간다. 하지만 그때까지 계족산에 황톳길이 있는 줄도 몰랐다.

9월 하순 토요일 우리는 계족산 황톳길에 갔다. 각자 집에서 이른 점심을 먹고 12시 반에 모여 차 한 대로 출발하였다. 내비게이션에 계족산 황톳길을 치고 가니 경부고속도로에서 신탄진으로 나왔다. 주차장에 도착하기 약 50m 전 좌측으로 넓은 코스모스 꽃밭이 펼쳐졌다. 우리는 먼저 황톳길을 걷고 내려와서 이 꽃밭에 가보기로 하고 주차장으로 갔다. 차를 세우고 황톳길 방향으로 올라갔다. 3시 10분 전이었다.

황톳길로 올라가는 길 양편에 심긴 나무들의 잎이 무성하여 길 위에 짙은 그늘을 만들어주었다. 햇볕이 쨍쨍한 도로와 주차장에서 올라간 우리에게는 울창한 나무 그늘이 드리운 길이 어둡게 느껴졌다. 5분쯤 올라가니 장동 삼림욕장이 있었다. 삼림욕장으로 들어가니 우측에 관리용 차량 주차장과 화장실이 있고 좌측에 세족장이 있었다.

우리는 신발과 양말을 벗어들고, 맨발로 길의 우측에 조성된 황톳길을 걷기 시작했다. 계족산 황톳길은 14.5km 임도의 폭 1/3~1/4 정도에 황토를 깐 길이다. 매년 2,000톤의 질 좋은 황토를 구해 갖고 와서 깐다고 한다. 또 황톳길을 맨발로 걷기 좋도록 황토가 밀가루 반죽 같은 상태를 유지하게끔 매일 아침과 저녁에 물차를 운용하여 황토 위에 물을 뿌린다. 이 길은 2006년 대전의 맥키스컴퍼니(대전, 충청권 소주 업체) 조웅래 회장이 만들고 그 회사에서 현재까지 유지관리하고 있다.

이 길이 만들어지게 된 계기는 이렇다. '2006년 조 회장이 계족산 등산을 하던 중 구두를 신고 어렵게 산길을 걷는 여성을 보았다. 조 회장은 그 여성에게 자신의 운동화를 벗어주고 맨발로 걸었다. 그는 발이 아프고 힘들었지만, 맨발로 산행을 다 마치고 내려왔다. 그날 밤 그는 완전 숙면을 취하고 아침에 머리가 맑아지는 놀라운 경험을 하였다.' 조 회장은 맨발로 걷는 게 건강에 좋다는 사실을 깨닫고, 많은 사람이 맨발로 걷기 좋은 길을 걷게 하고 싶어서 이 황톳길을 만들었다고 한다. 참으로 고마운 사람이다. 타인을 생각하는 사람이 많은 사회가 살기 좋은 사회다.

맨발로 황톳길을 걸어 올라가는데 우측 숲 속으로 덱 길이 있었다. 우리는 내려오면서 그 길을 걷기로 하고 계속 황톳길로 올라갔다. 조금 올라가다 보니 위에서 스피커 소리와 음악 소리가 들렸다. 올라가 보니 산의 경사를 따라서 위쪽에 마련된 무대에서 음악을 연주하고 노래를 하고 있었다. 아래쪽에는 자유롭게 사람들이 앉아서 음악을 감상하고 있었다. 숲 속 음악회였다. 올라오느라 더워진 우리는 자리를 찾아 앉았다. 숲 속에서 맑은 공기를 마시며 음악을 감상하는 기회를 갖다니 기분이 한결 상쾌했다.

이 숲 속 음악회는 '뻔뻔(fun fun)한 클래식'이라는 이름으로 4월부터 10월까지 주말, 토요일과 일요일 오후 3시에 공연을 한다. 출연자들이 우리가 알만한 음악과 노래를 들려주며 재미있게 음악회를 진행하였다. 건강에 좋은 황톳길을 맨발로 걷고 쉬면서 귀와 가슴을 울리는 음악을 듣다니 정말 좋았다. 황톳길과 음악회를 선사하고 수고하는 모든 분들에게 감사한다.

네 시까지 한 시간 동안 음악회를 감상하며 쉰 후 우리는 본격적으로 황톳길 걷기를 시작했다. 경사진 길을 올라가니 금새 삼거리가 나왔다. 좌우 어느 쪽으로 가든지 경사가 거의 없이 걷기 편한 임도 위 황톳길로 보였다. 우리는 우측, 임도 삼거리-절고개 방향으로 걷기로 했다.

계족산은 하늘에서 내려다보면 닭의 발 모양으로 생겼다고 해서 계족산(鷄足山)이라고 불렀다고 한다. 삼거리 우측 길의 오른편 옆 공간에 닭발 모양의 형상을 새긴 돌을 세우고 그 앞에는 사람 발자국을 새긴 평평한 돌이 놓여 있었다. 우리는 질척한 황토가 묻은 맨발로 돌 위에 새겨진 발자국에 올라서서 기념사진을 찍었다. 또 한 사람씩 한쪽 발을 들어 올려 황토가 묻은 발바닥을 찍는 즐거운 시간도 가졌다. 그 옆에 계족산 황톳길을 만들게 된 이야기가 적힌 기념비가 세워져 있었다.

우리는 임도 삼거리까지 걸었다. 좌측은 소나무와 참나무가 우거진 산이고 우측은 산비탈이지만, 벚나무가 가로수로 심겨 있었다. 길이 어느 방향으로 휘어지든지 나무들이 햇살을 가려주어서 덥지 않고 시원했다. 나는 절고개까지 더 걷고 싶었지만, 여자들이 발이 피곤하다고 그만 걷자고 했다. 또 코스모스 꽃밭에도 가서 놀아야 하니 내려가자고 했다. 우리는 임도 삼거리에 있는 세족장에서 발을 씻고 말리고 양말과 신발을 신었다. 내려오면서는 숲 속 음악회 장소를 지나 왼편 덱 길로 올라갔다. 침엽수림과 참나무숲을 차례로 지나는 멋진 숲 속 덱 길이었다.

장동 산림욕장을 빠져나와 차를 타고 오면서 봐둔 코스모스 꽃밭으로 갔다. 도로의 양편에 차들이 줄지어 주차해 있었다. 막 빠져나가는 차를 발견하고 그곳에 차를 세웠다. 이곳은 장동 계족산 코스모스 축제장이었다. 1만 2천여 평의 부지에 코스모스를 심어 놓았다. 수수하면서도 아름다운 코스모스가 색색으로 울긋불긋 피어 넓은 들판에 가득하였다.

젊은 연인들이 꽃밭 여기저기에서 사진을 찍고 있었다. 우리도 들어가서 사진을 찍었다. 나는 세 여자의 사진을 함께, 또 한 사람 한 사람씩 멋지게 찍어주었다. 파란 가을 하늘과 녹음이 짙은 계족산을 배경으로 단순하면서도 아름다운 코스모스 꽃밭에서 멋진 포즈를 취한 여자들의 모습은 아직도 한창때처럼 젊다. 누가 60살이라고 하겠는가? 사진으로는 40대다.

저녁을 먹으러 북대전IC 근처 산골묵집에 갔다. 이 집이 있는 동네는 개발되기 전 구즉이라는 마을이었다. 이 마을에서는 계룡산에서 채취한 도토리로 묵을 만들어 파는 집이 많아서 묵마을로 이름이 났다. 아직도 묵을 만들어 식당을 하는 집이 몇 군데 있는데 이 집도 그중 하나다. 이 집의 별미인 채묵과 시골 된장찌개를 곁들인 양푼 비빔밥을 맛있게 먹었다. 늦은 밤 고속도로에 올라 집으로 향했다.

▶ 또 다른 날 즐거운 한음회 여섯 여자

주) 계족산 황톳길의 절고개 삼거리에서 계족산성으로 가는 길도 걷기 좋은 숲길이다. 계족산성은 6세기경 백제가 축조한 산성이다. 절고개에서 짧은 계단의 오르막만 오르면 아늑한 숲길이 계속된다. 좁은 길 양옆으로는 나무가 우거지고 넝쿨이 타고 올라 사람이 들어간 흔적이 없는 원시림 같은 숲이다. 사람들의 왕래도 드물어서 혼자라면 무서울 정도로 호젓한 길이다. 길 중간에 대청호를 바라보는 전망대가 있고 벤치도 있다. 산성에 오르면 사방이 탁 트여 대청호를 조망할 수 있다.

대전 대청호 오백리길 3, 4구간

▶ 금강일보제공

7월 중순 어느 날 장인어른을 뵈러 갔다. 이날 대전 기온이 섭씨 34도로 몹시 무더웠다. 장인어른을 모시고 나와 둔산에 있는 장어 식당에 가서 점심을 먹고 우리는 대청호 오백리길에 가기로 했다. 코로나 사태로 집에만 계시는 장인어른이 시원한 호수도 보고 바람도 쐬도록 하기 위해서였다. 자동차 내비게이션에 대청호 오백리길 탐방지원센터(대전시 동구 추동)를 치고 갔다. 그곳에 가서 안내를 받고 지도를 얻어서 바로 앞에 있는 4구간 호반낭만길을 걷고자 했다. 그런데 코로나 사태로 탐방지원센터가 문을 열지 않았다.

우리는 지도는 없지만 대청호 주위 도로(대청호수로)를 따라 드라이브하고 주요 지점에서 내려 장인어른이 걸을 수 있는 만큼 걷기로 했다. 차를 운전하고 가다가 대청호 방향으로 들어가는 좁은 길을 만나서 그 길로 들어가 봤다. 흙길이 시작되는 지점에서 차를 길옆으로 붙여 세웠다. 차에서 내려 아내가 장인어른을 부축하여 호수 방향으로 걸었다. 나는 차 트렁크에서 낚시의자를 꺼내 들고 뒤따라갔다. 흙길이지만 매끈한 보도블록을 깔아 놓아서 길은 평탄하고 좋았다. 조금 가니 언덕 옆으로 덱 길을 만들고 경사진 곳에는 계단을 잘 만들어 놓았다. 덱 길을 지나니 대청호가 보였다. 전망이 좋은 길가에서 장인어른은 낚시 의자에 앉고 우리는 서서 대청호를 바라보며 쉬었다. 조금 쉬고 아내와 나는 더 걷고 싶었지만, 장인어른이 돌아가자고 하셨다.

차를 타고 다시 큰길(대청호수로)로 나와서 대청호를 오른편에 두고 좀 더 가니 오른편에 주차장이 보였다. 주차장에 들어가 차를 세우고 보니 마산동 쉼터였다. 주차장이 그다지 넓지는 않았지만 차가 열 대쯤 주차되어 있었다. 안내 게시판의 지도를 보니 주차장 옆에서부터 대청호 안쪽으로 들어가는 수변탐방 덱 길이 있었다. 덱 길을 걷는 사람이 두세 명 보였다. 이 길로 들어가면 호숫가 전망 덱에 이르고 또 더 가면 드라마 「슬픈 연가」의 촬영지가 나온다. 걷기에 좋은 덱 길이어서 장인어른께 좀 걷지 않으시겠는지 여쭈었다. 날씨가 더워서 걷기 싫으신지? 체력이 약해져서 그런지? 그냥 가자고 말씀하셨다.

▶ 대전관광공사제공

아쉽지만 우리는 다시 차를 타고 대청호수로로 나왔다. 도로 양편으로 벚나무가 심겨 있어서 도로 위에 짙은 그늘을 만들어 주었다. 걷기에도 좋고 차를 타고 드라이브만 해도 좋은 길이었다. 이 좋은 길을 두고 어찌 그냥 집으로 돌아간단 말인가? 멋진 도로를 주욱 달리다가 삼거리(마산동 삼거리)를 만났다. 우회전하여 대청호 쪽으로 난 길(냉천로)로 들어섰다. 미륵원과 관동묘려로 가는 길, 3구간 호반열녀길이었다.

1.8km를 들어가니 길 오른편에 옛 미륵원의 건물이 있었던 터, 미륵원지를 알려주는 기념비와 안내판이 있었다. 우리는 차를 세우고 잠시 안내판을 읽어보았다. 미륵원은 고려 말에 벼슬을 버리고 고향에 내려온 황윤보가 건축하고, 조선 초까지 회덕 황씨 집안에서 운영하던 여행자를 위한 무료숙식 여관이었다. 대전지역에서 최초로 만들어진 민간 복지시설이었다고 한다.

이보 안드리치의 소설『드리나 강의 다리』가 생각났다. 이 소설을 통하여 우리는 16C부터 400여 년 동안 발칸반도에서 일어났던 역사적 사건들을 되짚어 볼 수 있다. 작가는 이 소설로 노벨문학상을 받았다. 이 소설에 오스만 터키의 유력자로 성공한 인물의 이야기가 나온다. 그는 고향에 튼튼한 다리를 건설하여 고향 사람들이 아무 어려움 없이 강을 건너도록 하였다. 또 다리 옆에 든든한 숙소를 건축, 마련해 주어 고향에 드나드는 모든 여행자들이 무료로 편히 쉬고 자고 갈 수 있도록 하였다.

그는 다리와 숙소의 건설비용뿐 아니라 유지, 보수 및 운영, 관리하는 데 드는 모든 비용도 보내주었다. 이슬람 문화에서는 모스크도- 우리 사회로 치면 교회나 성당, 사찰도 - 성공한 유력자가 시민(신자)들을 위하여 건축하고, 그 빌딩의 유지관리 비용과 모든 인건비도 다 지불한다고 한다.

노블레스 오블리주는 어느 사회에나 있는 덕목이다. 우리나라에서는 이런 이야기가 드문데 이날 회덕 황씨의 노블레스 오블리주 이야기를 들으니 반가웠다. 요즘 사회 윗자리에 앉아서 자기 가족만 또는 자기네끼리만 잘 살려고 온갖 행태의 부정한 짓을 저지르는 사람들을 본다. 그들은 스스로 똑똑하여 영리하게 산다고 생각하겠지만, 조금만 뒤로 물러나 바라보면 전혀 아니다. 이기심만으로 가득 차서 불쌍한 인생을 살다 가는 사람들일 뿐이다. 그런 사람들을 보면 참으로 딱한 생각이 든다.

▶ 대전관광공사제공

조금 더 들어가니 길이 차 한 대만 다닐 수 있는 정도로 좁아지고 우측으로 대청호가 언뜻언뜻 보였다. 걷는 사람도, 오가는 차량도 보이지 않았다. 아주 호젓한 길이었다. 끝까지 3km를 들어가니 왼편에 한옥 기와집이 보였다. 관동묘려다. 관동묘려는 쌍청당 송유(雙淸堂 宋愉, 1389~1446)의 어머니 고흥 류씨 부인(1371~1452)의 묘에 제사를 지

내기 위하여 음식과 각종 제사용 물품을 준비하는 재실이다.

류씨 부인은 송씨네 문중에 시집와서 스물두 살 때 남편 송극기(宋克己)가 죽어 청상과부가 되었다. 남편 송극기는 젊은 나이에 성균관 진사로 선발되어 출세가도를 달리다가 갑작스럽게 죽었다. 양가에서는 젊은 나이에 과부가 된 류씨를 재가시키려 했다. 그러나 류씨 부인은 재가 권유를 고사하고 당시 네 살 된 어린 아들 송유를 혼자서 훌륭하게 키워냈다. 이를 인정받아서 나라로부터 열녀의 정려를(열녀라는 칭호를) 받았다. 고흥 류씨 부인의 묘와 관동묘려가 있는 이 길, 대청호 오백리길 3구간의 이름이 그래서 호반열녀길이다.

관동묘려 뒤편에 있는 추원사는 은진 송씨 대종회의 사당이다. 그 옆에 송유의 할아버지이고 송극기의 아버지인 송명의(宋明誼)의 유허비(遺墟碑)가 있다. 유허비(遺墟碑)란 선현의 자취가 있는 곳에 그를 추모하여 세운 비석이다. 송명의는 고려가 망하자 불사이군(不事二君)의 충절을 지켜 관직을 버리고 처가인 황윤보의 집안 동네, 회덕으로 내려와 살았다.

고려 말 임금의 자격이 안 되는 우왕의 즉위를 반대하다가 벼슬을 버리고 고향으로 내려와서 노블레스 오블리주를 실천하며 여생을 산 황윤보. 고려 임금을 몰아내고 조선의 왕이 된 이성계 아래에서 벼슬을 할 수 없다고 내려온 송명의. 우리가 본받아야 할 인물들이지 않은가? 확고한 도덕성을 염두에 두고 살아야 한다. 그냥 사람들 사는 대로 따라 살다가는 평범한 악을 저지르기 쉽다. 예루살렘의 아이히만을 기억해야 한다.

회덕 황씨 집안의 도움으로 송명의는 회덕에서 자리를 잡았다. 고흥 류씨 부인의 희생으로 송명의-송극기-송유로 송씨 가문이 이어졌다. 그 후 은진 송씨 문중은 번성하여 회덕에서 집성촌을 이루었다. 회덕 송씨라는 파도 생기고 송춘길, 송시열 같은 역사에 새겨진 굵직한 인물들도 나왔다. 오늘날 대전 동구 송촌동이 그 당시 송씨의 집성촌이어서 송촌이라고 불리었다.

이날 아내와 나는 대청호 오백리길 3, 4구간을 드라이브하면서 회덕 황씨와 은진 송씨의 훌륭한 선조들을 알게 되었다. 옛 어른들의 행적에서 높은 덕목을 배운 역사 공부의 날이었다. 집에 도착하자 보훈청 소속 봉사자로부터 장인어른께 안부를 묻는 전화가 왔다. 장인어른은 6·25 참전용사다. 장인어른이 전화를 받으면서 말씀하셨다. "나 오늘, 우리 둘째 딸하고 사위가 와서 장어구이로 점심 먹고 대청호로 여행 갔다 왔어." 장인어른이 이렇게 자랑하는(?) 말씀을 하시니 듣는 아내와 나는 효도한 것 같아서 마음이 뿌듯했다.

▶ 금강일보제공

대전 만인산 자연휴양림과 금산 진악산 보석사

11월 중순 어느 날 대전 장인어른을 뵈러 가는데 여느 때와는 다르게 아침 일찍 출발하였다. 대전 만인산 자연휴양림에 가서 숲길을 걷고, 추부에 가서 점심으로 아내가 좋아하는 수삼튀김과 추어탕을 먹고, 금산 보석사에 가서 갑사에서 만난 영규대사의 자취를 보기로 했기 때문이다. 대전 장인어른께는 오후 늦게 가서 저녁을 먹기로 했다.

만인산 자연휴양림은 대전 남쪽에 있는 식장산(해발 598m)에서 남서 방향으로 뻗어 내려오다가 솟은 정기봉(해발 580m)과 만인산(해발 537m) 사이 골짜기에 있다. 대전에서 금산군 추부로 넘어가는 추부터널 직전 국도 옆이다. 1989년 대전시에서 이곳을 휴양림으로 지정하고 무분별한 훼손을 막고 잘 가꾸어서 삼림이 우거졌다. 계곡에 흐르는 물을 막아 연못을 만들고 주변을 아름답게 조성하여 산수가 수려하다. 정기봉 아래에 있는 푸른 학습원은 주로 대전의 청소년들이 단체로 와서 수련하는 시설이다.

국도 옆에 위치한 만인산 휴게소와 그 옆에 있는 연못은 사람들이 들러서 쉬기에 좋은 곳이다. 봄가을뿐 아니라 여름과 겨울에도 연못 주위로 가벼운 산책을 즐길 수 있다. 만인산은 보통 사람들이 등산하기에도 좋다. 내가 젊어서 대전에 근무하던 때 우리는 친구 부부와 함께 아이들을 데리고 가서 두 가족이 만인산 등산을 한 적이 있다.

우리는 만인산 휴게소 주차장에 도착하여 차를 세우고 이곳에서 이름난 봉이호떡을 두 개 샀다. 줄을 서서 사 먹어야 한다고 들었는데, 조금은 이른 시간이어서 금방 살 수 있었다. 우리는 휴게소 아래 연못가 탁자로 가서 앉았다. 금방 구운 뜨끈한 호떡을 먹고 커피도 마시면서 연못과 삼나무의 가는 잎이 갈색으로 변한 가을 산을 바라보았다. '그래, 이렇게 사는 거야! 젊어서는 열심히 일하고 은퇴 후엔 계절 따라 바뀌는 자연에서 노는 거야. 마음을 평화롭게 하고 내가 갈 다음 세계를 생각하고 준비하는 거야.' 이런 생각을 해보았다.

우리는 일어나서 자연 탐방로를 따라 도로를 건너 푸른 학습원 방향으로 올라갔다. 처음에는 완만한 덱 길이었지만, 계단도 나오고 흙길도 걷게 되었다. 평탄한 흙길을 걷다가 경사진 길을 오르기도 했다. 푸른 학습원에 갔는데 문이 닫혀 있었다. 코로나 전염 예방 차원에서 학습원 운영을 하지 않았다. 건물 앞마당을 나와서 자연학습 체험로를 따라 만인산 쪽으로 걸었다.

중간쯤에서 안내하는 게시판을 보니 태조의 태실묘가 있었다. 조선 태조의 태를 모신 묘가 이곳에 있다니 놀라지 않을 수 없었다. 원래는 함경도 용연에 있던 태실묘를 무학대사가 이곳이 명당자리라고 1393년(태조 2년)에 이 장소로 옮겨왔다고 한다, 1689년 숙종 때 중건되었고 조선 시대에는 태조의 태실묘이기에 잘 관리되었다.

일제강점기 때인 1928년에 태실묘를 관

리하기 어렵다는 이유로 태항아리를 창덕궁으로 이전하였다. 그 후 이곳 태조 태실은 방치되고 훼손되었다. 해방되고 한참 후인 1989년에야 충청남도 유형문화재로 지정되고 1993년 오늘날의 모습으로 복원되었다. 그러나 태조 이성계의 태항아리는 현재 고양시 서삼릉 태실연구소에 안치되어 있고, 이곳에는 석조물만 복원된 것이다.

우리는 태조의 태실묘로 갔다. 석묘 앞에 거북 등 위에 세워진 비석이 있었다. 그 뒤에 연꽃 형상을 한 석묘를 가운데 두고 둘레엔 팔각형 모양의 둘레석으로 보호하는 형상의 묘였다. 비석은 몇 조각으로 깨진 것을 맞추고 없어진 것을 새로 만들어 복원하여 세웠다. 석묘도 330년 전의 석재와 30여 년 전에 보강된 석재가 혼재되어 있었다. 그래도 전체적으로 중후한 감은 살아 있었다. 최고의 명당자리라고 하는 태조 태실묘 앞에서 추부 쪽으로 탁 트인 전망을 감상하고 되돌아 나왔다.

다시 자연학습 체험로로 돌아와서 만인산 쪽으로 걸었다. 정자 만인루로 오르는 지점에서 만인루로 오르지 않고 휴게소 옆 연못으로 내려왔다. 전에 우리가 등산 왔던 때는 만인루를 거쳐 계속 올라 만인산 정상(해발 537m)을 찍고 다시 만인루로 돌아와서 숲길을 따라 사방댐으로 내려왔었다. 나는 그렇게 등산을 하고 싶었지만, 아내는 가파른 오르막길을 쳐다보고 내려가자고 했다. "마음만 젊지, 나이도 생각하세요." 하는 아내 말에 따라 그냥 만인산 휴게소 방향으로 내려왔다. 그래도 조금 더 걷고 싶어서 연못 옆으로 계곡을 따라 계속 사방댐까지 숲길을 걸어 내려갔다가 올라왔다. 4km 남짓 숲길을 걷고 태조의 태실묘도 찾아보았으니 이만하면 만족한 산책이다.

주차장으로 올라가서 차를 타고 우리는 점심을 먹으러 추부에 있는 소문난 추어탕 식당으로 갔다. 아내가 좋아하는 집이다. 수삼튀김과 추어탕을 주문했다. 수삼튀김은 한 접시에 8개가 나왔는데 우리 둘이 두 개씩 먹고 4개는 포장해달라고 했다. 저녁에 장인어른이 드시도록 갖다 드릴 것이다. 우리는 수삼튀김과 추어탕을 맛있게 먹고 진악산 보석사로 갔다.

내가 금산 보석사에 가는 이유는 갑사에서 만난 영규대사의 자취를 보기 위해서였다. 보석사는 금산군 남이면 진악산 아래 있는 절이다. 886년(신라 헌강왕 12년)에 조구대사가 창건하여 1,100년이 훨씬 넘은 절이다. 창건 당시 절 앞산에서 캐낸 금으로 불상을 만들었다고 해서 보석사라고 이름지었다고 한다. 임진왜란 때 소실되었는데 고종(재위 1863~1907) 때 명성황후가 중건하였다.

우리는 주차장에 차를 세우고 절을 향해 걸었다. 일주문을 지나니 전방으로 전나무 숲길이 보이고 바로 좌측에 의병승장비 비각이 있었다. 이 의병승장비는 1592년(선조 25년) 왜군과 싸운 금산전투에서 의병장 조헌과 함께 순절한 승병장 영규대사와 승병들을 추모하기 위하여 1839년(숙종 5년)에 세운 비다. 영규대사는 임진왜란 때 왜군이 조선 땅을 침탈하자 조선 최초로 갑사에서 승병을 일으켜 청주전투에서 승리하였던 스님이다.

의병승장비를 보고 전나무 숲길을 걸어 보석사로 갔다. 일주문에서 절 입구까지 거리는 200m쯤 될까? 짧은 거리지만 수령이 꽤 되는 큰 전나무가 줄지어 심겨 있어서 운치가 있었다. 절로 들어가서 영규대사가 보석사에 머물던 때 처소로 사용했다는 의선각을 찾아보았다. 의선각 건물은 현재 스님들이 종무소로 사용하고 있었다. 대웅전을 바라보고 왼편에 있는 조사전에 가보았다. 조사전에는 이 절의 창건주 조구대사를 가운데, 그 우측에 청허당 휴정대사, 좌측에 기허당 영규대사의 영정이 모셔져 있었다.

그다음 해 11월 초순 아내와 나는 장인어른을 모시고 다시 보석사를 찾았다. 지난해와 같은 코스로 만인산 휴게소에 들렀다가 추부에 가서 점심을 먹고 보석사로 향했다. 주차장에 도착하니 30여 대쯤 차를 세울 수 있는 주차장이 만차였다. 절 입구 쪽에 주차 공간을 찾을 수 없을뿐더러 장인어른께서 많이 걷지 못하시니 우리는 차를 타고 은행나무 앞까지 들어갔다.

일주문을 지나니 줄지어 늘어선 전나무 길 좌측이 빨갛고 노란 단풍 길이었다. 땅 위에 단풍잎이 떨어져 양탄자를 깔아 놓은 듯 푹신한 느낌이었고 울긋불긋 아름다웠다. 젊은 연인들과 아이를 데리고 나온 가족들이 여기저기서 사진을 찍고 있었다. 보석사 앞 은행나무는 노란 은행잎을 잔뜩 달고 있었다. 은행나무를 보호하기 위하여 주위를 둘러싸고 있는 낮은 울타리 안뿐만 아니라 바깥으로도 노란 은행잎이 수북이 쌓여 있었다. 사찰 바깥에 심겨 있는 이 은행나무는 수령 1,100년이 넘는 천연기념물(제365호)이다. 오랜 역사 속에서 온갖 풍상을 다 겪고 꿋꿋하게 살아온 이 은행나무는 나라에 큰일이 있을 때 우는 소리를 낸다고 한다. 장인어른과 아내는 은행나무 앞 벤치에 앉아서 무언가 신비스러운 기운이 서린 듯한 고목의 노란 세계를 감상하였다.

귤을 몇 개 까먹고 아내는 장인어른을 부축하여 단풍길로 걸어갔다. 햇빛을 받아 아롱다롱 빛나는 단풍나무 사잇길로 조심조심 한 발 한 발 떼어 놓는 연로하신 아버지와 부축하는 딸의 모습이 얼마나 아름다운지! 장인어른과 아내는 길 중간쯤 단풍나무 아래 벤치에 앉았다. 두 사람의 머리 위 단풍나무에도, 발아래 땅 위에도 온통 노랗고 빨간 울긋불긋 황홀하리만치 아름다운 단풍의 세계였다. 그 신비한 세계 속에서 바짝 붙어 앉아 정겹게 이야기하는 장인어른과 아내! 나는 뒤따라가면서, 또 그 뒤에서 이 사랑스러운 그림을 사진에 담지 않을 수 없었다. 멋진 단풍 나들이였다.

청양 칠갑산 옛길

9월 하순 어느 날 아침 아내가 장인어른과 전화통화 후 말했다. "아버지가 영 알아듣질 못하셔요. 대화가 안 돼요. 가봐야겠어요. 당신이 가보자던 칠갑산에도 가고 곧 추석이니까 아버지 어머니 산소에도 미리 가요. 오늘 특별한 일 없으면 대전에 가죠." '이번 주말부터 추석 연휴가 시작되니 곧 가 뵐 건데….' 하는 생각이 들었지만, 아내가 가자니 가야지.

칠갑산은 청양에 있다. 청양은 충청남도에서 가장 청정지역이다. 칠갑산은 그리 높은 산이 아니어서 널리 알려진 산은 아니다. 요즘처럼 코로나라는 감염병이 돌고 있는 때엔 사람들이 붐비지 않는 이런 산이 좋다. 오르는 길도 가파르지 않아서 나이 든 사람들이 걷기에 딱 좋은 산이다.

아내와 나는 먼저 칠갑산 옛길을 걷고, 아버지 어머니 산소에 들러 대전 장인어른을 뵈러 가기로 했다. 우리는 차를 타고 내비게이션에 칠갑주차장(대치면 대치리)을 치고 출발하였다. 여름 장마와 태풍으로 파손된 도로의 보수공사를 하고 있어서 차가 제대로 달릴 수 없었다. 예상보다 한참 늦게, 12시가 다 되어 칠갑주차장에 도착하였다. 우리는 점심을 먼저 먹고 산에 오르기로 했다. 한티마을 입구에 있는 한 식당에 들어가서 청국장과 손두부로 점심을 먹었다.

점심 후 식당 앞 탁자에 앉아 커피를 마시면서 주인에게 칠갑산 옛길을 물었다. 알려주는 대로 호텔 칠갑산 샬레라는 표지판을 따라 걷기 시작하였다. 오르는 길 좌측에 폭 1.5m 정도로 사람이 걷는 길이 차도와는 다른 산뜻한 색으로 표시되어 있었다. 전체 도로 폭으로 보아 원래는 도로 가운데 중앙선이 있어서 차량이 양방향으로 통행하였던 것 같다. 그러다가 통행 차량이 많지 않자 차량통행로를 한 차선으로 한정하고 이렇게 걷는 길을 마련한 듯 보였다. .

칠갑산 옛길은 완만한 오르막으로 은근히 운동이 되는 길이었다. 올라가면서 도로 좌측은 산이고 우측은 골짜기다. 길 양옆으로 수령 30~50년쯤 된 나무들이 즐비하게 우거져 그늘을 만들어 주었다. 경사가 완만할지라도 계속 걸어 오르니 은근히 땀이 났다. 그래도 나무 사이로 잔잔히 불어오는 바람이 땀을 식혀주어 시원했다.

걷다가 힘들면 쉬어갈 수 있도록 중간중간- 간격이 300m쯤이나 될까? - 쉼터를 설치해 놓았다.

1km쯤 오르자 작은 터널이 나타나고 터널 오른편 위쪽에 건물이 보였다. 터널 앞 왼쪽에 청양의 특산물, '구기자 약숫물 이야기' 게시판이 있었다. 소녀가 회초리로 백발의 노인을 때리는 그림이 함께 그려져 있었다. 옛날 어느 날 민정을 살피는 한 관리가 청양에 와서 보고 들은 놀라운 이야기가 써 있었다.

소녀는 할머니이고 노인은 손자였다. 할머니는 매일 구기자나무의 뿌리를 통과하여 흘러나온 약수를 마셔서 늙지 않고 소녀처럼 젊었다. 손자는 매일 약숫물을 마시라는 할머니 말씀을 듣지 않아 나이가 들어 늙었다는 이야기였다. 중국의 진시황이 찾았다던 불로초가 바로 구기자였다는 설이 있을 정도로 구기자가 좋다고 한다. 구기자에는 항균, 항암, 면역력 증진 등의 효과가 있는 성분이 들어있다고 한다.

짧은 터널을 통과하니 정면에 오른쪽을 가리키는 화살표 아래 '칠갑산 천문대 0.5km', '칠갑산 정상 3.0km'이라는 이정표가 있었다. 오른쪽으로 돌아 조금 오르자 오른편에 넓은 광장(칠갑광장)이 있었다. 광장은 주차된 차량으로 가득하였다. 광장 저편에 터널 아래서 보았던 건물이 보이는데, 칠갑산도립공원사무소와 카페, 식당, 화장실 등이 있는 건물이었다. 그 건물 우측 언덕에 면암 최익현(1833~1906)의 동상이 있었다.

최익현은 1900년 68세에 낙향, 이곳 청양에 내려와 살았다. 1905년 을사늑약이 체결되자 전라도에서 낙안군수를 지낸 임병찬(1851~1916)이 최익현을 찾아왔다. 두 사람은 사제의 연을 맺고 전북 태인에서 의병을 일으켰다. 한양으로 진격하던 중 남원에서 일본군이 아닌 정부군을 만나 대치하게 되었다. 최익현은 동족끼리 싸울 수는 없어서 의병을 해산, 귀가하게 하고 임병찬과 함께 잡혀 대마도로 유배되었다. 대마도에서 최익현은 적이 주는 음식은 먹을 수 없다고 거절, 단식하다가 병이 들어 생을 마감하였다.

임병찬은 대마도에서의 유배생활을 기록한 『대마도 일기』를 남겼다. 이 책을 읽어보고 싶었는데 구하지 못했다. 이 책을 찾던 중 홍영기가 쓴 『독립의군부의 지도자 임병찬』이라는 책을 발견하여 읽어 보았다. 임병찬은 대마도에서 귀국 후에도 계속 국권을 지키기 위해서 투쟁하다가 끝내 거문도에 유폐당하고 그곳에서 세상을 떠났다. 여행지에서 만나는 인물들에게서 배우는 바가 크다. 현 시대에서 나는 어떻게 살아야 할지 심각한 자문을 하게 된다.

칠갑광장 앞 길옆에는 '콩밭 매는 아낙네' 동상이 있다. 1978년 조운파가 작사, 작곡하고 주병선이 부른「칠갑산」이라는 노래가 "콩밭 매는 아낙네야."로 시작된다. 이 노래는 그 당시 대히트를 쳐서 칠갑산과 청양을 널리 알리는 계기가 되었다. 이를 기념하여 세운 동상이다.

칠갑산

콩밭 매는 아낙네야
배적삼이 흠뻑 젖는다
무슨 설움 그리 많아
포기마다 눈물 심누나

홀어머니 두고 시집가던 날
칠갑산 산마루에서
울어주던 산새 소리만
여린 가슴을 태웠소

그 옆에 또 칠갑산의 유래에 대한 글이 돌판에 새겨져 있었다. 칠갑산은 백제 때 도읍이었던 사비성의 정북 방향이어서 각종 제천의식이 이곳을 향해 행해졌다고 한다. 이 산을 만물의 7대 근원인 지수화풍공견식(地水火風空見識)의 칠(七) 자와 모든 것의 첫째라는 의미인 육십갑자의 첫 자인 갑(甲) 자를 써서 시원(始原) 칠갑산(七甲山)이라고 불렀다고 한다. 또 다른 설에서는 첫째가는(뛰어난) 일곱 장군이 나올 땅의 산이라고 해서 칠갑산(七甲山)이라고 불리었다고도 한다.

우리는 충혼탑과 천문대를 지나 칠갑산 정상을 향해 걸었다. 칠갑광장까지 올라온 칠갑산 옛길은 포장된 길이었는데 광장부터는 흙길이었다. 임도처럼 넓고 경사가 완만하여 남녀노소 누구나 걸을 수 있는 길이었다. 걷는 길 양옆으로 나무들이 우거져서 아름다운 산속 숲길이었다. 언제라도 앉아 쉴 수 있도록 중간중간 벤치도 마련되어 있었다.

조금 걷다 보니 '칠갑산 어머니길'이라는 표지판이 있었다. 젊어서 자식을 낳고, 키우고, 결혼시켜 보내고, 늙기까지 어머니의 감정, 희로애락과 그리움을 표현한 그림과 글을 길을 따라가면서 몇백 미터 간격으로 세워 놓았다. '칠갑산 솔바람길'이라는 명패도 있었다.

칠갑광장에서 2km 남짓 걸었더니 자비정이라는 멋진 2층 정자가 길의 오른편에 보였다. 보통 정자는 팔각정이거나 육각정이어서 기둥이 8개이거나 6개이다. 그런데 자비정을 지지하는 기둥은 칠갑산 줄기와 같은 수 7개였다. 칠갑산에서만 볼 수 있는 칠각정이었다. 정상까지 채 1km가 남지 않았는데 여기서부터 오르락내리락하며 길의 경사가 조금 가팔라졌다.

정상 직전에 100m나 되는 긴 계단이 있었다. 그러나 천천히 오르면 되고, 계단을 피하여 300m쯤 우회하는 길도 있으니 크게 문제되지 않았다. 아내와 나는 오를 때는 계단으로 올라 다리 근육을 키우고, 내려올 때는 우회하여 무릎에 무리가 가지 않도록 하였다.

정상에 오르니 해발 561m로 그다지 높은 산은 아니지만, 주위에 막힘이 없어서 사방을 조망할 수 있었다. 평일이고 코로나 사태로 올라온 사람이 없어서 둘이 함께 인증샷을 찍을 수 없었다. 교대로 '칠갑산 해발 561m'라고 쓰인 표지석 옆에 서서 기념사진을 찍었다. 한편에 마련된 쉼터 벤치에 앉아서 싸온 간식을 먹고 커피를 마시며 쉬다가 내려왔다.

▶ 칠갑산 정상 조망

진천 농다리와 초평호 초롱길

5월 중순 어느 날 분당지역에 사는 한음회 친구 다섯, 회장님과 용인 후배 부부와 우리 부부가 '생거진천 초롱길'을 걸으러 갔다. 이 길은 농다리와 붕어찜 마을 사이, 산속에 있는 초평호수를 끼고 걷는 아름다운 길 5km다. 말로만 듣던 진천 농다리도 보고 한반도 지형을 담은 초평호 저수지의 전망대에도 오르기로 했다.

생거진천(生居鎭川) 사거용인(死去龍仁)이라는 말이 있는데 그 유래는 이렇다. 용인과 진천에 추천석이라는 동명이인(同名異人)이 살았다. 저승사자가 용인의 추천석을 잡으러 왔다가 착각으로 진천의 추천석을 저승으로 잡아갔다. 나중에 잘못된 것을 알고서 저승사자는 진천 추천석의 혼을 데리고 다시 지상으로 내려왔다. 용인 추천석의 혼을 잡아가고 그의 몸에 진천 추천석의 혼을 넣어 주었다.

용인 추천석의 몸으로 다시 살아난 진천의 추천석은 두 집의 아내와 가족들 사이에 큰 혼란과 분쟁을 일으켰다. 결국, 고을 원님이 '이 사람의 몸은 용인 추천석의 것이지만 진천 추천석의 혼이 들어가 살고 있으니 진천의 추천석이다. 그러니 살아서는 진천에서 그의 본래 가족들과 살고, 죽으면(진천 추천석의 혼이 저승으로 가면) 용인 추천석의 몸만 남으니 용인 가족의 무덤으로 가라.'라는 판결을 내렸다. 그래서 '생거진천(生居鎭川) 사거용인(死去龍仁)'이라는 말이 나왔다고 한다.

우리는 먼저 초평호에 있는 한반도지형을 내려다볼 수 있는 전망대로 (붕어찜 마을 뒷산으로) 올라갔다. 전망대가 있는 산으로 올라가는 길은 차량 한 대가 겨우 다닐 수 있는 좁은 도로였다. 그래도 올라가고 내려오는 차량이 마주치면 비켜 갈 수 있도록 중간중간 도로 옆으로 차가 피할 수 있는 공간이 마련되어 있었다.

전망대 아래 주차장에 차를 세우고 나선형 덱을 따라 높이 세운 전망대로 올라갔다. 영월에 있는 한반도 지형(평창강이 휘돌아 굽이치면서 만든 지형)은 한반도 전체의 윤곽인데, 초평호 안에 있는 한반도 지형은 남한 부분만이 좀 더 그럴싸하게 보였다. 북한 쪽은 위쪽 산과 연결되어 있어서 북한의 윤곽이 제대로 드러나지 않았다. 그래도 초평호와 그 주위의 푸른 산들이 한눈에 들어오니 기분이 무척 상쾌했다.

전망대에서 내려와 전망대 공원에서 커피를 마시며 잠시 쉬었다. 번잡한 도시를 떠나 초록의 산수가 어우러진 자연 속에 앉아 있자니 이렇게 좋은 힐링이 없다. 붕어찜 마을로 내려와 여자들 셋은 차에서 내렸다. 좌측으로 초평호 옆 덱 길을 따라 농다리 쪽으로 걷기 위해서였다. 용인 후배와 나는 차를 타고 농다리 주차장에 가서 차를 세우고 붕어찜 마을 쪽으로 걷기로 했다.

이는 한쪽에 주차하고 끝에서 끝까지 왕복하면 10km를 걷게 된다. 몇 년 전까지만 해도 거의 평지나 다름없는 이런 호반길 10km를 걷는 것은 크게 문제가 되지 않았다. 그러나 이제는 모두 65살 전후의 나이가 되니 무리하지 않으려 한다. 그래서 우리는 중간쯤 만나 산속에 들어가서 점심을 먹고 쉬고 놀다가 농다리 쪽 주차장으로 함께 걷기로 했다.

진천 농교(농다리)는 충북 진천군 문백면 구곡리(굴티마을) 앞 세근천(미호천)에 놓인 다리로 충북 유형문화재 제28호로 등록되어 있다. 다리의 길이는 95m이다. 교각의 크기는 물이 흐르는 방향으로 3.6m,

다리를 건너는 방향으로 1.2m다. 교각과 교각 사이는 0.8m인데 그 위에 길이 약 1.5m × 넓이 70㎝ × 두께 20㎝의 장대석을 올려놓아 다리를 만들었다. 산 위에서 내려다보면 사람의 척추뼈 또는 지네 모양을 하고 있다.

전해오는 기록에 따르면 이 다리는 고려 초 임 장군이 만들었다고 한다. 그러니 천 년 동안이나 장마 등 온갖 자연재해를 견디고 꿋꿋하게 다리의 역할을 한 셈이다. 우리나라뿐 아니라 세상 어디에 과연 천 년을 버티는 다리가 있을까? 그래서 이 다리는 토목공학적 측면에서 귀중한 자료가 되고 있다. 이 다리를 포함한 길과 하천은 특이한 형상의 아름다움과 역사적인 가치를 인정받아 '한국의 아름다운 길 100선'과 '한국의 아름다운 하천 100선'에 선정되었다.

용인 후배와 나는 농다리 주차장에 차를 세우고 농다리를 건넜다. 길의 정면에 있는 덱 계단을 올라 야트막한 언덕에 이르니 돌탑이 세워져 있고 그 옆에 용고개(살고개) 성황당 게시판이 있었다. 게시판에 적혀 있는 용고개(살고개)에 대한 전설을 읽어보았다. 현재 우리가 보는 초평호(저수지) 물속에는 옛날에 화산리라는 부자 마을이 있었다고 한다.

이 마을에 한 탁발승이 들어왔다. 부자 마을인데도 사람들이 시주 요청을 인색하게 거절하였다. 이를 괘씸히 여긴 스님이 마을을 망하게 하려고 큰 부자가 되는 방법이 있다면서 알려주었다. 마을 사람들은 더 큰 부자가 되려고 스님이 알려준 대로 앞산을 깎아 길을 만드는 공사를 했다. 산을 한참 파고 들어가자 피가 흘러나왔다. 마을의 수호신인 용이 그 산의 땅속에 살고 있었는데 곡괭이와 삽에 찍혀 죽은 것이다. 용이 죽자 마을은 망했다. 그 후 이 고개가 용고개(살고개)

로 불리었다고 한다.

여행을 다니다 보면 종종 그 지역에 살았던 부자 이야기가 나온다. '부자가 인색하여 벌을 받아 망했다.'거나 '부자가 동네에 굶는 사람이 없도록 챙기고, 어려울 때마다 도와주어 지역 사람들의 인심을 얻어서 대대로 흥했다.'는 두 가지 이야기다. 어느 시대 어떤 사회에서든지 나보다 못한 사람을 볼 때 측은지심이 우러나야 한다. 부자가 존경받고 가난한 사람이 부지런해지는 사회가 되어야 한다. 사회 구성원 모두가 상생하는 교육이 필요하다.

용고개(살고개) 성황당에서 좌측 산으로 올라가면 농암정이고 내리막길로 내려가면 현대모비스 야외음악당이다. 농암정 방향으로 가면 등산길이고 야외음악당 쪽으로 가면 초평호를 끼고 걷는 수변덱길, 초롱길이다. 어느 쪽으로 가도 1.5km쯤 가면 하늘다리이다. 우리는 야외음악당 쪽으로 내려갔다. 현대모비스에서 이 음악당을 만들어 놓고 봄과 가을에 야외 음악회(미르숲 음악회)를 개최한다고 한다. 여행지에서 가끔 노블레스 오블리주를 실천하는 기업과 사람들을 만난다. 이런 기업과 사람들이 있기에 아름다운 세상이다.

우리는 야외음악당을 지나 초롱길로 들어섰다. 5월의 신록이 호수와 어우러져 더욱 싱그러웠다. 우리보다 나이 많은 어른들도 눈에 띄었다. 어린아이들을 데리고 온 젊은 부부들도 있었다. 남녀노소가 다 걸을 수 있는 산수 속의 아름다운 길이다. 이렇게 멋진 길을 조성한 것이 이 지역의 지방자치단체가 아니겠는가? 고마운 일이다. 어느 지방에서 태어났건 자신이 태어난 고장에서 잘 살 수 있는 나라, 굳이 서울과 수도권으로 이사 갈 필요성을 느끼지 않는 나라가 되었으면 좋겠다.

하늘다리로 가면서 아내에게 전화하니 여자들은 벌써 하늘다리까지 왔단다. 붕어찜마을에서 3km쯤 온 것이다. 농다리 주차장에서 하늘다리까지는 2km다. 우리가 걷는 거리가 더 짧지만 우리는 차를 타고 와서 주차하고 걸었으니 우리가 더 늦는 것이다. 초롱길 주변에서는 점심 먹을 장소를 찾기 어려웠는지 여자들이 먼저 하늘다리를 건너와서 등산길로 올라가 산 위 쉼터에 자리를 잡았다.

하늘다리에서 농암정으로 올라가는 등산로에서 우측으로 벗어난 조용한 자리였다. 초평호를 바라보는 전망도 좋았다. 산 중턱이어서 그다지 넓은 쉼터는 아니었지만 덱으로 바닥을 깔고 그 위에 벤치 세 개를 설치해 놓았다. 그런데 벤치 위에 나뭇잎이 떨어져 있는 것을 보니 사람들이 거의 찾지 않는 쉼터인 듯 보였다. 우리는 벤치 앞 덱 바닥에 돗자리를 깔았다.

세 집에서 싸온 반찬들을 꺼내 놓으니 진수성찬이 따로 없었다. 점심을 맛있게 먹고, 또 참외와 토마토로 후식을 먹으니 배가 불렀다. 커피를 마시고 노닥거리기까지 아무도 우리가 있는 쉼터에 오지 않았다. 다른 사람들이 오지 않으니 우리는 그 자리에서 마냥 놀았다. 여자들은 돗자리에 누워서 벤치에 발을 올리고 편한 자세로 퍼졌다. 두 남자는 다른 벤치 하나씩을 차지하고 누웠다. 용인 후배는 차를 운전하고 오느라 피곤하였는지 코를 골기까지 하였다.

숲 속 호수 위 전망 좋은 쉼터에서 모두들 편한 자세로 뒹굴거리며 놀고 있으니 천국이 따로 없다. 호수를 바라보니 양편에서 야트막한 푸른 산이 멀리서부터 길게 호수를 감싸고 있었다. 잔잔한 호수 저 멀리서 빨간 카누 한 대가 이쪽으로 오고 있었다. 수상경기인 카누를 연습하는 사람들인지 한 팀 4명이 박자를 맞추어 좌우로 노(패들)를 젓고 있었다.

우리나라에도 이렇게 아름다운 풍광이 있다니! 불현듯 우리는 캐나다나 노르웨이의 어느 산속 깊은 호숫가에 와 있는 듯하였다. 이국적인 멋진 세계에서 노닥거리고 있자니 산에서 내려가 걷고 싶은 마음이 사라졌다. 그야말로 도낏자루 썩는 줄 모르고 그곳 정취에 푹 빠져 있었다.

등산로에서 간간이 들리던 사람들의 소리가 들리지 않아 시계를 보니 4시가 다 되어가고 있었다. 돗자리를 털고 자리를 정리하고 짐을 챙겼다. 내려와서 하늘다리를 건너 화장실에 들렀다. 여자들은 쉬고 놀면서 천천히 농다리 쪽으로 가고 용인 후배와 나는 붕어찜 마을 쪽으로 조금 더 걷다가 돌아오기로 했다.

우리 두 사람은 진천군 청소년 수련원 옆 야자 매트가 깔린 수변길을 걸어 초평호 다목적광장 방향으로 걸었다. 청소년 수련원을 지나면서 걷는 길은 덱 길로 바뀌었다. 좀 더 나아가니 수련원으로 들어오고 나가는 길이 일반도로를 만나 삼거리가 되었다. 조금 더 걷다 보니 멀리 호수 위에 낚시하는 집들이 보였다. 차들이 왕래하는 도로 옆으로 또 호수에서 낚시하는 집들을 보면서 걷자니 더 걷고 싶지 않았다.

후배와 나는 더 가기를 멈추고 되돌아오기 시작하였다. 다시 청소년 수련원을 지나 하늘다리를 건넜다. 오후 늦은 시간이 되자 사람들의 왕래가 뜸해졌다. 빠른 걸음으로 되돌아오니 야외음악당에서 여자들을 따라잡을 수 있었다. 성황당이 있는 용고개(살고개)를 지나 우리는 농다리에 도착하였다. 농다리를 건너면서 기념사진을 찍었다. 이날도 즐거운 추억을 쌓는 행복한 하루였다. 한음회 친구들과 함께 하는 하루하루는 언제나 즐거운 천국의 삶이다.

괴산 산막이 옛길

5월 하순 어느 날 아내와 나는 괴산 나들이를 했다. 괴산에는 2018년 12월에 아내를 먼저 하늘나라로 보내고 혼자 귀촌한 친구가 살고 있다. 이 친구가 어떻게 사는지 가봐야 하지 않겠는가? 집에서 나와 출발하였는데 친구한테서 전화가 왔다. 그 친구의 시골 초등학교 친구들이 김치를 담가 가지고 점심때 온다고 우리는 저녁때 오라고 한다.

아내와 나는 산막이 옛길을 걷고 늦은 오후에 친구 집에 가기로 했다. 3일과 8일이 괴산 장날인데 마침 그날이 장날이었다. 아내와 나는 괴산 장을 구경하고 견과류와 검정콩 등을 샀다. 친구 집 방문할 때 들고 갈 과일(딸기와 참외)도 샀다. 시장 옆에 있는 식당에서 점심으로 올갱이 해장국을 먹고 산막이 옛길로 갔다.

산막이 옛길은 1957년 이곳에 흐르는 달천을 막는 괴산댐이 들어서면서 난 길이다. 댐을 막자 수위가 상승하고 달천과 그 옆 오솔길이 잠기고 괴산호가 생겨났다. 달천 옆으로 난 오솔길을 걸어서 바깥세상으로 왕래하던 산막이 마을 주민들은 산 중턱까지 차오른 괴산호 위의 산 옆으로 길을 만들어 다니게 되었다. 산막이 마을이라는 이름은 마을 주변이 다 산으로 막혀있다고 해서 그렇게 불리었다고 한다. 산막이 옛길이라는 이름도 이런 연유로 생겨났다.

이 길은 괴산군 칠성면 외사리 사오랑 마을과 산속으로 약 4km 들어간 산막이 마을을 잇는 길이다. 산막이 옛길에서 괴산호를 건너 맞은편 산속에 있는 마을 이름은 갈론(葛論) 마을이다. 이 마을의 원래 이름은 갈은(葛隱) 마을이었다고 한다. 칡이 주변을 뒤덮어 은거하기 좋은 마을이라는 뜻이다. 이곳은 옛날부터 오지였기에 사람들의 왕래가 잦지 않아 지금까지 청정지역으로 유지되었다.

2011년 괴산군은 이 길을 걷기 좋은 길로 정비하였다. 자연환경을 훼손하지 않도록 덱 길을 만들었다. 소나무와 진달래꽃의 군락지를 만들고 야생화를 심고 가꾸었다. 걷는 길 주변과 산 위에 있는 바위도 점검하고 안전하게 손보았다. 사람들이 찾아와 깊은 산과 호수 사이로 난 이 길을 산책하며 자연 속 정취를 즐길 수 있도록 하였다.

산막이 옛길에 들어서 아래쪽 나루터를 지나 오르막길을 오르니 소나무 숲이었다. 숲 속에 작은 출

렁다리를 만들어 놓았다. 흔들거리는 다리를 건너는 아이들이 소리를 지르며 재미있어했다. 소나무 숲의 물가 쪽에는 멋진 그네 의자를 만들어 놓았다. 괴산호와 건너편 산이 어우러져 만들어 내는 멋진 경치를 바라보며 쉴 수 있는 자리였다. 망세루(忘世樓)라는 전망대도 있었다. 이곳에서 세상사를 다 잊고 산과 호수 사이 자연 속에 사는 신선이 되어보라는 건가? 참으로 아름다운 자연 속 멋진 곳이었다.

더 나아가니 연화담(蓮花潭)이라는 조그만 연못이 나왔다. 옛날에는 산 위에 있는 작은 평지에 벼를 심었던 천수답이었다고 한다. 지금은 연을 심어서 여름에 이 길을 걷는 사람들이 연꽃을 감상할 수 있도록 새롭게 단장해 놓았다. 길 중간즈음 물가에 앉을 자리를 만들어 놓은 쉼터가 있었다. 산 쪽 땅속에서 약수가 나오는 곳이었다. 앉은뱅이가 이곳 약수를 마시고 걸었다는 이야기가 있는 약수였다. 우리는 약수를 받아 목을 축이고 호수를 바라보며 잠시 쉬었다.

더 걷자니 물 위로 주욱 나가 있는 전망대가 있었다. 꾀꼬리 전망대라는 이름이 붙어 있는데 그냥 지나칠 수 없었다. 우리는 전망대로 나가 호수 위의 섬과 지나가는 배를 바라보며 사진을 찍었다. 다시 길로 나와 걸으니 오르내림이 심하고 길이 험한 길에는 덱 계단을 만들어서 걷는 사람들이 편하게 다닐 수 있도록 하였다.

3km쯤 걸었을까? 산 쪽으로 진달래 동산이 있고 호숫가에 쉼터가 있었다. 산언덕에 있는 진달래꽃은 다 졌지만 주위가 소나무 군락지였다. 쉼터 물가에도 소나무 몇 그루가 있었다. 소나무가 그늘을 만들어 주니 우리는 그곳 벤치에 앉았다. 소나무 사이로 호수를 바라보니 정취가 너무 좋았다. 우리는 그곳에서 산과 호수를 바라보며 한참 동안 앉아 있었다.

다시 일어나 시골길 같은 오솔길을 걸어서 산막이 마을 앞 나루터에 도착하였다. 나루터 위 평상에 올라앉아 들어오고 나가는 배를 바라보면서 간식을 먹고 커피를 마셨다. 산막이 마을을 지나 물 옆길로 1km 좀 더 올라가면 멋진 연하협 구름다리가 나온다. 거기서부터는 충청도양반길이다. 전에 한음회 친구들과 왔을 때는 구름다리 위에서, 또 건너가서 사진도 찍고 놀았다. 그때 구름다리까지 가는 길은 정비되지 않아 좁고 험했다. 지금은 잘 닦아 놓았는지…? 이날은 거기까지 갈 시간적 여유가 없었다.

편도 4km가 넘는 거리를 되돌아오는데 늦은 오후에 깊은 산 속이다 보니 금방 해가 졌다. 고즈넉한 분위기가 좋아서 아내와 나는 산막이 옛길을 빠져나오기 전 호수를 바라보며 그네 의자에 앉아 있기도 했다. 여유를 부리며 좋은 시간을 누리다 보니 친구 집에는 어둑어둑해져서야 들어갔다. 어쩔 수 없이 그 친구가 차려주는 저녁을 먹었다. 후식으로 우리가 장에서 사 간 참외와 딸기를 먹고 차를 마시며 늦게까지 이야기를 나누었다.

집에 오니 밤 11시였다. 친구는 오랫동안 계획하고 준비해서 전원주택을 잘 건축하였다. 장모님을 모시고 효도하며 사랑하는 아내와 인생 후반을 욕심 없이 시골에서 조용히 살려고 했다. 그러나 신은 허락하지 않았다. 함께 살려고 했던 장모님은 어디에 거처를 정하셨을까? 짝을 잃고 혼자 남아 살아가는 친구를 생각하자니 잠이 오지 않았다. 인생무상이나.

괴산 화양구곡

6월 초순 아내와 나는 화양구곡에 가서 걷고 저녁때 대전 장인어른 댁에 가기로 했다. 괴산 장날에 맞춰 괴산으로 가면서 그곳으로 귀촌한 친구에게 전화했다. 점심을 함께할 수 있는지? 친구는 이날 평촌에 있는 아들네 집에 올라와 있어서 만날 수 없었다. 우리는 장에 들어가서 마늘과 토마토, 생물 총알 오징어를 샀다. 장인어른은 고기는 질겨서 잘 잡수시지 못한다. 하지만 오징어는 살짝 데치면 잡수실 수 있을 것으로 생각해서였다.

장에서 가까운, 전에 갔던 식당에서 올갱이 청국장을 먹고, 차에 설치된 내비게이션의 안내에 따라 화양구곡 앞 주차장으로 갔다. 화양구곡은 송나라의 주자가 학문을 연구하고 후학들을 가르치며 살던 무이구곡을 모방하여 지은 이름이다. 우암 송시열(1607~1689)의 제자 수암 권상하(1641~1721)가 화양계곡에 있는 아홉 개의 멋진 경치를 정하고 명소마다 그럴듯한 이름을 붙였다.

안내 지도를 보니 화양구곡은 1곡 경천벽부터 9곡 파곶까지 왕복 9km다. 1곡 경천벽은 주차장에 오기 전에 있었다. 화양구곡을 다 보고자 하는 사람들은 경천벽 근처에 주차하고 화양구곡을 걷는 게 좋겠다. 경천벽은 바위가 켜켜이 솟아올라서 하늘을 받치고 있는 형상이란다.

시간이 넉넉지 않은 우리는 2곡 운영담 방향으로 올라갔다. 주차장에서 나와 탐방로에 들어서자 넓은 길 양편으로 오래된 가로수가 짙은 그늘을 만들어 주었다. 짙은 녹음 속을 걸으니 '과연 화양구곡이 이름난 이유가 있구나.' 하는 생각이 들었다. 운영담은 층층이 쌓인 바위 아래 흐르는 물이 모여 맑은 못을 이룬 곳이다. 주자의 시 「하늘빛 구름 그림자」에서 따온 이름이다.

3곡 읍궁암은 계곡 바닥에 있는 평평하고 넓은 바위이다. 우암이 자신을 중용하던 효종이 죽은 후 그의 휘일(기일)에 이곳에서 곡을 하였다고 해서 이런 이름이 붙여졌다. 4곡 금사담 – 5곡 첨성대 – 6곡 능운대 – 7곡 와룡암 – 8곡 학소대 – 9곡 파곶으로 이어지는 길은 평탄하고 잘 닦여 있어서 남녀노소 누구나 걷기에 좋다.

다만 이날은 초여름인데 완전 여름 날씨여서 계속 걷자니 더웠다. 길이 넓고 계곡 쪽으로는 나무가 많지 않아 뙤약볕을 막아줄 그늘이 없었다. 한여름에는 더위를 피해 깨끗한 계곡 물속에 들어가 놀면 그만인데, 이날 우리는 물놀이하러 온 게 아니고 걸으러 왔으니 겉옷을 벗고 걸었다.

4곡 금사담을 지나 조금 걷다가 왼편 계곡 건너를 보니 물가 바위 위에 멋진 정자가 있었다. 암서제다.

우암은 59세 때인 1666년(현종 7년)에 이곳에 들어와서 '화양계당'이라는 초가집을 짓고 살았다. 3년 후 1669년에 주자의 운곡정사를 본떠 작지만 멋진 정자를 짓고 암서제라고 이름 지었다. 이후 숙종 때(1715년), 영조 때(1747년), 그리고 고종 때(1879년과 1900년) 계속 중수되었고, 현재 우리가 보는 정자는 1970년에 전면 보수한 것이다.

옛날 양반들은 벼슬을 그만두고 낙향하였어도 천혜의 자연 속에서 먹고 마시고 시조를 읊으며 풍류를 즐기고 살았나 보다. 그 당시 평민들은 삼정의 문란 아래 탐관오리의 착취를 당하며 죽을 때까지 땀 흘려 일만 하고 살았던 시절 아니었던가? 그때나 지금이나 크게 다르지 않은 것 같다. 옛날에 혈통적으로 이어지는 양반 계급이 있었다면 현대 사회에서는 정부가 챙겨주는(?) 신양반 계급이 있다. 옛날이나 지금이나 평민은 이래저래 힘들게 살아간다.

4곡 금사담을 지나니 탐방로 오른편에 기와집 몇 채가 보였다. 만동묘다. 만동묘는 임진왜란 때 조선에 원군을 파병한 명나라의 신종과 의종(명의 마지막 황제)의 위패를 모시고 제사하기 위한 사당이었다. 1704년(숙종 30년)에 우암의 유지를 받들어 제자 권상하 등이 건립하였다. 영조 때(1747년)와 순조 때(1809년)까지는 잘 관리, 유지되었다.

고종 때(1865년) 이곳 만동묘를 철폐하였다가 최익현 등의 상소로

1874년에 재건되었다. 일본강점기에 다시 철폐되고 1943년에는 완전히 철거되었다. 1978년에 충북 기념물로 지정되고 1990년 전후로 복원사업이 진행되어 2005년에 지금 우리가 보는 건물들로 복원되었다. 현재는 기념물일 뿐인 듯하다.

만동묘를 돌아보고 위로 올라갔다. 5곡 첨성대 – 6곡 능운대 – 7곡 와룡암 – 8곡 학소대까지 걸었다. 시간은 빠르게 간다. 9곡 파곶까지 다녀오면 대전에 가서 장인어른과 저녁을 함께하기에 너무 늦을 것 같았다. 9곡 파곶까지 걸으려 했는데 단념할 수밖에 없었다. 8곡 학소대 앞 멋진 다리 위에서, 또 계곡으로 들어가 학소대 바로 맞은편 물가 모래밭에서 학소대를 배경으로 사진을 찍고 우리는 되돌아왔다. 빠른 걸음으로 주차장으로 돌아와서 대전으로 출발했다.

주) 화양구곡 주차장으로 가서 차를 세우고 계곡 길로 올라가는데 어떤 아주머니가 주차비 5,000원을 내라고 했다. 아니?, 주차장에 들어갈 때 주차비를 받지 않고 주차장이 텅텅 비어있는데 주차비를 받다니? 같은 국립공원인 무주구천동 주차장에서는 5월에 주차비를 징수하지 않았는데 무슨 말인가? 5,000원 때문에 기분 상하고 싶지 않아서 그냥 지불하였다.

나중에 속리산 국립공원의 홈페이지에 들어가서 주차비 관련 질의와 답변을 읽어보았다. 현재 주차장은 개인이 운영하는 주차장이니 자기들과는 무관하다고 했다. 그렇다면 속리산 국립공원 주차장은 없다는 말인가? 이 무슨 해괴망측한 일인가? 주차장도 없이 공원을 개장하고 운영한단 말인가? 이곳에 오는 관광객들은 어디에 차를 세우라고? 공원에서는 어서 빨리 주차장 문제를 해결해야 한다.

보은 속리산 세조길

설날 아침을 대전 장인어른 댁에서 먹고 아내와 나는 집으로 올라오면서 속리산 세조길에 갔다. 우리는 법주사 주차장에 차를 세우고 레이크힐스 속리산호텔을 지나 오른 편에 있는 다리를 건넜다. 다리 건너 정면에 있는 탐방지원센터 앞에서 좌회전하여 매표소로 올라갔다. 문화재구역 입장료를 내고 들어가니 바로 '속리산 세조길 자연관찰로'가 앞에 나타났다. 이 길은 우측 차도와 구분하여 좌측 계곡과의 사이에 사람들이 편하게 걸을 수 있도록 만든 길이다.

많은 눈은 아니지만 설 전날 오후와 설날 오전에 눈이 내렸다. 눈 내린 속리산을 찾아 온 사람들이 꽤 있었다. 그중에는 설날 가족나들이로 아이들과 함께 온 가족도 있고 부부 둘이 온 사람도 있었다. 젊은 사람들도 있었지만 우리처럼 나이 든 사람들도 있었다. 하얗게 눈 덮인 산길을 둘이 또는 서넛이 함께 걷는 사람들의 모습이 참으로 정겨워 보였다. 호서제일가람(湖西第一伽藍)이라고 쓰인 일주문을 지나니 길이 두 갈래로 갈라졌다. 왼쪽은 법주사로 들어가는 길이고 오른쪽은 문장대와 천왕봉 방향으로 가는 세조길이다.

우리는 먼저 법주사로 갔다. 법주사는 2018년 6월에 '산사, 한국

의 산지승원'으로 유네스코 세계유산에 등재된 일곱 사찰 중 하나다. 법주사는 553년(신라 진흥왕 14년) 의신조사가 서역에서 불경을 가져와 창건하였다. 이곳에 사찰이 세워진 후 산 이름이 세속을 떠난다는 뜻의 속리산(俗離山)으로 개명되었다. 원래 산 이름은 해발 1,057m의 천왕봉을 비롯하여 아홉 봉우리가 있어서 구봉산이었다고 한다.

우리는 금강문을 지나 절 안으로 들어갔다. 왼편에 고려 초에 세웠다는 철당간과 국보로 지정된 석연지가 있었다. 석연지(石蓮池)는 돌로 만든 연못이라는 뜻이다. 이 돌 연못(그릇)에 물을 담아 연꽃을 띄워 놓았다고 한다. 왼편 산 아래 33m 높이의 금동미륵대불을 보면서 팔상전으로 갔다. 팔상전은 현재 국내 사찰에 남아있는 유일한 목탑이다. 통일신라 때 건축된 이 팔상선은 1597년 정유재란 때 전소되고 기단부만 남았었다. 1605년에 다시 세워지고 1626년에 중수되어 오늘에 이르렀다.

이 건축물은 밖에서 보면 5층 건물처럼 보이지만 안을 들여다보면 공간이 툭 트여 있고 그 안 중심 공간에 부처의 일생을 그린 그림이 동서남북으로 돌아가면서 각 2점씩 8점이 걸려 있다. 그래서 팔상전이라는 이름을 갖게 되었다.

불교가 시작된 인도에는 스투파라는 이름의 큰 돔형 건축물이 있다. 부처의 사리나 불교의 귀한 유물이 이 스투파 속에 넣어져 간직된다. 스투파라는 건축물은 중국을 거쳐 우리나라에 들어오면서 탑의 형상으로 바뀌었다. 초기에는 목탑으로 건축되었는데 차차 우리나라의 자연과 제반 여건에 따라 석탑으로 바뀌었다. 우리는 팔상전 뒤에 있는 또 다른 국보 쌍사자석등과 대웅보전까지 둘러보았다.

정문으로 나오면서 철솥(주물 가마솥)도 보았다. 법주사가 한창 번성하던 때 3,000 승도의 밥을 지었다는 커다란 철솥이다. 법주사를 빠져나와 왼쪽 세조길로 올라갔다. 이 길은 법주사에서 복천암까지 올라가는 차도 옆 계곡 건너편에 조성된 걷기 좋은 숲길이다. 거리는 편도 3.2km다. 속리산 국립공원관리공단에서 조성하고 2016년 9월에 개통하였다. '세조길'로 명명한 것은 세조가 복천암까지 왔었기 때문이다.

조선 7대 임금 세조(1417~1468, 재위 1455~1468년)는 복천암에 머물고 있던 신미대사를 만나러 세 번쯤 왔었다고 한다. 신미대사는 세조가 왕이 되기 전 수양대군 시절 집현전에서 함께 일했던 사람이다. 조카 단종을 죽이기까지 한 세조가 회심 차원에서 마음을 터놓고 이야기할 수 있었던 그를 방문하지 않았을까? 추측한다.

세조길은 세심정–복천암으로 올라가는 도로의 오른편 산기슭에 난 오솔길로 시작된다. 우리는 그 길로 들어섰다. 조금 가다가 화장실 앞에서 왼편 도로를 건너 계곡 쪽으로 들어갔다. 곧 이어 아치형 나무다리를 건너 계곡의 왼편으로 걷게 되었다. 조금 걷다보니 오른편에 저수지 댐이 보였다. 댐 위 옆길로 올라서자 오른편으로 수면 위에 살얼음이 얼고 하얀 눈이 눈부시게 덮인 넓은 저수지가 펼쳐졌다.

멋진 풍경이었다. 오른편 저수지 위 옆으로 덱 길이 이어지고 덱 전망대도 두 곳이나 있었다. 전망대에는 벤치도 놓여 있었다. 조금 더 올라가자 저수지 물가에도 벤치가 있었다. 날씨가 좋은 날에는 여유를 부리며 산속 넓은 저수지 물가에 앉아 망중한을 누릴 수 있는 장소였다. 저수지를 벗어나 왼편 산 쪽으로 휘어지는 길은 소나무 숲길이었다. 소나무 숲길을 조금 걷는가? 했더니 도로를 건너는 지점에 이르렀다. 그곳에 세워져 있는 이정표를 보니 법주사 1.3km ⟨–⟩ 세심정 1.4km 지점이었다.

도로를 건너자 곧바로 계곡을 건너는 다리가 나왔다. 다리를 건너니

숲속 소나무 아래 널찍한 쉼터가 있었다. 벤치 네 개가 널찍이 놓여 있고 통나무 의자도 여섯 개나 있었다. 이 쉼터는 두서너 팀이 오더라도 서로 크게 방해받지 않고 쉴만한 장소였다. 쉼터를 지나 흙길을 걷다보니 왼편 계곡 옆으로 덱 길이 이어졌다. 계곡 얼음 위에 전날과 이날 아침 내린 눈이 하얗게 뒤덮여 있었다. 그렇게 1km쯤 올라가니 길은 또 다시 왼쪽 계곡 위 다리를 건너 찻길 옆으로 붙었다.

복천암에 와서 머물던 세조가 목욕하고 피부병이 나았다는 목욕소가 계곡 아래 있었다. 세조가 목욕했다는 장소는 바위 아래 소(沼)였다. 겨울이어서 수면이 얼어 있었지만 꽤 많은 물이 모이는 웅덩이로

보였다. 조금 올라가니 세심정 삼거리에 도착하였다. 계곡을 따라 계속 올라가면 신선대-천왕봉으로 간다. 왼편 경사진 길로 올라가면 복천암을 지나 문장대로 이어진다.

속리산 세심정(俗離山 洗心亭)은 세속을 떠나 마음을 씻는 정자다. 이곳을 방문하는 사람들 모두가 세상사를 다 잊고 자연 속에서 깨끗이 씻어진 마음으로 휴식하기 바라는 뜻에서 이곳 이름을 세심정이라고 하였는가 보다. 탐방지원센터에서 법주사까지 800m다. 법주사에서 세심정까지 2.7km다. 주차장에서부터 세심정까지 다녀오면 왕복 7.5km쯤 걷는 셈이다. 보통 사람에게는 딱 좋은 거리이다.

좀 더 운동을 하고 싶으면 복천암까지 다녀오면 된다. 세심정에서 복천암까지는 500m쯤 되지만 경사가 가파른 길이다. 다리근육을 단련할 수 있는 등산길이다. 복천암까지 다녀오면 1km를 더하여 전부 8.5km쯤 걷게 된다. 세조길의 왕복 소요시간은 쉬고 노닥거리는 시간에 따라 다르겠지만 3시간 이상 잡아야 하지 않을까? 법주사가 호서제일가람(湖西第一伽藍)이듯이 세조길은 호서제일의 걷기 좋은 숲길이라고 해도 손색이 없으리라.

충주 월악산 하늘재

9월 하순 아내와 나는 말로만 듣던 충주 월악산 하늘재에 갔다. 자동차 내비게이션에 충주 미륵대원지를 입력하고 찾아갔다. 주차장에 차를 세우고 하늘재로 오르기 전 먼저 미륵대원지를 돌아보았다. 미륵대원지는 출토된 유물과 건물터로 보아 하늘재 고개를 넘는 충청도 쪽에 있는 역원(여행자 숙소)과 마방(말을 매어두던 시설)이 있었던 곳이다.

미륵내원지 옆에 석굴사원 미륵전이 있다. 우리나라에서 유일하게 북향한 석굴사원이고 목조 건축물과 혼합된 사원이다. 이 미륵전은 신라의 마지막 왕자 마의태자가 세운 절이라는 이야기가 있다. 전해 내려오는 설화에 의하면 신라가 멸망한 후 누이 덕주 공주는 월악산으로 들어왔다. 덕주사를 창건하고 절 위 산기슭에 남쪽 신라 땅을 바라보는 마애불을 만들었다. 이 소식을 들은 마의태자가 이곳에 와서 북쪽 덕주사 마애불을 마주 보는 석굴암 불전을 지었다고 한다. 연구조사 결과 이 석굴사원은 경주 토함산에 있는 석굴암의 건축양식을 따라 고려 초기에 지은 것이라고 하니 그럴듯한 이야기다.

우리가 갔던 때 미륵전은 한창 복원공사를 하고 있었다. 석조 미륵불과 그 앞에 석등, 오층석탑, 돌로 만든 거북, 당간지주 등을 돌아보았다. 길이 6m쯤 되는 커다란 돌거북의 왼쪽 어깨에 아주 작은 거북 두 마리가 올라가는 모습이 새겨져 있었다. 우리는 재미있는 이 조각을 보면서 미소 짓지 않을 수 없었다, 나는 이 돌거북을 만든 옛 조각

가의 재치와 유머에 경의를 표하고 싶었다. 우리를 진정으로 즐겁고 행복하게 하는 것은 결코 큰 데 있지 않고 이런 작은 데서 온다.

우리는 미륵대원지를 나와서 하늘재로 향하여 걸었다. 하늘재는 충주 수안보면 미륵리와 문경 관음리를 잇는 옛길이다. 영남지방에서 이 고개를 넘어 한반도의 중원으로 가는 길이다. 삼국사기에 의하면 서기 156년(신라 아달라 이사금 3년)에 계립령을 열었다고 한다. 계립령은 하늘재를 가리키는 신라 시대 때 이름이다. 단양과 풍기(영주)를 연결하는 죽령이 서기 158년(신라 아달라 이사금 5년)에 열렸다고 하였으니 그보다 2년 앞서 개통한 길이다. 그 후 조선 시대에 문경새재와 추풍령 등의 고갯길이 개통되면서 하늘재도, 죽령도 옛길이 되었다.

하늘재 고개 정상은 해발 525m다. 미륵대원지에서 고개까지는 경사가 완만한 숲길이다. 미륵리 주차장에서 거리가 2.5km이니 미륵대원지에서는 2km 정도 될 것이다. 왕복하면 4km쯤 된다. 좀 더 걷고 싶으면 하늘재를 넘어서 문경 쪽으로 내려갔다 오면 된다.

하늘재 숲길로 들어가기 전, 길 초입에 코스모스가 한 무더기 피어 있었다. 누가 심었는지 우리를 어서 오라고 반기는 듯했다. 숲에서 나오는 상쾌한 공기를 마시며 하늘재로 들어가니 길옆 밤나무에서 밤들이 투득투득 떨어지는 소리가 들렸다. 길 위와 계곡 물가 여기저기에 밤들이 떨어져 있었다. 그냥 지나칠 아내가 아니다. 한동안 밤 줍느라고 앞으로 나아가지를 못했다.

밤 줍기를 그만하고 다시 걷기 시작하였다. 좌측으로 나무다리를 건너 자연관찰로가 있었다. 우리는 내려올 때 그쪽으로 내려오기로 하고 계속 하늘재 방향으로 올라갔다. 숲 속으로 들어섰다. 하늘로 쭉쭉 뻗어 올라간 소나무 숲 사이로 폭 2~3m쯤 되는 완만하고 평탄한 흙길이 나 있었다. 걷기에 최고였다. 평일이어서 마주치는 사람이 아무도 없었다. 아내와 나 두 사람만이 이 깊은 월악산 숲 속 길을 걷고 있었다.

하늘만 가느다랗게 보이는 숲 속의 오솔길을 따라 얼마쯤 오르니 우측으로 작은 계단이 있었다. 계단 옆에 '연아 닮은 소나무'라는 팻말이 있었다. 계단을 올라가 보니 피겨스케이터 김연아의 우아한 동작을 닮은 소나무가 있었다. 그 앞에 충주시와 월악산국립공원 사무소에서 이 나무를 보호수로 지정하였다는 게시판이 세워져 있었다. 또 「연아 닮은 소나무」라는 제목으로 박윤규가 쓴 시가 적혀 있었다.

보통 소나무와 달리 뒤틀리게 자란 소나무가 오히려 각광을 받고 보호수로 지정되었다.

하늘로 쭉쭉 뻗은 소나무들 가운데 같은 모양으로 자란 소나무는 주목을 받지 못한다. 보통 소나무와 다른 모습으로 자란 소나무를 쳐내지 않고 보호하고 이야기의 중심에 세운 사람들을 생각하니 마음이 뿌듯했다. 우리 사람들의 사회에서도 이런 마음가짐으로 서로를 존중하며 살았으면 좋겠다. '나와 다른 사람', '우리와 다른 사람'을 이해하고 잘 받아주면 좋겠다.

소나무 숲이라고 했지만 소나무만 살지 않았다. 참나무는 어디서나 잘 자란다. 길가에 참나무들이 소나무 사이에 섞여서 푸른 잎을 상큼하게 드러내며 가지를 펼치고 있었다. 우리나라 사람들은 대부분 소나무가 가득 찬 숲을 좋아한다. 나도 그렇다. 하지만 이날 소나무 숲에 참나무 몇 그루가 넉살 좋게 섞여서 활짝 웃고 있는 광경도 좋았다.

이렇게 아름다운 숲길을 걷다 보니 어느새 하늘재 고갯마루에 올라섰다. 앞이 탁 트였다. 좌우로는 포암산과 탄항산이고 앞은 문경으로 내려가는 길이다. 길 우측에 '백두대간 하늘재 2009. 4. 1. 산림청'이라고 쓴 돌기둥이 있었다. 주위에 사람이 없어서 아내와 내가 교대로 하늘재 돌기둥에서 사진을 찍었다. 멀리 지나가던 등산객 한 사람이 우리를 보고 쫓아와서 우리 두 사람의 사진을 찍어주었다.

이렇게 고마운 사람이 있나? 작은 일이지만 친절을 베푸는 사람이 있어서 그때마다 우리가 푸근한 마음을 갖게 되니 참 좋다. 이런 사람들이 많은 사회가 되어야 한다. 나도 받았으니 여유를 갖고 살면서 작은 무엇이든지 다른 사람에게 갚아야지 하는 마음이 들었다.

우리는 조금 더 걷기 위하여 관음리 쪽으로 내려갔다. 이제부터는 숲길을 벗어나 문경 관음리로 내려가는 아스팔트 길이다. 길은 걷기에 안 좋아졌지만, 시야는 아주 좋아졌다. 파란 하늘에 흰 구름이 뭉게뭉게 피어 있고 그 아래 평화로운 우리나라 산과 들의 모습이 펼쳐졌다. 길 양옆으로 작물들이 심긴 밭이 이어졌다.

하늘재 고개에서 1km쯤 내려가니 좌측에 과수원(사과 농장)이 있었다. 요즘 문경에서 사과가 많이 생산된다고 하더니 이곳에서도 사과농장을 하고 있었다. 과수원을 지나니 포암산의 정상 아래로 넓게 펼쳐진 매끄러운 바위 아래 포암사라는 절이 있었다. 포암사를 돌아보고 조금 더 아래로 내려가다가 뒤돌아 하늘재로 올라왔다.

하늘재에서 미륵대원지로 내려올 때는 자연탐방로로 내려왔다. 자연탐방로 우측 숲 속에는 울창한 침엽수림이 있어서 또 다른 멋진 세상이었다. 침엽수림을 통과하는 데 탐방객들이 걷기 좋도록 덱 길을 만들어 놓았다. 덱 길을 설치한 또 다른 이유도 있는 것 같다. 탐방객들이 정해진 길을 벗어나 침엽수림 속으로 들어가지 못하게 함으로써 침엽수림을 보호하려는 것이다.

2021년 여름에 또 하늘재 가는 길을 걸었다. 하늘재에 올라서니 문경 쪽으로 내려가는 길 바로 우측으로 덱 길이 만들어져 있었다. 덱 길을 걸어 우측으로 가니 근사한 원두막이 네 채나 세워져 있고 화장실이 있었다. 문경에서 올라오는 차들을 세워두는 주차장도 있었다. 15대 정도 주차할 수 있을까? 우리는 문경 쪽으로 더 내려가지 않고 비어 있는 한 원두막으로 가서 신발을 벗고 올라가 앉았다. 파란 하늘 아래 뭉게구름이 걸려 있는 포암산의 병풍 같은 바위를 바라보니 마음이 탁 트였다. 배낭에 싸온 간식과 물을 꺼내 먹고 마시면서 여유 있게 쉬었다.

충주 월악산 만수계곡길

추석 다음 날 대전 장인어른 댁에서 집으로 올라오면서 우리 가족은 월악산 만수계곡에 갔다. 수안보에서 버섯전골과 청국장으로 점심을 먹고 월악산 만수휴게소로 가서 차를 세웠다. 휴게소에서 도로 쪽으로 나와 왼쪽으로 30m쯤 내려가서 맞은편으로 도로를 건너 만수계곡 쪽으로 들어갔다. '미래세대 체험장'이라는 아치문을 통과하니 만수탐방지원센터가 나오고 '만수계곡 자연관찰로'가 시작되었다.

그 옆에 '무장애 탐방로'라고 써 있고 임산부와 지팡이에 의지한 노인의 그림이 세워져 있었다. 다리를 건너 300m쯤 올라가니 만수화장실과 월악산 국립공원 자원봉사센터가 있었다. 자원봉사센터를 지나면서 길이 두 갈래로 갈라진다.

계곡 길을 따라서 만수봉까지 가려는 사람은 어느 쪽 길로 가도 된다. 700m 후에 두 길이 다시 만나 한 길이 되기 때문이다. 만수봉에 오르는데, 가파르지만 능선을 타고 짧은 길로 가고 싶은 사람은 왼쪽 길로 가서 계단으로 올라가야 한다. (계단에서 만수봉까지 2.4km) 좀 멀더라도 완만한 계곡 길로 가려는 사람은 계단을 오르지 말고 계속 나아가면 된다. (계단에서 만수봉까지 3.9km)

우리는 오른쪽 계곡 길로 올라갔다. 수목이 울창하게 우거진 계곡으로 들어가니 우리는 어느새 숲의 일부가 되었다. 조금 걷다 보니 갈라졌던 길이 다시 만나 한 길이 되었다. 만수계곡의 초입 탐방지원센터에서 1km 지점이다. 우리는 조금 더 올라가기로 했다. 길은 돌길이었지만 완만했다. 중간중간 흙길이 나오기도 하고 덱 길이 설치되어 있기도 해서 걷는데 크게 힘들지는 않았다. 오른편으로는 계곡물이 흐르고 왼편으로는 산이다. 계곡 물 흐르는 소리를 들으며 녹음이 짙은 산속 숲길을 가족이 함께 걸으니 행복했다.

몇 년 전부터 우리는 매년 5월, 가정의 달에는 가족여행을 다닌다. 여름이나 가을에도 여건만 맞으면 함께 여행을 한다. 딸과 아들이 결혼하고 분가해서 살더라도 종종 가족여행을 함께 다니면 좋겠다. 딸과 아들에게 말해두었는데 그렇게 살 수 있을는지…. 그렇게 살 수 있으면 정말 좋겠다.

길이 오르막이 되고 계곡 물이 저 아래로 멀어지더니 이정표가 나왔다. 탐방지원센터에서 1.5km 지점이었다. 우리는 뒤돌아 내려와서 계곡 물가로 내려가 싸온 간식을 먹고 쉬기로 했다. 아내와 딸 둘이 앉을 넓은 바위를 찾아주고 아들과 나는 가까운 다른 바위에 앉았다. 흐르는 물에 손을 씻고 커피를 타 마시고 간식을 먹었다. 올라오느라 더워진 몸을 식히고 이 얘기 저 얘기 하면서 놀고 있자니 계곡 바람에 몸이 으스스해졌다. 아내와 딸이 내려가자고 했다.

"아니, 만수봉 정상까지는 못 가더라도 반은 올라가야지. 편도 2.5km는 올라갔다가 내려와야지. 왕복 5km는 해야지."

내가 이렇게 말했더니 딸이 대답했다.

"아침에 외할머니 산소까지 1km쯤 올라갔다가 내려왔으니 이미 2km를 했잖아요. 그러니 지금 내려가면 왕복 3km가 되니 오늘 5km 산길을 걷는 거죠."

결국, 아내와 딸은 내려가고 아들과 나는 2.5km 지점까지 올라갔다 내려오기로 했다. 더 올라가니 오르막에는 철 계단을 설치해 놓았고, 산의 줄기와 줄기 사이를 통과하는 부분에는 덱 다리를 놓았다. 두어 군데 너덜길(돌길) 오르막이 나오기도 했지만 10~20m의 짧은 거리여서 크게 힘들지는 않았다. 중간중간 평탄한 흙길도 있었다.

마침 내려오는 등산객 두 사람을 만났다. 계곡 길의 상태에 관해서 물어보니 처음 만수교부터 만수봉까지 4.4km가 계속 이런 길이란다. 아들과 나는 빠른 걸음으로 2.5km 지점에 도착하였다. 좀 더 올라가니 평탄한 흙길이고 조릿대가 길 양옆으로 자라고 있었다. 더 올라가고 싶었지만 이미 내려가서 우리를 기다릴 아내와 딸을 생각하니 되돌아 내려오지 않을 수 없었다. 만수봉까지는 다음에 또 와서 오르기로 하고 아들과 나는 하산하였다.

내려오니 아내와 딸은 자원봉사센터(만수화장실) 앞에 있는 잔디 놀이공원에서 놀고 있었다. 짧은 짚라인을 교대로 타면서 어린아이처럼 신이 나서 깔깔거리고 있었다. 남자들이 군대에서 유격훈련하던 때

타던 긴 줄타기와 비슷했지만 짧고 경사도 완만했다. 우리를 보자 빨리 와서 해보라고 불러댔다. 아들이 먼저 짚라인을 탔다. 나는 타고 싶지 않았지만 딸의 성화에 못 이겨 한 번 탔다.

나는 놀이공원에 가서 아찔한 놀이기구를 타는 게 싫다. 가격도 엄청나게 비싸다. 왜 비싼 돈 내고 심장이 고동치고 무서워서 소리 지르는 놀이를 즐겨 하는지…? 사람들은 죽음에 가까이 가는 놀이에 희열을 느낀다고 하는 말이 있다. 정말 그런가 보다.

또 공원 한쪽에 아이들이 타고 노는 작은 마차가 있었다. 한 사람이 타고 다른 사람이 끌어주는 놀이였다. 오후 늦은 시간이어서 사람들이 다 가고 없어서 우리 가족은 서로서로 태워주고 끌어주며 오랜만에 흥이 나게 어울려 놀았다. 딸이 짚라인과 마차 타기 놀이의 동영상을 찍었다. 딸이 기획, 연출하고 코치를 하는 놀이였으니 딸이 제일 신나 했다. 동영상에 딸이 코치, 지시하고 웃고 떠드는 소리가 담겼다.

놀이가 다 끝나고 언덕 위에서 우리는 가족사진을 찍었다. 딸이 핸드폰을 의자 위에 고정하여 놓고 타이머를 작동하여 사진을 찍었다. 각자 멋진 포즈를 취한 사진이 정말 잘 나왔다. 해가 지고 어둑어둑해지는 시간이었으니 어두웠지만 멋진 사진이 나왔다. 딸이 말했다.

"아빠, 걷기만 하지 말고 이렇게 놀기도 하니 좋잖아! 안 그래요?"

"그래! 딸이 신이 나고 좋아하는 것을 보니 좋구나."

집으로 돌아오면서 차 안에서, 3년 전 단양으로 가족여행 갔던 때 단양구경시장에서 먹거리를 사던 이야기가 나왔다. 딸이 인터넷으로 구경시장의 맛집을 검색하고 우리 한 사람 한 사람을 이곳저곳 맛집 앞에 줄 서 있게 했었다. 딸은 시장을 이리저리 돌아다니며 각 집에서 내놓은 음식을 먹어보고 맛있는 음식이 있으면 갖고 와서 우리 입에 넣어 주었다.

이날 딸은 단양구경시장 먹거리 쇼핑 팀의 지휘자로서 탁월한 능력을 발휘하였다. 엄마 아빠 동생이 해야 할 역할을 정해주고 구경시장 온 거리를 주름잡으며 왔다 갔다 하면서 활기찬 모습을 보였다. 나는 그 전에 이날처럼 활달한 딸의 모습을 본 적이 없었다. 사람은 누구나 자신이 좋아하는 일을 해야 신나고 즐겁고 행복한 삶을 산다. 우리 딸과 아들이 그런 일을 찾아 신나게 일하며 멋진 삶을 살기를 바랄 뿐이다.

제천 청풍호 자드락길 6코스 괴곡 성벽길

5월 어느 주말 우리 가족은 제천으로 1박 2일 여행을 갔다. 첫날 우리는 옥순대교 휴게소 주차장에 도착하여 차를 세우고 청풍호 자드락길 6코스 괴곡 성벽길을 걸었다. 이 길은 청풍호 자드락길 7개 코스 중 가장 아름다운 길이다. 우리는 옥순대교를 건너 오른편 언덕 위로 올라갔다. (나중에 보니 괴곡 성벽길이 시작되는 지점 도로 맞은편에 주차장이 있었다.) 처음부터 계속 오르막이었다. 우리는 걷기 좋은 길이라고 여기고 스틱(등산용 지팡이)을 갖고 오지 않았는데 오산이었다. 이 길을 걸으려면 스틱을 짚고 올라야 힘이 덜 든다.

녹음이 짙어가는 산길을 오르려니 힘은 들었지만 마음은 상쾌했다. 1km쯤 올라갔을까? 평지를 만나 우리는 숨을 고르며 서서 쉬었다. 사람마다 체력이 다르니 이쯤에 벤치나 앉을 자리를 마련해 두면 좋겠다는 생각이 들었다. (지금은 약 1.5km 지점에 쉼터가 마련되었다.) 흐르는 땀을 닦고 물을 마시니 몸이 가뿐해졌다. 잠시 쉬고 우리는 계속 올라갔다.

길 양옆에는 봄기운을 받은 나뭇잎들이 연두색에서 녹색으로 짙어지고 있었다. 우리나라는 예로부터 살기 좋은 금수강산이라고 하지 않는가? 청풍호수를 우측으로 얼핏얼핏 보면서 봄기운이 무르익는 푸른 산을 딸 아들과 아내와 함께 오르니 정말 좋다. 1.2km를 더 오르니 이정표가 세워져 있었다. 우측으로 200m 가면 사진 찍기 좋은 장소라고 적혀 있었다. 우측으로 조금 가니 '이 길로 올라가셔야 수월하데유…. 믿어봐유….' 하는 충청도 사투리로 쓴 간판이 있었다. 200m가 채 안 되는 거리지만 충청도 양반이 친절하게 가르쳐주는 길로 올라갔다.

사진 찍기 좋은 명소는 시야가 탁 트인 장소였다. 소나무 사이에 덱 전망대를 넓게 만들고 전망대 한 편에 솟대를 만들어 놓아서 운치가 있었다. 앉아서 쉬는 의자도 마련해 놓았다. 청풍호 주위의 아름다운 풍광을 감상하는 멋진 장소였다. 아내와 나는 동쪽 옥순대교 방향을 조망하면서 전에 한음회 친구들과 올랐던 가은산을 바라보았다. 북쪽으로는 소백산 봉우리들이고 서쪽으로는 월악산 봉우리들이다. 다 아내와 내가 가본 산들이니 정겨웠던 추억이 떠올랐다.

이야기를 나누며 전망대 끝에 서 있는 아내와 나의 뒷모습을 아들이 멋진 사진으로 담았다. 말 그대로 이곳은 동-북-서 세 방향을 바라보면서 사진 찍기 좋은 명소였다. 우리는 그곳에서 간식을 먹고 커피도 마시며 한참을 쉰 후 일어났다.

시간이 너무 지체되어서 올라온 길로 되돌아 내려갈까? 망설였지만 우리는 다불암까지 가보고 괴곡마을 앞 도로를 따라 옥순대교로 돌아가기로 했다. 다불암 쪽으로 가는 길은 임도 같은 길인데 경사도 없고 흙길로 걷기 좋았다. 또 다른 전망대를 지나치고 길옆에 있는 주막을 지나 1km 남짓 걷자니 포장된 길이 나왔다. 아내와 딸이 해가 지면 산동네여서 금방 어두워질 텐데 그냥 도로를 따라 돌아가자고 했다. 아들과 나는 다불암까지 가보고 싶었지만 어쩌랴. 여자들의 말을 들어야지. 우리는 괴곡마을 방향으로 좌회전하여 도로를 따라 걸었다.

사방이 산이었다. 해가 서쪽으로 기울기 시작했다. 우리가 길을 따라 걸어가니 해가 산에 가렸다 나타났다 반복하였다. 도로 위에 차는 거의 다니지 않아서 좋았다. 옥순대교까지 3.5km 정도 포장된 도로를 가는 동안 두세 대나 지나갔을까? 적막한 산속에서 도로 옆에 일군 밭과 가까운 산과 먼 산을 동무 삼아 걷자니 나름 운치 있고 좋았다. 그러나 포장된 차도를 걷자니 아내와 딸은 발이 아프다고 투덜거렸다. 괴곡마을 앞을 지나면서 해가 완전히 지고 어슴푸레 어둠이 깔리기 시작했다.

아들한테 엄마와 누나를 모시고 천천히 오라고 말하고 나는 주차장을 향해 뛰었다. 수영과 등산, 그리고 가끔 달리기로 다져진 내 몸은 2~3km쯤 뛰는 것은 아무 것도 아니었다. 나는 옥순대교를 지나 주차장까지 쉬지 않고 페이스를 조절하여 뛰었다. 드디어 차를 운전하여 괴곡마을로 갔다. 옥순대교를 건너 좌회전하여 마을 쪽으로 얼마쯤 들어가서 나의 사랑하는 아내와 딸과 아들을 만났다. 이렇게 열과 성을 다함으로써 나는 투덜거리는 여자들의 입을 막았다. 이날 나는 남자로서 어떻게 여자들을 달래는지 아들에게 산 교훈을 가르쳤다.

이 코스의 백미는 출발지인 옥순대교에서 청풍호와 옥순대교를 멋지게 조망할 수 있는 사진 찍기 좋은 명소까지 3km쯤이다. 사진 찍기 좋은 명소부터 다불암 방향으로 포장된 도로까지 1.5km도 걷기 좋은 길이다. 그러나 그다음부터 옥순대교까지 돌아오는 길 4km는 포장된 차도여서 걷기 피곤한 길이었다. 물론 걷는 길 주변의 밭과 주위를 둘러싸고 있는 산을 바라보면서 시골 산길을 걷는 맛은 있다. 시간과 체력이 있는 사람들이 즐길 수 있는 코스다.

보통 사람들은 사진 찍기 좋은 명소와 전망대까지만 올라갔다가 되돌아오든지, 또는 산길을 조금 더 걷고(1.5km 정도) 포장된 도로가 나오면 되돌아 내려오는 것이 좋을 듯하다. 그러면 전부 6~9km쯤 산길을 걷게 된다.

제천 청풍호 자드락길 3코스 얼음골 생태길

둘째 날 우리는 능강교를 지나 호숫가 주차장에 주차하고 정방사 방향으로 들어갔다. 능강교에서 정방사까지 1.6km를 청풍호 자드락길 2코스 정방사 길이라고 하는데 왕복해도 3.2km로 너무 짧다. 우리는 정방사로 가는 다리 바로 앞에서 우측으로 능강계곡 물길을 따라 걷는 3코스 얼음골 생태길로 들어섰다. 편도 5.4km이니 왕복하면 11km쯤 걷는 길이다.

얼음골 생태길은 자연 그대로의 완만한 산길이다. 잘 닦아놓은 길은 아니지만, 운동화나 트레킹화를 신고 오르면 크게 문제 될 것이 없다. 봄은 역시 모든 생명체가 약동하는 계절이다. 길 양편으로 새록새록 돋아나고 피어오르는 초록의 나뭇잎들이 싱그러웠다. 수도권에서 걷던 길과는 완전히 다른 길이다. 우리 앞에 가는 사람도 뒤에 오는 사람도 보이지 않았다. 이날 이 숲 속에 들어온 사람은 우리 가족 네 사람뿐인 듯했다. 계곡 물소리를 듣고 바람이 이는 것을 감지하고 나뭇잎이 흔들리는 것을 보고 숲 속의 냄새를 느끼며 걸었다.

조금 올라가니 길 좌우에 여러 모양의 돌탑들이 있었다. 누군가 귀중한 시간을 내고 돈도 들여서 저 돌탑들을 쌓았을 것이다. 사람마다 생각이 다르니 하는 일도 다르다. 누가 무슨 생각으로 저 돌탑을 쌓았는지 궁금했다. 그런데 지금 쌓고 있는 돌탑 하나에 '한민족 평화를 기원하는 돌탑'이라는 팻말이 꽂혀 있었다. 그 사람의 기원이 성취되면 좋겠다.

길 양편에 우거진 나무들과 한쪽 편으로 보이는 계곡 물을 간간이 바라보며 걷자니 어느새 '만당암'이다. 만당암은 계곡 물길에 있는 너른 바위이다. 장마나 우기 철에 물이 많이 흐를 때는 잠기기도 한다. 그러나 보통 때는 여러 사람이 앉아서 놀 수 있는 자리다. 쉬기에는 아직 이른 시간이어서 우리는 그냥 지나쳤다.

만당암을 지나 길이 두 갈래로 갈라졌다. 내려올 때 좌측 산기슭 길로 내려오기로 하고 우리는 우측 계곡 길로 계속 올라갔다. 조금 더 올라가니 '일음골 와불'이라는 안내판이 나왔다. 계곡 바닥에 있는 너른 바위를 보고 안내판에 표시된 와불 모양을 찾아보니 과연 와불이라고 부를 만한 형태가 보였다. 자연석을 보고 두드러진 특징을 찾아내서 그에 맞는 이름을 붙이고 이야깃거리를 만드는 사람들이 있어서 재미를 더한다. 이 또한 남다른 재주가 아니겠는가?

더 오르니 '화전민 터 안내' 글이 있고 그 주위에 돌담의 흔적이 남아 있었다. 사람이건 동물이건 사회적 동물이다. 어쩌면 식물도 그렇다. 어떤 생명체든지 모여서 산다. 화전민이 된 사람들은 애초에 어떤 사유로 사람들이 모여 사는 사회를 떠나 산속으로 들어와 살았을까? 이곳뿐 아니라 우리나라 어디든지 깊은 산 속에는 화전민이 꽤 있었다. 1960년대에 정부에서 전국 산속에 있는 화전민 마을을 정리하였다고 한다. 그 당시 화전민들이 다들 사회로 복귀하여 잘들 사는지…? 그들 나름대로 화전민이 된 사유와 정리 후 사회로 복귀한 그들의 삶이 자못 궁금했다. 사회로부터 소외되고 박탈감을 느끼며 사는 사람들이 없어야 하는데…, 약자들도 다 어울려 사는 사회가 되어야 하는데….

이런 생각을 하며 조금 더 오르니 오른편 계곡에 흐르던 물이 잔잔히 모이는 곳이 있었다. 취적담이다. 취적담은 계곡 위에서 급류를 이루며 쏟아진 물이 연못처럼 많이 모인 곳이다. 산 위에 있는 취적대를 멀리서 보고 취적담 한쪽에 자리를 잡고 앉았다. 5월의 싱그러운 녹음이 취적담 소(沼)의 맑은 물을 보석이라도 되는 양, 계곡 양편과 하늘에서 온통 감싸고 있었다. 우리는 이런 신비스러운 풍경 속에 들어앉아 시간 가는 줄 모르고 쉬고 있었다. 나는 이곳 취적담이 얼음골 생태길 중 최고로 멋진 장소가 아닐까? 하는 생각이 들었다.

다시 길로 돌아와 걸으니 길의 폭이 좁아졌다. 계곡의 폭도 좁아지고 흐르는 물길이 저 아래로 멀어졌다. 조금 더 오르니 계곡을 건너는 멋진 흔들다리가 있었다. 다리를 건너니 계곡 물이 길의 왼편으로 흘렀다. 조금 가다 보니 계곡을 따라 걷던 길이 계곡을 뒤로하고 오른편 산 비탈길로 오르게 되었다. 250m를 올라가면 얼음골이라는 이정표가 나왔다. 그런데 최종 목적지 직전의 이 250m가 얼음골 생태길 5.4km 중 가장 힘든 길이었다. 급경사였고 완전 너덜길(돌길)이었다. 스틱(지팡이)을 사용하지 않고 오르려니 넘어져 다칠까 염려스러웠다.

숨을 헉헉거리고 땀을 흘리며 올라갔다. 짧은 거리인데도 중간에 쉬지 않을 수 없었다. 여러 산악회의 리본이 덕지덕지 달린 줄 아래 돌계단에서 잠시 서서 땀을 닦고 쉬었다. 다시 오르기 시작하여 얼음골 바로 앞 넓은 휴식 덱에 올라가서 벤치에 앉았다. 또다시 쉬면서 숨을 돌린 후 얼음골로 올라갔다. 얼음골에는 완전 너덜인 화강암 조각돌로 벽을 쌓고 돌 바닥과 돌벽 사이에 통나무를 올려놓아 앉을 자리를 만들어 두었다. 그 통나무에 앉으니 찬바람이 뒤에서 나와 엉덩이와 등을 오싹 시원하게 해주었다. 과연 얼음골이라고 할 만했다.

등산이 아니고 산속 숲길을 걷고자 하는 사람은 얼음골까지 갈 것 없다. 얼음골은 산악회 등산객들의 목적지인 듯했다. 얼음골 앞 입구와 우리가 쉬었던 돌계단 위에 쳐놓은 줄에 달린 수많은 리본이 증명해준다. 청풍호 자드락길 3코스 얼음골 생태길을 걷고자 하는 사람은 호숫가 주차장에서 능강교를 지나 취적담까지 약 3km, 왕복 6km쯤 걸으면 좋지 않을까? 부족하다 싶으면 조금 더 올라도 좋다. 굳이 끝까지 가려고 걷기 어렵고 위험한 너덜길을 무리하게 오를 이유가 없다.

단양 소백산 다리안 관광지 천동탐방로

단양은 코로나 사태가 오기 전 우리 가족이 1박 2일 여행을 갔던 곳이다. 그때는 도담삼봉과 석문, 고수동굴, 사인암 일대를 관광하였다. 여행 둘째 날 점심때 구경시장에 가서 딸의 진두지휘로 먹거리 쇼핑을 한 후, 한 곳에 자리를 잡고 둘러앉아 사 온 음식을 펼쳐놓고 점심을 먹었던 재미난 추억이 있는 곳이다.

7월 중순 아내와 나 둘이 3박 4일 일정으로 단양 여행을 갔다. 첫날 우리는 희방사역에서 희방사까지 희방옛길을 걸었다. 둘째 날에는 선암계곡(하선암-중선암-상선암)과 사인암 물가에서 놀았다. 여행 셋째 날 오전에 우리는 숙소인 황정산 자연휴양림 뒤에 있는 산, 석화봉(해발 834m) 등산을 했다.

셋째 날 오후 다리안 관광지로 갔다. 우리가 50대 때 소백산 최고봉인 비로봉(해발 1,439m)에 오르는 등산을 하던 때 이곳 주차장에 차를 세우고 올라갔었다. 그때 나는 소백산을 향하여 오르면서 오른편에 흐르는 계곡의 맑은 물, 계곡 바닥과 주위의 바위와 산세에 홀딱 반했었다. 단양에 오자 또다시 그곳에 가고 싶었다.

이날은 시간상 올라갈 수 있는 지점까지만 올라갔다 내려오기로 했다. 아내와 나는 10여 년 전과는 사뭇 다르게 정비된 다리안 관광지 계곡을 따라 오르기 시작했다. 계곡과 주위 자연의 모습은 10년 전 그대로였다. 며칠 전 비가 왔었는지, 평상시에도 그런지 흐르는 물의 양이 꽤 많았다. 계곡에서 음이온이 가득한 물바람이 불어와서 더운 날씨였지만 시원했다.

다리안 폭포를 아래 계곡에서 올려다보고 다리 위로 올라가서 또 내려다보았다. 엄청난 물이 날카롭게 쪼개지고 일렬로 형성된 바위틈 사이로 쏟아져 내리고 있었다. 우리는 다리안 폭포 주변 계곡 바닥과 주위 산에 형성된 지질단층을 바라보고, 그 옆에 쓰인 옥동 단층에 관한 설명을 읽어보았다. 18억 년 전의 화강암과 5억 년 전의 규암, 두 지층이 만나(충돌하여) 형성된 단층이라니…. 우리 인간의 생명이 길어야 100년인데…. 다시 한 번 인생의 짧음과 모든 생명체가 자연에서 왔다가 자연으로 돌아감을 생각했다.

옛날 사람들이 소백산 깊은 곳에 있는 이 폭포까지 올라오려면 산의 초입에 있는 다리를 건너야 해서 이 지역 이름이 '다리안'이 되었다고 한다. 우리는 다리안 폭포를 지나 계속 위로 올라갔다. 여전히 오른편 계곡에 흐르는 물은 바닥에 놓인 바위와 돌들을 타고 넘으며 작은 폭포를 만들고 물보라를 일으키며 멋진 풍경을 자아내고 있었다. 조금 더 오르자 길과 계곡의 좌우에 침엽수림이 울창하게 우거져 있었다. '이 침엽수림이 피톤치드를 뿜어내 소백산에 들어오는 사람들을 깨끗하게 씻어주겠구나.' 하는 생각이 들었다.

어느덧 천동탐방지원센터에 이르렀다. 6시가 지나서인지 소백산으로 오르는 천동탐방로를 막아 놓았다. 주차장에서 비로봉까지는 6.8km로, 왕복 14km 가까이 된다. 보통 사람이 정상에 올라갔다가 하산하려면 6시간쯤 걸린다. 그래서 하절기에는 오후 2시, 동절기에는 오후 1시 이전에 천동탐방지원센터를 통과하여야 한다. 그 시간이 지나면 탐방지원센터에 나와 있는 직원이 사람들의 입산을 막는다.

우리는 소백산의 걷기 좋은 길을 산책하려는 사람들이다. 나는 조금 더 올라가서 자연관찰로의 종점인 천동 2교까지 800m쯤 더 걷고 싶었다. 아래 주차장에서 이곳 천동탐방지원센터까지 약 1km다. 그러면 편도 1.8km이니 왕복 3.6km 정도 걷게 된다. 하지만 아내는 '출입제한' 간판으로 막아 놓았는데 왜 굳이 올라가려고 하느냐며 더 이상 올라가려 하지 않았다. 아내가 가지 않으려 하는데 어찌하겠는가? 내려가야지.

우리는 내려오다가 숲 속 벤치에 앉았다. 아내와 나는 둘이서 이야기만 하면서도 잘 논다. 우리는 공기 좋고 물 맑은 다리안 소백산 속에서 완전히 어두워지기까지 이야기하며 놀았다.

나는 천동탐방지원센터를 지나서 더 올라가는 상상을 해보았다. 다리안 관광지에서 시작되는 소백산 천동탐방로는 크게 경사진 등산로가 아니다. 인터넷으로 천동탐방로를 검색하여 보았다. 다리안 관광지 천동 주차장에서 천동 2교까지 거리는 1.8km이다. 그 위 신선 2교를 지나 신선암까지는 2.3km이다. 주차장에서 신선암까지 올라갔다 내려오면 산행 거리가 4.6km, 2시간이면 다녀온다.

신선암에서 2km쯤 더 올라가면 피톤치드가 쏟아지는 전나무숲을 지나 해발 824m의 다래 2교 위 천동쉼터에 다다른다. 주차장에서 천동쉼터까지는 4.3km이니 거기까지 다녀오면 8.6km 산행이다. 오르는 데 2시간, 내려오는 데 1시간 반쯤이면 되지 않을까? 넉넉잡아 4시간이면 되리라.

주차장에서 4.3km 지점에 있는 다래2교 위 천동쉼터를 지나면 너덜길(돌길)이다. 경사도 가팔라지니 더 오르며 무리할 것까진 없다. 다음에는 시간을 좀 더 넉넉히 잡고 와서 천동쉼터까지는 올라갔다 와야겠다. 저물어 가는 소백산 깊은 산 속에서 아내와 둘이 앉아 이야기하고 상상만 하여도 좋은 시간이었다.

주) 천동주차장 —(1km)→ 천동탐방지원센터 —(0.8km)→ 천동 2교 —(0.5km)→ 신선암 —(2km)→ 다래 2교 위 천동쉼터

단양 소백산 자연휴양림과 온달산성

여행 넷째 날 오전에 우리는 소백산 자연휴양림으로 올라갔다. 온달산성의 위치가 해발 427m다. 소백산 자연휴양림은 그 위에 있으니 해발 500m쯤은 되지 않을까? 휴양림 입구 덱 위에 서니 소백산의 어느 한 봉우리에 올라와 있는 듯하였다. 앞이 탁 트여서 겹쳐지고 이어지는 소백산 줄기가 시원하게 펼쳐졌다. 코로나 사태로 숙박예약자가 아닌 일반인들은 자연휴양림 입장이 불가하였다. 그래도 입구 앞 왼편에 관람용으로 지어놓은 화전민의 집에는 들어가 볼 수 있었다. 우리는 초가집과 너와집, 방앗간과 대장간 등을 차례로 돌아보았다.

각각의 집을 돌아본 후 쉼터 뒤로 조금 들어가 보았더니 왼쪽으로 피톤치드 숲길이 있었다. 이 길은 휴양림 반대 방향이니 걸어도 되지 않을까? 생각하고 우리는 피톤치드 숲길로 들어갔다. 피톤치드 숲길 초입에는 소나무 숲이었다. 조금 걷자니 참나무 숲으로 바뀌고 또 좀 더 가자 침엽수와 활엽수가 함께 자란 숲이었다. 소백산의 깊은 중턱에 조성된 아름다운 산책길이었다. 평일이어서 그런지 아무도 다니지 않았다. 20여 분쯤 걷자 길이 오른쪽 휴양림 방향으로 휘어지고 내려가면서 왼편으로 산 정상으로 가는 삼거리에 다다랐다.

우리는 산 정상으로 올라가 보기로 했다. 삼거리에서 작은 개울을 건너 산 정상으로 가려니 어마어마하게 급경사의 긴 계단이 우리 앞에 나타났다. 아내와 나는 20년 넘게 산에 다녔어도 이렇게 경사가 가파른 계단은 보지 못했다.

앞에서 보면 거의 수직이다 싶을 정도로 경사진 긴 계단이다 보니 삼등분하여 두 번이나 폭이 넓은 계단 쉼터를 두었다. 아내를 먼저 올라가게 하고 나는 아내의 뒤에서 따라 올라갔다. 행여나 아내가 미끄러져 아래로 떨어진다면 내가 받을 태세였다. 아내와 나는 몸무게가 큰 차이가 나지 않는다. 혹시라도 그런 불상사가 생기면 둘 다 함께 굴러떨어질 것이지만….

힘들게 올라가서 계단을 벗어나 조금 나아가자 삼거리가 나왔다. 그런데 어느 방향이 산 정상으로 가는 길인지 알 수가 없었다. 이곳 지도도 없고 잘 알지도 못하는 길을 더 갈 수가 없었다. 계단 오른편에 있는 넓은 소나무 숲 앞에서 조금 쉬고 다시 내려왔다. 휴양림 방향으로 계속 가보고 싶었지만 길이 험해졌다. 최근에 사람들이 다닌 적이 없는 듯, 길 위에 온통 풀들이 무성하게 자라고 있었다. 우리는 되돌아 나올 수밖에 없었다. 피톤치드 숲길을 한 시간쯤 걷고 나와서 온달 관광지로 향했다.

온달 관광지로 내려가다가 도로 왼편 큰 소나무 아래 멋진 정자를 발견하였다. 도로 옆에 차를 세울 수 있는 작은 공간이 있었다. 아내와 나는 그곳에 차를 세우고 정자로 올라갔다. 신발을 벗고 정자 마루에 올라앉으니 사방이 다 트인 공간이어서 바람이 시원하게 불어왔다. 양말을 벗고 각자 정자 기둥에 기대어 다리를 뻗고 마주 보며 편한 자세로 앉았다. 나는 점심으로 준비한 과일과 아침에 찐 고구마와 옥수수를 차에서 꺼내왔다.

우리는 짙푸른 녹음으로 가득 덮인 산과 작물이 풍성하게 자라고 있는 밭, 맑고 파란 하늘과 흰 구름이 떠가는 광경을 바라보며 점심을 먹었다. 나는 이렇게 닥 트인 자연 속에 앉아 있기를 좋아한다. 점심 후 커피까지 마셨지만 우리는 그 천혜의 자리에서 일어날 줄을 모르고 마냥 앉아 있었다.

늦은 오후에 우리는 온달 관광지로 갔다. 우리는 먼저 온달산성에 올라갔다 오기로 했다. 관광지 내에 있는 낙양성과 수, 당의 황성에는 나중에 시간이 나면 들어가 보기로 했다. 안내판을 보니 온달산성까지는 1km다. 왕복 2km를 다녀오는 데 50분 걸린다고 써 있었다. .

오르는 길 초입은 우리의 기대를 저버리지 않고 걷기 좋은 숲길이었다. 경사가 거의 없는 숲길

을 5분쯤 가니 완만하게 오르는 덱 길이 되었다. 덱 길이 얼마쯤 이어지더니 낮은 높이의 계단길이 되고 나중에는 보통 높이의 계단길이 되었다. 그래도 계단 높이가 그다지 높지 않아서 걷기에 나쁘진 않았다. 우리나라 어디에 가든지 계단을 오를 때마다 아내는 '계단을 만드는 것은 중국에 가서 보고 배워야 한다.'라고 말하곤 한다. 아내와 내가 가본 중국 관광지 어디에서든지 계단은 참 잘 만들어 놓았다. '경사를 완만하게 하여 계단의 높이는 낮고, 폭은 신발 길이보다 크게 하여 오르기 좋게.'

우리나라는 가는 곳마다 계단의 높이와 폭이 다르다. 같은 관광지 안에서도 위와 같이 다르다. 계단을 만드는 데 어떤 시방을 적용하는지 궁금하다. 확실히 정해진 시방을 갖고 공사를 하는지 의심스럽다. 어떤 일을 하든지 사용자 편의를 기준으로 하여 시방서를 만들고 공사를 해야 한다. 기준도 없이 또는 잘못된 기준으로 공사해서는 안 된다. 더욱이 공사업체의 편의로 공사하게 해서야 되겠는가? 관광지뿐 아니라 동네 주민들이 매일 걷는 산책길의 계단도 마찬가지다. 우리나라의 계단은 크게 개선되어야 한다.

우리는 수없이 많은 계단을 올라야 했다. 오르는 거리가 1km라고 하여 짧은 거리로 생각하였지만 7월 중순의 여름 날씨에 계단을 오르려니 만만치 않았다. 계속 계단을 오르니 몹시 더웠고 땀이 많이 났다. 중간중간 마련된 쉼터와 정자에서 쉬지 않을 수 없었다. 고맙게도 쉼터와 정자의 간격과 위치는 아주 좋았다. 쉬는 자리마다 바람이 시원하게 불어왔고 조망하는 경치는 일품이었다. 드디어 산성 120m 전방, 로맨스길이 갈라지는 삼거리에 도착하였다. 아내는 삼거리에 놓여 있는 바윗돌 위에 앉아 또 쉬었다.

위로 올라가면서 산성이 보이는데도 급경사 길이어서 120m도 먼 거리였다. 우리는 '단양 온달산성'이라고 쓰인 게시판(사진과 설명문)이 세워져 있는 동문(?)으로 올라섰다. 성 안쪽에서 성곽을 따라 아래로 내려가다가 성 위쪽으로 올라갔다. 위로 올라가는 성안의 길도 경사가 심해서 오르기에 만만치 않았다. 성의 가장 높은 곳에 서니 북서쪽에 남한강과 영춘교가 바로 아래로 보였다. 학자들은 지형적으로 볼 때 이 성은 신라군이 고구려군의 동태를 파악하고 경계하기 위하여 축조한 것으로 본다.

이 성이 온달산성으로 불리게 된 것은 역사적 기록으로 말미암은 듯하다. 옛 기록에 온달이 군사를 이끌고 출정하면서 '신라가 점령한 고구려 땅을 회복하지 않으면 돌아오지 않겠다.'고 했단다. 그는 이 성을 공격하다가 화살에 맞아 전사했다고 전해진다. 그 후 이 성이 온달산성으로 불린 듯하다. 하지만 많은 학자들은 온달이 치러 온 성은 이곳이 아니라 서울의 아차산성으로 본다.

우리나라는 산이 많은 지형이어서 산성이 많다. 이 온달산성도 북서쪽으로 흐르는 남한강 너머를 감시하는 역할로 해발 427m 위치에 둘레 683m로 축조한 작은 산성이다. 성벽은 이 지역에서 흔하게 출토되는 납작한 점토암을 벽돌 모양으로 다듬어 쌓았다.

오전에 소백산 자연휴양림에서 한 시간가량 피톤치드 숲길을 걷고 높고 가파른 계단을 오르내렸다. 늦은 오후에는 온달관광지에서 온달산성까지 역사의 현장에서 왕복 2km를 오르내리며 한 시간 반 이상 산행을 했다. 이날 적게 잡아도 4km 정도는 숲길 산행을 했다.

온달 관광지로 내려오니 5시 반을 훌쩍 지나 6시로 가고 있었다. 낙양성과 수, 당의 황성에 들어가 보는 것은 단념하고 단양 시내로 향했다. 단양구경시장에 가서 여행선물로 딸 아들에게 줄 마늘 닭강정과 마늘빵을 샀다. 얼마 전 이웃에게서 받은 수박의 답례로 줄 마늘빵 한 세트를 더 샀다. 아내와 나는 단양의 유명한 먹거리인 푸짐한 마늘 정식으로 저녁을 먹고 집으로 향했다. 3박 4일의 아름다운 여행이었다.

자연 속 숲길을 찾아서 I

3부

강원도

점봉산 곰배령

나의 회갑을 지나면서 우리 가족은 매년 5월에 가족여행을 다니기로 했다. 첫 여행지를 강원도로 정하고 2박 3일의 일정으로 갔다. 첫날 우리는 동해 바닷가에 있는 낙산사를 돌아보고 낙산해수욕장 모래밭을 걸었다. 아내가 좋아하는 횟집에 가서 저녁을 먹고 진동계곡에 있는 숙소로 들어갔다.

여행 둘째 날 일정은 곰배령 트레킹이었다. 곰배령 가까운 곳에 숙소를 정했으니 우리는 아침 늦게까지 잤다. 우리 식구 넷 다 직장 다니느라 매일 아침 일찍 일어나는데 여행 와서까지 일찍 일어나겠는가? 모처럼 늦잠을 자야지! 일어나서 씻고 아침을 먹고 숙소에서 나오니 10시가 지났다. 펜션 주인에게 길을 물어 점봉산 생태관리센터로 갔다. 펜션 이름과 우리 네 사람 이름을 말하자 금방 예약확인이 되었다. 펜션 예약을 하던 때 주인이 우리를 대신하여 점봉산 입산 예약을 해주었기 때문이다.

입산은 오전 9시부터다. 늦어도 11시 전에 들어가야 하고 중간 지점(강선마을)을 12시 안에 통과하여야 한다. 곰배령(정상)에서 하산하는 시간도 14시로 정해져 있다. 16시까지는 입산한 장소로 내려와서 '입산 허가증'을 반납해야 한다. 점봉산 생태관리센터에서 곰배령까지는 5km다. 곰배령에 들어갈 수 있는 날은 수요일부터 일요일까지다. 월요일과 화요일에는 입산 금지다. 하루 입산 인원은 450명이다. (초기에는 200명으로 제한했다.)

우리는 산으로 오르기 전 점봉산 생태관리센터 앞에서 기념사진을 찍고 트레킹을 시작하였다. 곰배령이 속해 있는 점봉산은 해발 1,424m다. 곰배령은 해발 1,164m다. 곰배령이나 점봉산은 인근에 사는 사람들이 나물이나 약초를 캐러 다녔을 뿐 외부 사람들은 거의 오지 않던 산이었다. 최근에 곰배령이 '천상의 화원' 또는 '야생화의 천국'으로 알려지면서 자연을 동경하는 도시인들이 찾는 산이 되었다.

산길에 들어서자 오른편에 작은 야생화원이 가꾸어져 있었다. 오르는 길을 따라 각종 식물들이 심겨 있고 이름표가 붙어 있었다. 천천히 가면서 보고 싶었으나 우리는 입구에서 시간을 지체할 수 없었다. 왜냐하면, 강선마을을 12시 전에 통과해야 하기 때문이다. 내려오면서 자세히 보기로 하고 우리는 숲길을 걷기 시작했다. 길 좌우로 또 머리 위로 우거진 나뭇가지마다 새순이 돋아나 커가고 있었다. 이미 피어난 나뭇잎들은 연녹색에서 녹색으로 짙어지고 있었다. 온갖 나뭇잎들이 산뜻하고 싱그러운 산소를 뿜어내며 우리를 맞아주는 듯했다.

계곡에 흐르는 물이 어찌나 깨끗한지 밑바닥의 모래 알갱이가 훤히 들여다보였다. 물속에 손을 넣어보니 겨울의 냉기 그대로인 듯 물이 차가웠다. 1960년대 내가 어린 시절 산에 나무하러 갔다가 목마르면 손으로 떠 마시던 지리산 골짜기 물이 생각났다. 그때 그 물도 이 곰배령 물같이 깨끗하고 차가웠다. 그때처럼 손으로 물을 떠서 마시지는 않았지만 보기만 해도 청정한 자연 속 맑은 물이었다.

산속 완만한 숲길을 30분쯤 걸었을까? 앙증스럽게 예쁜 빨간 우체통이 보였다. 녹색의 숲과 어울려 더욱 선명하고 예쁘게 보였다. 강선마을에 다 왔는가 보다. 이 마을은 대여섯 가구나 될까? 오래 전 어떤 연유로든 사람들이 이곳에 들어와 화전을 일구고 살았다. 1960년대 정부에서 전국 산속에 사는 화전민촌을 정리할 때 아마도 이 깊은 산 속까지는 행정의 손길이 못 미쳤는지 아직도 남아 있다. 우리는 마을 앞 삼거리에서 이정표를 보고 오른쪽 곰배령으로 가는 길, 전나무 숲 옆길로 방향을 잡았다. 11시 30분쯤 강선마을을 지났다.

좀 더 올라가니 길옆에 쉼터가 있었다. 강선마을을 통과하였으니 아내가 커피 한 잔 마시며 쉬고 올라가자고 했다. 산을 보호하기 위해서인지 쉼터는 없고 오르는 길 바로 옆에 몇 사람이 앉을 수 있는 통나무 의자가 있었다. 가운데 통나무 의자를 식탁(?)으로 삼고 넷이 빙 둘러앉았다. 우리는 간식을 먹고 커피도 마시며 잠시 쉬었다. 벌써 내려오는 사람들이 있었다. 관리센터가 문을 열자 9시에 바로 올라온 사람들이다. 저들은 곰배령 트레킹을 하루 일정이 아닌 오전 일정으로 잡은 사람들일 것이다. 우리는 하루 종일 이 산과 계곡에서 지낼 것이니 여유를 부려도 된다. 그렇게 쉬다가 다시 오르기 시작했다.

조금 오르니 주위 나뭇잎들이 이제 막 돋아나기 시작한 듯 아주 작았다. 나뭇잎이 작으니 나무들 사이사이로 풀과 야생화들이 보였다. 산의 초입에서는 나뭇잎이 제법 커서 연녹색이었고 숲을 이루어 숲 속은 보이지 않았었다. 완만한 산행이었지만 고도가 높아졌는가 보다.

길가와 나무들 아래 야생화가 또렷하게 보였다. 하얀 꽃잎의 '홀아비바람꽃'과 '꿩의 바람꽃', 노란 꽃잎의 '동의나물'과 '너도 양지꽃', 자주색의 '얼레지'(별명: 바람난 여인), 옅은 자주색(파란색?)과 보라색의 '현호색', 그리고 노란 꽃이 긴 촛대에 무더기로 달린 듯한 '괴불주머니' 등 재미있는 이름들의 꽃이 가득하였다.

정상이 가까워지자 나름 둥치가 컸던 교목들이 보이지 않았다. 대신 키가 작고 여러 갈래로 가지가 자란 관목들이 온통 산을 차지하고 있었다. 해발 1,000m 위로 올라오니 공기가 차가워서인지 나무들이 겨우 잎을 틔운 듯 보였다. 안개인지 구름인지 나무들을 뿌옇게 감싸며 온 지면을 덮고 있으니 신비한 기운이 감돌았다. 우리 앞뒤 주위에는 아무도 없었다. 우리 식구 네 사람만이 다른 시공간에 있는 느낌이었다. 우리 가족은 아마도 그날 제일 늦게 곰배령에 오르는 탐방객이지 않았을까?

계단 길을 다 오르니 곰배령 정상이었다. 우리는 확 트인 넓은 하늘 아래 큰 나무 한 그루 없는 넓은 초원에 서 있었다. 상상하지 못한 풍광이었다. 강원도의 깊은 산 속에서 이런 모습의 자연을 만나다니 신기했다. 우리는 완전히 다른 세상에 와 있는 듯하였다. 어떤 풍경을 기대한 것은 아니었지만, '삼림이 울창한 숲의 꼭대기나 그러한 숲을 바라보는 장소에 서 있어야 하는 것 아닌가?' 하는 의아스러운 기분이 되었다.

▶ 점봉산 생태관리 센터 사진

'나는 이런 풍경이 우리나라 어디에 또 있을까?' 하는 생각이 들었다. 곰배령에 오르는 인원이 제한되어 있는 데다 우리가 간 날이 평일이어서인지, 정상에 올라와 있는 사람들이 많지 않았다. 정상에서 넷이 기념사진을 찍고 점심 먹을 만한 장소를 찾았다. 하지만 마땅한 장소가 없었다. 우리는 하산하면서 길을 조금 벗어난 계곡 물가에 앉아 싸온 점심을 먹었다. 여유를 부리며 즐기고 천천히 움직이다 보니 입산 허가증을 반납하여야 하는 4시가 다 되어서야 내려왔다. 입구에 있는 야생화 화원은 시간상 훑어보는 정도로 돌아볼 수밖에 없었다.

숙소로 돌아오니 5시가 다 되었다. 조금 쉬다가 저녁 먹으러 나가자고 했더니 딸과 아들이 피곤하다면서 집에서 대충 먹잔다. 여기까지 와서 그럴 수가 있는가? '그래, 엄마와 아빠는 주말마다 등산을 다녔으니 괜찮지만, 너희들은 오랜만에 산에 올랐으니 피곤하겠지.' 이렇게 생각하고 아내와 내가 양양으로 장을 보러 나갔다.

차에서 아내와 둘이 이야기를 나누었다.

"늙으신 아빠 엄마를 쉬게 하고 저희들이 나갔다 와야지. 우리가 나오다니? 애들을 이렇게 가르쳐도 되는 건가?"

"다르게 생각해요. 다 큰 딸과 아들이 아빠 엄마가 가자는 대로 따라와 준 것만도 고맙지요. 요즘 부모가 가자는 대로 따라오는 자식들이 어디 있어요?"

"그렇기도 하지."

우리는 양양 마트에 가서 아이들이 주문한 대로 쇠고기 등심과 돼지 목살과 삼겹살, 상추와 깻잎, 마늘과 고추, 쌈장 등을 사 갖고 들어왔다. 과일과 과자 등 간식거리와 내일 아침 김칫국 끓일 때 넣을 두부도 사 왔다. 우리가 장을 봐오자 딸과 아들이 엄마를 도와서 저녁을 준비하고 각자 자기가 할 일을 맡아서 했다. 고기 굽는 건 아들이 했다. 잘 구워진 고기를 쌈에 싸서 된장국과 함께 맛있게 저녁을 먹었다. 설거지는 딸이 했다.

이날 저녁 나는 깨달았다. 내가 아무리 옳다고 생각해도 상대방이 다르게 생각하면 양보하고 그에 따라 주는 게 더 좋을 때도 있다는 것을. 내 생각만을 주장하지 말고 다른 사람의 생각을 존중함으로 좋은 분위기에서 화기애애하게 잘 지낼 수 있음을.

방태산 자연휴양림

여행 셋째 날 역시 아침에 늦잠을 자고 일찍 일어나지 않는 우리 식구들이다. 일찍 일어난 나는 아내와 애들을 더 재우려고 혼자 바깥으로 나왔다. 사면이 산으로 둘러싸인 펜션의 마당 한편에 있는 탁자에 앉았다. 울타리 앞에 심어 놓은 철쭉꽃 한 무더기가 아침 햇살에 밝은 빛을 발하고 있었다. 깊은 산 속 진동계곡의 아침 공기는 상쾌했다. 나는 주위 풍경을 감상하고 산뜻한 마음으로 책을 폈다. 시 몇 수를 읽고 있자니 아내가 나왔다. 우리는 펜션을 벗어나 길로 나가서 가볍게 산책을 했다.

아침을 먹고 짐을 챙겨 나오니 전날과 마찬가지로 10시가 지났다. 그래, 휴가 와서까지 부지런 떨 것 없다. 휴가 때는 마음 가는 대로 몸을 쉬게 해야지! 일상에서는 어림도 없는 게으름을 이때 즐기지 않으면 언제 누린단 말인가? 우리는 방태산 자연휴양림으로 갔다. 이날은 방태산 정상까지 오르지 않고 자연휴양림 안에 있는 산책길만 걷기로 했다. 보통 자연휴양림의 산책코스는 다 돌아도 2~3km밖에 되지 않는다. 방태산(해발 1,435m)을 등산할 목적이 아니니 가급적 많이 걸을 수 있도록 우리는 차를 휴양림 밖에 세우고 들어갔다.

우리는 안내소에서 휴양림 지도를 받아들고 걷기 시작했다. 휴양림으로 들어가는 길은 잘 닦여진 마사토 길이었다. 오른편으로 계곡 물이 흐르고, 가로수로 심어놓은 활엽수에서는 연녹색의 이파리들이 돋아나와 커가고 있었다. 만물이 생장을 시작한 봄이다. 우리는 상쾌한 공기를 마시고 개울에 흐르는 물소리를 들으며 기분 좋게 걸었다. 어디 가서 이렇게 좋은 길을 걷는단 말인가?

휴양림 입구에서 1.2km 거리에 있는 산림문화휴양관 앞에 도착하니 계곡에서 쏴 하는 물소리가 크게 들렸다. 계곡으로 내려가 보니 높지는 않지만 꽤 큰 폭포가 있었다. 계곡의 넓은 바위(마당바위)로 내려가서 폭포를 구경하였다. 떨어지는 물의 양이 제법 많고 옆으로 둥글게 쫙 펴져서 멋지게 보였다. 계곡에서 올라와 조금 더 걸으니 길 우측 계곡에 또 폭포가 있었다. 2단 폭포였다. 또다시 내려가서 폭포를 구경하고 올라왔다. 녹음이 짙어지고 비가 오고 계곡 물이 많아지면 한층 더 멋진 폭포가 되리라.

우리는 야영장을 지나 제2주차장에 도착했다. 자동차 4대가 주차되어 있었다. 아마도 등산객의 자동차가 아닐까? 이곳에서 지도를 보니 휴양림 입구에서 어느새 2.5km 올라와 있었다. 우리는 산기슭에 조성된 역삼각형의 탐방로를 걷기로 했다. 먼저 왼쪽 매봉령으로 가는 등산로를 따라 올라가다가 우측 산길로 들어가 걷고, 주억봉에서 내려오는 등산로를 만나 내려오기로 했다. 이 탐방로의 거리가 1.9km다. 탐방로를 걷고 우리 차를 주차해 놓은 휴양림 입구까지 내려가면 이날 우리는 7km쯤 걷게 된다. 걷기에 딱 좋은 거리다.

주차장에서 조금 올라가 왼편 길로 들어서니 바로 계곡 물이 나왔다. 암반 위로 흐르는 물의 양이 많지 않아서인지 암반 위에 그냥 자연석으로 띄엄띄엄 징검다리를 놓았다. 그리고 계곡의 이쪽에서 저쪽까지 밧줄을 걸어놓았다. 징검다리가 고정되어 있지 않으니 디디면 흔들거려서 줄을 잡고 건너야 했다. 또 다른 계곡 물을 건너는 데는 통나무를 대여섯 개 모아 걸쳐 놓은 다리가 있었다. 발을 디디는 면이 고르지 않아서 조심조심 건너야 했다.

숲 속이니 큰 돌을 던져 놓은 징검다리나 통나무를 걸쳐 놓은 다리가 더 자연스럽고 운치 있게 느껴졌다. 요즘 도시에서는 징검다리도 화강석을 깎아 큰 직육면체로 만든다. 웬만큼 이름이 난 사찰로 들어가는 길에 놓인 작은 다리도 화강석을 자르고 다듬어서 아치형 다리를 만들어 멋을 낸다. 그러나 이날 우리는 자연 그대로의 돌과 나무로 만든 다리를 건너고 자연 그대로의 산속 숲길을 걸었다.

조금 더 가니 전나무 숲길이었다. 하늘로 쭉쭉 뻗은 나무들 사이로 좁게 난 길은 줄지어 한 사람씩 지나야 하는 길이었다. 맞은편에서 누가 와서 마주치거나 뒤에서 누가 와서 앞서려면 옆으로 비켜 서 주어야 했다. 이날은 평일이어서 그런지 탐방로를 걷다가 만난 사람은 아무도 없었다. 전나무 숲 아래 햇빛이 잘 들지 않는 땅에는 고사리와 같은 양치식물이 자라고 있었다. 길옆과 숲 속이라도 햇빛이 비쳐 드는 곳에는 키 작은 잡목이 자라고 있었다. 생명체마다 자라는 환경이 다름을 보았다.

5월의 싱그러운 연녹색 숲길을 걷는 즐거움과 기분은 이런 숲길을 걸어본 사람만이 느낄 수 있다. 우리 가족은 탐방로를 다 돌고 내려가기 전 길 한 편에 자리를 잡고 앉았다. 이날을 끝으로 2박 3일의 자연 속 여행을 마치고 집으로 돌아갈 생각에 모두 아쉬워했다. 강원도 깊은 숲 속에 있는 맑은 공기를 더 많이 폐 속에 넣고자 숨을 깊이 들이마시고 체조를 하기도 했다. 우리 가족의 첫 번째 국내여행은 언제까지나 기억에 남는 여행이다.

설악산 비선대

7월 말 아내의 회갑 때 아내와 나는 설악산으로 회갑여행을 갔다. 멀리까지 가니, 아들이 하룻밤이라도 자고 오라고 콘도에 1박 예약을 해주었다. 첫날 우리는 신흥사가 있는 설악산 국립공원으로 들어갔다. 설악산 검은 곰 동상 앞에서 기념사진을 찍고, 신흥사에는 들어가지 않고 바로 비선대를 향해 걸었다.

아들이 태어나기 전 딸과 셋이 설악산에 여행 와서 즐겁게 놀았던 추억이 떠올랐다. 우리는 양쪽에서 어린 딸의 손을 잡고 비룡폭포로 가면서 "산골짝에 다람쥐, 아기 다람쥐…." 노래를 셋이 함께 불렀었다. 늦은 오후에 아내와 나는 종일 놀다가 피곤해진 딸을 업고 흔들바위로 올라갔다. 어둑어둑 어둠이 깔리는 저녁 시간에 우리는 흔들바위 앞에 도착했다. 딸을 내려놓자 잠에서 깨어난 딸은 엄마랑 둘이 흔들바위를 밀어 흔들었다. 나는 그 모습을 사진에 담았다. 아내와 내가 젊었던 시절 깜찍한 딸을 키우며 누렸던 행복한 추억이다.

여름휴가 때 아버지 어머니를 모시고 설악산에 왔던 기억도 엊그제 일처럼 생생하다. 권금성에 올라가서 울산바위와 비선대의 장군봉 등 외설악 절경을 조망하던 추억, 비룡폭포와 비선대로 다니며 좋아하시던 두 분의 생전 모습이 지금도 눈에 선하다. 두 분 다 돌아가신 지 벌써 오래다. 인생의 모든 일들이 참으로 빠르게 지나간다.

비선대로 가는 길은 폭이 넓고 평탄해서 걷기에 아주 좋았다. 날씨가 더웠지만 걷는 길 양옆으로 우거진 참나무와 소나무가 햇볕을 막아주고 시원한 그늘을 만들어 주었다. 여름 오후 짙은 녹음 속에서 맑은 산소가 뿜어져 나오고 있었다. 폐 속으로 들어오는 설악산의 공기는 신선했다.

더운 여름철이어서 휴가 온 사람들은 바다나 계곡의 물에 가서 노는 건지, 오가는 사람들이 많지 않았다. 한적한 숲길을 우리는 손을 잡고 걸었다. 20여 분쯤 걸었을까? 설계교라는 다리가 나왔다. 다리를 건너면서 양옆 계곡을 바라보니 바닥에 깔린 크고 작은 바위와 돌들이 하얀색을 띠고 있었다. 설악산의 생성 시기를 학자들은 최소 2천3백만 년 전, 신생대 4기 이전으로 보고 있다고 한다. 계곡에 깔린 저 바위와 돌들은 수천만 년 동안 물에 깎이고 닳고 씻겨 왔으니 저렇게도 하얗고 깨끗한가 보다.

하얀 돌들 사이로 흐르는 물도 깨끗하여 물 아래 바닥이 훤히 들여다보였다. 설악산은 언제 와도 깨끗한 공기와 맑은 물로 우리를 반겨준다. 자연이 주는 혜택은 모든 사람에게 열려 있지만 아무나 만끽

할 수 있는 것은 아니다. 자연의 축복은 찾는 자만이 누릴 수 있다. 많은 사람들이 젊은 시절에는 가정과 직장과 사회를 위하여 일하느라 이런 자연 속에 자주 다니지 못한다. 아내는 한 달 후, 나는 다섯 달 후면 완전 은퇴를 하게 된다. 우리 둘 다 은퇴 후엔 여기저기 청정 지역을 찾아다니며 자연을 만끽하려고 한다.

설계교를 건너니 길이 조금 거칠어졌지만 걷는 데 크게 불편하지는 않았다. 우리는 왼편으로 흘러 내려오는 계곡 물을 따라 걸었다. 조금 더 산속으로 들어가자 신선 마고선(麻姑仙)이 바둑을 두고 거문고를 타며 놀았다는 와선대가 보였다. 와선대는 계곡의 바닥을 이루는 넓은 바위다. 어지간히 큰 비가 오지 않는 한 물에 잠기지 않아서 그 위에 여러 사람이 앉아서 놀기 좋다.

▶ 설악산 국립공원공단 사진

우리는 비선대까지 올라갔다 내려오면서 와선대에 내려가서 쉬기로 하고 계속 올라갔다. 와선대를 지나니 길이 너덜길(돌길)이어서 조심조심 걸어야 했다. 조금 더 올라가니 멋진 나무다리가 나왔다. 다리를 건너니 계곡 물이 오른편으로 흐르게 되었다. 조금 더 올라가니 장군봉과 적벽(약간 붉은 색조를 띤 바위)이 보이기 시작했다. 드디어 오른편 계곡 쪽으로 난간을 설치한 덱 계단 길에 올라섰다.

위로는 하늘을 찌를 듯 장군봉과 적벽의 두 봉우리가 솟아 있었다. 아래로는 장군봉과 적벽의 근간을 이루는 널찍한 비선대 계곡이 펼쳐졌다. 비선대 계곡의 바로 위쪽, 두 봉우리의 근간이 되는 아랫부분은 수천 수백만 년 동안 온갖 비바람과 한겨울의 엄동설한을 견뎌온 자국이 선명했다. 신선 마고선(麻姑仙)이 이곳에서 승천하였다고 해서 비선대라는 이름이 붙여졌다고 한다. 비선대는 가히 신선이 살다가 오를만한 비경이었다.

▶ 설악산 국립공원공단 사진

시간상 비선대에서 발길을 돌려야 했다. 다음에 설악산에 올 때는 일찍 들어와서 천불동계곡까지 올라가 봐야겠다. 되돌아오면서 아내와 나는 와선대로 내려갔다. 한여름의 녹음 속 계곡에 흐르는 물길을 바라보며 우리는 말없이 한참을 앉아 있었다. 마치 둘 다 신선 마고선이 된 양 인간의 말을 잃고…. 뜨문뜨문 보이던 사람들마저 다 내려간 듯 아무도 보이지 않았다. 어둑어둑해져서야 신흥사의 청동대불상을 돌아보고 설악산을 빠져나왔다. 저녁은 외옹치항에 가서 아내가 좋아하는 생선회를 먹었다.

▶ 설악산 국립공원공단 사진

여행 둘째 날 우리는 고성팔경을 돌아보았다. 겨울이 아니니 마산봉 설경은 볼 수 없고, 멀리 있는 통일전망대에는 다음에 가보기로 했다. 우리는 콘도 앞에서 설악산 중턱에 우뚝 솟은 울산바위를 바라보았다. 관동팔경의 하나인 청간정과 천학정에 가서 동해를 바라보고 그 정취를 감상하였다. 송지호 둘레길을 걷고 가까이 있는 왕곡마을에도 가보았다. 화진포에 가서 둘레길을 걷고 바닷가에서 놀기도 했다. 내륙에 있는 건봉사에도 가서 그 역사를 되짚어 보았다. 이틀 동안의 아름다운 여행이었다.

인생이 그렇게 길지 않다. "우리의 연수가 칠십이요, 강건하면 팔십이라." 하지 않았던가? 아무리 100세 시대라고 해도 실제 주위에서 100살 넘어 사는 사람들을 보기는 쉽지 않다. 현재 60~65살 되는 사람의 기대수명은 남자 84살, 여자 89살쯤 된다. 그런데 유병 기간이 남자는 10년, 여자는 15년 정도라고 한다. 남녀 공히 75살이 넘어가면 건강에 문제가 생긴다는 말이다. 그때부터는 병치레하느라 먹고 싶은 음식 못 먹고, 체력이 따라주지 않아 가고 싶은데 가지 못한다. 그전에라도 언제 병마가 찾아올지, 죽음이 들이닥칠지 모른다. 그러니 건강할 때 잘 살아야 한다.

아내와 나는 앞으로 각자 하고 싶은 것을 하면서 살려고 한다. 여행도 자주 다니려고 한다. 둘이 같이 다니기도 하고 각자 친한 친구와 다니기도 하리라. 결혼 후 젊어서 고생하고 아내 나이 60살이 되기까지 둘 다 열심히 살아왔다. 남은 생애는 정말 행복한 삶을 살아야 한다. 돈과 명예를 좇을 시간이 아니다.

▶ 설악산 국립공원공단 사진

설악산 주전골-만경대

10월 중순을 지나 하순에 접어들면서 아내와 나는 1박 2일로 설악산 단풍여행을 갔다. 첫날 우리는 오색약수 주차장에 차를 세우고 주전골로 향했다. 오후 1시가 지나고 있었다. 몇 년 전 한음회 친구들과 함께 오색약수에 왔었고, 오래전 아내와 주전골 단풍구경을 왔었다. 오르는 길이 몰라보게 바뀌었고 잘 정비되어 있었다. 설악산 단풍이 절정이어서 평일인데도 단풍놀이 온 사람들이 많았다.

▶ 서광종 사진

약수터 탐방지원센터에서 만경대에도 오를 것이라고 신고를 하니 손목에 매는 띠를 주었다. 아내와 나는 받은 띠를 손목에 두르고 주전골로 들어갔다. 이곳이 주전골이라고 불리게 된 사연은 이렇다. 옛날에 강원 관찰사가 한계령을 넘으려 이곳을 지나게 되었다. 그때 어디선가 쇠붙이 두들기는 소리가 들렸다. 이 외딴 산중에 무슨 쇳소리인가 하여 찾아가 보았더니 동굴 속에서 10여 명의 무리가 엽전을 위조하고 있었다. 관찰사는 그 무리를 잡아들이고 동굴을 폐쇄하였다. 그 후로 이 골짜기를 쇠를 부어 만들 주(鑄) 자와 돈 전(錢) 자를 써서 주전(鑄錢)골이라고 부르게 되었다고 한다.

탐방지원센터에서 20여 분 오르니 성국사라는 절이 있었다. 원래 이 자리에는 신라 말에 창건된 오색석사라는 절이 있던 곳이다. 오색석사는 깊은 산 속에 있다 보니 찾는 사람들이 많지 않아 언제부터인가 (아마도 억불숭유의 조선 초에) 폐사되었다. 전해지는 이야기에 의하면 처음 절의 창건 당시 절 뒤뜰에 다섯 가지 색깔의 꽃을 피우는 나무가 있어서 오색석사라고 이름 짓고, 근처 지명도 오색리라고 하였다고 한다. 오색약수도 이 절의 승려가 발견하여 오색약수라는 이름을 붙였다고 한다.

우리는 용소폭포 탐방지원센터 위 만경대로 가는 길 입구를 4시 전에 통과해야 하기에 성국사에는 들어가 보지 않고 지나쳤다. 성국사를 막 지나니 계곡의 맞은편에 우뚝 솟은 멋진 독주암 봉우리가 나타났다. 바위 봉우리에 올라가지도 못할 듯한데 한 사람이 겨우 앉을 정도로 좁다고 하여 예전에는 홀로 독(獨), 자리 좌(座) 자를 써서 독좌암(獨坐岩)이라고 불렀다고 한다. 독주암과 그 뒤에 연이어 붙어 있는 바위 봉우리 위에 소나무와 참나무가 자라고 있었다.

생명력이 대단한 저 나무들은 갈라진 바위틈 사이에 뿌리를 내리고 그 틈새에 있는 흙의 수분을 빨아들여 살고 있다. 어떤 글에서는 바위가 자신에게 의지한 나무의 생명을 살리기 위하여 자신의 몸을 갈라 틈새를 벌려주어 나무뿌리를 받아준다고 한다. 경이로운 자연의 현상에 무한한 경외감이 든다.

▶ 서광종 사진

멋진 기암괴석을 바라보고 계곡 길을 걸어 올라갔다. 계곡 물가에 있는 나무의 단풍들이 서로 어우러져 울긋불긋 아름다웠다. 조금 더 오르니 계곡 한가운데 반질반질한 암반이 맑은 계곡 물을 가득 담고 있었다. 이 소(沼)가 달 밝은 밤이면 선녀들이 날개옷을 입고 내려와서 목욕하고 올라간다는 전설이 있는 선녀탕이다. 깊은 산 계곡에 가면 거의 어김없이 선녀탕이 있다. 설악산 주전골에 선녀탕이 없을 수가 없지.

선녀탕을 지나면서 알록달록한 단풍들이 더 풍성해졌다. 저 멀리 계곡 위 하늘로 솟아 있는 멋진 만물상 바위들, 그 아래 계곡을 건너는 아치형 다리와 그 주위에 펼쳐진 황홀한 단풍들의 향연…. 오색찬란한 단풍의 아름다움이 절정에 달한 가을날, 이 지점이 바로 주전골 단풍구경의 최적 장소가 아닐까? 아내와 나는 각자 멋진 단풍사진 찍기에 바빴다. 또 서로의 사진을 찍어주고 둘이 함께 셀카로 사진을 찍었다. 우리는 단풍구경 온 사람들이 지나는 길을 벗어나 한쪽 바위에 올라앉았다. 물을 마시고 휴식을 취하면서 멀리 또 가까이 보이는 아름다운 주전골 단풍경치를 한참 동안 감상하였다.

다시 일어나 위로 올라갔다. 금강문을 지나고 조금 더 가니 용소폭포 삼거리였다. 직진하면 흘림골이고 우측으로 가면 용소폭포와 만경대로 올라가는 길이다. 흘림골로 올라가는 길은 막아 놓아서 더 이상 올라갈 수가 없었다.

몇 년 전 나는 OB 모임의 가을 나들이로 흘림골 단풍구경을 왔었다. 서울에서 12인승 차를 임차하여 한계령을 지나 내려오다가 흘림골 공원지킴터에서 미리 약속한 식당 사람을 만났다. 그 사람이 우리 차를 운전해 내려가고 우리 일행은 흘림골로 들어왔었다. 기이한 모양의 여심폭포를 구경하고, 등선대에 올라 대청봉 쪽을 바라보고, 등선폭포와 십이폭포를 지나 이곳 삼거리를 통과하여 오색약수로 내려갔었다. 언제 다시 흘림골 코스를 등산하고 단풍 구경할 기회가 있을까?

아내와 나는 우측길로 들어섰다. 용소폭포 아래 계곡을 건너는 출렁다리를 지나는데 맞은편 물가와 위의 절벽에 자란 나무들의 단풍이 휘황찬란했다. 오색을 넘어 갖가지 색으로 아롱다롱한 단풍을 배경으로 멋진 출렁다리 위에 선 아내의 모습을 사진에 담았다. 다리를 건너와서 뒤돌아보니 역시 기암괴석 위와 다리 주위로 멋진 단풍이 가득하였다. 이 풍경 또한 사진에 담지 않을 수 없었다.

만경대 방향으로 올라가면서 위에서 내려다본 용소폭포와 시퍼런 물이 담긴 소(沼)는 신선세계에서나 봄직한 풍경이었다. 사람의 손발이 닿지 않는 깊은 산 속 계곡에 폭포의 높이가 10m이고 웅덩이의 깊이가 7m나 된다니 과연 이승에 살던 이무기가 도를 닦고 용이 되어 승천할만한 장소인 듯 보였다. 전설에 의하면 이 깊은 소(沼)에서 천 년 동안 살던 암수 이무기 두 마리가 용이 되어 승천하려고 했는데, 숫놈만 성공하고 암놈은 실패하여 바위로 굳어져 폭포 위로 솟았다고 한다.

아내와 나는 4시 10분 전에 만경대길 입구를 통과하였다. 오색약수에서 출발하여 주전골을 지나 용소폭포탐방지원센터 위 만경대길 입구까지는 3.2km다. 보통 사람들은 한 시간 반이면 오른다는데 우리는 두 배, 거의 세 시간이 걸렸다. 속세를 벗어나 자연 속에서 단풍으로 물든 산수 경치를 구경하고 즐기며 사진 찍고 노는 행복한 시간을 보냈으니 길수록 좋은 거지 뭐.

만경대길에 들어서니 길이 오르막이 아니고 내리막이었다. 급경사의 길을 400여m쯤 내려가니 넓은 하천이 나왔다. 물은 하천 바닥 아래로 흐르는지 보이지 않고 넓은 하천 바닥에는 온통 하얀 굵은 자갈이 깔려 있었다. 장마철에는 물이 차서 건너지 못하는지 징검다리가 놓여 있었다. 산속에서 세 시간 동안 단풍만 보다가 늦은 오후에 은은한 자갈밭을 보니 그냥 지나칠 수가 없었다. 아내와 나는 깨끗한 자갈 위에 깔판을 깔고 앉았다. 배낭에서 간식을 꺼내 먹으면서 조용한 정취에 빠져들었다.

주전골에는 평일이지만 단풍 구경 온 사람들이- 복잡할 정도는 아니어도 -많이 있었는데 이곳 만경대길에는 아무도 없었다. 두 사람이 바로 우리 앞서 갔고, 우리 뒤에 오는 사람은 없었다. 깊은 자연 속 계곡에 하얀 은하수같이 길게 이어진 자갈밭에서 우리는 시간 가는 줄 모르고 앉아 있었다. 깊은 자연 속에 들어와 있으니 우리는 마치 '신선 둘이 바둑 두는 것을 보다가 도낏자루 썩는 줄 모르고 있었다던 나무꾼'처럼 되었다.

정신을 차리고 일어나서 하천을 건너 급경사의 산을 오르기 시작했다. 가파른 오르막길에서 몇 번이나 쉬면서 숨을 돌리고 물을 마시고 오르기를 반복하여 만경대에 도착하였다. 남녀 한 커플과 사진작가인 듯한 한 사람이 그곳에 와있었다. 만경대에서 바라보니 바로 우리 눈앞에 하늘로 우뚝우뚝 솟은 만물상 바위들이 장관이었다. 멀리 우측으로는 한계령, 좌측으로는 점봉산이 보였다. 깊은 산 속에서 산 넘어 해가 지니 바닷속으로 들어가는 일몰과는 또 다른 적막한 분위기의 석양이었다. 우리는 해가 진 후 오색약수 쪽으로 하산하기 시작하였다.

급경사의 내리막길을 조심조심 내려왔다. 무사히 오색약수가 있는 계곡 물가로 내려오니 컴컴한 밤이 되어 있었다. 오색약수에 가니 낮에는 줄을 서야 했는데 아무도 없었다. 우리는 약수를 마시고 빈 물통 두 병에 오색약수를 채웠다. 서둘러 주차장으로 내려와서 아내가 좋아하는 생선회를 먹으러 외옹치항으로 달렸다.

설악산 백담사-영시암 수렴동계곡

여행 둘째 날 우리는 아침 늦게 일어나서 미시령 터널을 통과하여 용대리 버스터미널로 갔다. 이곳에서 용대리-백담사를 왕복하는 버스를 운행한다. 근처 식당마다 백담사에서 나와 식사할 사람들은 '주차 무료'라는 팻말을 걸어 두었다. 우리는 용대리 주차장(주차비 5,000원+)에 주차하지 않고 버스터미널에서 그다지 멀지 않은 식당의 주차장에 주차하였다.

아내와 나는 전에 백담사에 두 번 왔었다. 한음회 친구들과 와서 버스를 타고 들어가서 백담사를 둘러보고 나올 때 7km 거리를 걸어 나오면서 자연을 즐겼던 적이 있다. 또 한 번은 다른 친구들과 백담사-영시암-오세암 왕복 12km를 트레킹한 적이 있다. 백담사에서 영시암까지 편도 3.5km의 수렴동 계곡길은 완만한 길로 걷기 좋았는데, 영시암부터 오세암까지 편도 2.5km는 등산길이어서 만만치 않았다. 그래도 50대에 한창 산에 다니던 때였으니 땀을 흘리고 헉헉거리며 숨차게 등산을 하였어도 성취감으로 뿌듯하였다. 하지만 60이 넘은 아내와 나는 이날 무리하지 않고 걷기 좋은 백담사-영시암 구간 왕복 7km 단풍길만 걷기로 했다.

백담사는 647년(신라 진덕여왕 1년)에 자장 스님이 한계사라는 이름으로 창건한 절이다. 그 후 수차례 화재로 소실되고 복원되기를 반복하면서 여러 다른 이름(운흥사, 심원사, 선구사, 영취사 등)으로 개칭되었다. 1783년(정조 7년)에 백담사라는 이름으로 개명된 후 지금까지 그렇게 불리고 있다. 백담사라는 이름은 이 절에서 설악산 최고봉인 대청봉까지 작은 담이 100개가 있다는 데서 연유하였다고 한다.

근래 들어 청정지역으로 사람들이 찾기 이전까지 백담사는 내설악의 아주 깊은 산 속에 위치하여 수행에 뜻있는 사람들만이 머물던 곳이었다. 이 절이 이름나기 시작한 것은 만해 한용운(1879~1944) 때문이지 않을까? 그는 1905년 머리를 깎고 백담사에 들어왔다. 이 절에서 수도하면서 『조선불교 유신론』, 『십현담 주해』 등의 책을 집필하고 「님의 침묵」이라는 시를 발표하였다. 또 1988년 늦가을 전두환 전 대통령 부부가 이곳 백담사로 유배(?)와 2년 동안 기거하면서 유명세를 더했다.

▶ 서광종 사진

아내와 나는 버스를 타고 백담사 앞 주차장에 도착한 후 바로 영시암으로 가는 계곡 길로 들어섰다. 백담사 앞 계곡에는 수많은 돌탑들이 있었다. 진안 마이산의 탑사에서 본 돌탑같이 웅장하고 큰 탑은 아니고, 돌 위에 돌을 올린 한 줄짜리 돌탑이 대부분이었다. 모두 이곳에 온 방문객들이 만든 탑들이 아닐까? 나름대로 의미를 두고 쌓은 탑도 있을 것이고, 자연 속에서 자연을 즐기며 어린아이처럼 놀이로 쌓은 탑들도 있을 것이다.

우리는 영시암 쪽으로 걷기 시작하였다. 탐방로에 들어서니 좌측으로 자연관찰로가 있었다. 길가에 아기자기한 꽃밭이 있었지만, 우리 눈에 들어오는 건 그 뒤의 단풍들이었다. 수렴동 계곡은 다른 유명 단풍 관광지보다 훨씬 깊은 산속에 위치해 있다. 깊은 산 계곡 물 옆에 물든 단풍이니 색깔이 더 선명하고 곱다. 울긋불긋 아름다운 수렴동 계곡 단풍 속을 걷다가 점심을 먹으러 우측 계곡으로 나왔다. 계곡은 온통 하얀 돌밭이었다. 계곡 물 건너 맞은편은 짙푸른 소나무 숲이었다. 소나무 숲 여기저기 빨갛고 노랗게 또 갈색으로 물든 단풍들이 박혀 있었다.

하류 쪽으로도 물길만 빼고 온통 하얗고 굵은 자갈밭이었다. 상류 쪽으로는 멀리 갈색으로 물든 산이 보였다. 탐방로에서 바로 앞의 단풍만 쫓다가 계곡 물가에 나와 앉아 있으니 단풍으로 가득 찼던 황홀했던 눈이 시원해졌다. 아내와 나는 점심을 먹고 커피를 마시면서 시간 가는 줄도 모르고 앉아 있었다.

어느새 3시가 훌쩍 넘었다. 반도 못 올라왔는데 말이다. 영시암까지 갔다 오려면 서둘러야 했다. 영시암에 가까이 갈수록 더 밝고 더 황홀하게 빛나는 단풍들이 나타났다. 얼마쯤 가다

보니 올라가는 사람은 우리 두 사람뿐이고 다 내려오는 사람들이었다. 영시암에 도착하니 4시 반이었다.

영시암(永矢菴)은 지금 사찰의 암자 이름이지만 원래는 300년 전 삼연 김창흡(三淵 金昌翕, 1653~1722)이 이곳에 작은 집을 짓고 붙인 이름이다. 영시(永矢)란 활시위를 떠나 돌아오지 않는 화살이라는 뜻이다. 다시는 세상으로 돌아가지 않겠다는 의지를 담은 이름이다. 그는 어머니께서 돌아가신 후(1721년?) 세상을 떠나 사람들의 왕래가 전무하다시피 한 산속인 이곳에 들어와 살다가 죽었다. 그가 어떤 연유로 세상에 환멸을 느끼고 이 오지에 들어오게 되었는가는 그의 집안 내력을 보면 알 수 있다.

그는 병자호란 때 강화도를 지키다가 함락되자 자결한 김상용(1561~1637)과 주전파였던 김상헌(1570~1652) 형제의 3대손이다. 김상헌은 병자호란 후 인질로 끌려가 청나라에서 6년을 살았다. 김상헌의 손자가 그의 아버지 김수항(1629~1689)이다. 김수항은 1680년부터 8년 동안이나 영의정을 지낸 사람이다. 1689년(숙종 15년) 기사환국이 일어나 진도로 유배되었다가 사사되었다. 또 큰형 김창집

(1648~1722)도 1717년(숙종 43년)에 영의정에 올라 국정 중심에 있었다. 1721년(경종 원년) 신임사화 때 거제도에 유배되어 위리안치(圍籬安置, 유배지의 한 집에 가시 울타리를 쳐서 가택연금)되었다가 사사되었다. 큰형이 죽자 그도 지병이 악화되어 죽고 말았다.

가문의 똑똑한 선대들이 나랏일을 하다가 화를 당하는 꼴을 대대로 겪었으니 그가 세상에 머물러 살겠는가? 어머니께서 돌아가신 후 이곳에 들어와서 그는 다시는 세상으로 돌아가지 않는 화살, 영시(永矢)로 살았다. 예나 지금이나 세상의 부귀영화를 쫓다가 낭패당하는 사람이 어디 한둘인가? 영시암 앞에 써 있는 그의 시를 읽고 그의 마음을 조금이나마 헤아려 보았다.

암자를 얻고서(得菴字)

내 삶 괴로워 즐거움 없으니
속세의 모든 일 견디기 어려워
늙어서 설악에 투신하려고
여기에 영시암 지었네

자연을 진실로 사랑하니
바위와 연못 마음에 맞어
마음대로 해도 마땅하니
쓸쓸함도 달게 여기네
(후략)

영시암 춘첩(永矢菴 春帖)

머리 세었으나 마음은 한층 활기차고
몸은 말랐으되 도(道)는 더욱 살찌네
안위(安危)는 산 밖의 일이니
영원히 영시암 문 열지 않으리

영시암을 둘러보고 앞에 마련된 쉼터 의자에 앉아 물을 마시고 쉬었다. 지나가는 사람에게 부탁하여 영시암을 배경으로 우리 두 사람의 사진을 찍었다. 이 사진이 이날 둘이 함께 찍은 유일한 사진이었다. 오후 늦은 시간이 되니 내려가는 사람도 뜸해졌다. 시간 여유가 있으면 수렴동 대피소까지 가면 좋을 텐데 그럴 수 있는 시간이 아니었다. 우리는 일어나 내려오기 시작했다. 백담사 주차장에 도착하니 6시가 넘어 어둑어둑해졌다.

설악산 십이선녀탕계곡

여름 연휴 때 딸 아들과 함께 설악산으로 가족여행을 갔다. 성수기임에도 요행히 용대자연휴양림에 숙소를 잡았다. 전에 여행 다닐 때는 교통이 편하고 부대시설이 좋은 콘도에서 숙박했다. 코로나 사태 후에는 사람들이 북적거리는 콘도보다 사람들이 뚝뚝 떨어져 숙박하는 자연휴양림을 선호하게 되었다.

첫날 우리는 미시령계곡에 갔다. 그러나 '코로나 감염예방을 위하여 계곡에 들어갈 수 없습니다.'라는 안내문과 함께 계곡 입구를 막아 놓았다. 다른 계곡도 마찬가지라고 하니 바로 휴양림으로 들어갔다. 휴양림 안에 있는 왕복 2km의 산책코스를 걷고 그 안에서 놀았다. 둘째 날에는 대진항에 들러 잠시 산책을 하고 통일전망대에 다녀왔다. 오후에 화진포와 송지호 둘레길을 걷고 해 질 무렵 송지호 해수욕장에서 놀았다.

여행 셋째 날 우리는 남교리에 있는 십이선녀탕계곡에 갔다. 이곳은 아버지 어머니께서 살아 계시던 때 두 분을 모시고 여름휴가 와서 놀던 추억이 서린 곳이다. 딸은 초등학교에 다니고 아들은 유치원에 다니던 때였으니 벌써 25년도 더 지났다. 아버지 어머니께서 돌아가신 지도 오래되었다. 인생의 시간이 금방이다. 그때는 아버지 어머니께서 연로하였고 아이들이 어렸기에 계곡으로 얼마쯤 들어가서 자리를 잡고 물놀이를 하였다. 이번에는 딸 아들이 다 컸으니 넷이 다 함께 계곡 길을 따라 트레킹을 하기로 했다.

아침 일찍 일어나 챙겼지만 10시가 다 되어서야 휴양림에서 나왔다. 10시 20분쯤 십이선녀탕 계곡 앞 주차장에 차를 세우고 남교리탐방지원센터를 지나 탐방로로 들어갔다. 시간상 우리는 탐방지원센터에서 한 시간쯤 오르는 2.2km 위 응봉폭포까지만 다녀오기로 했다. 내려오다가 계곡 물에서 물놀이도 해야 하니 더 이상 올라가면 점심시간이 애매해진다. 아들과 나는 4.2km 위 복숭아탕이 있는 용탕폭포까지 가고 싶었지만 단념해야 했다. 응봉폭포에서부터 용탕폭포까지는 2km지만 길이 험해서 1시간 이상 걸린다고 하니….

한여름 짙은 녹음의 한가운데를 관통하는 계곡 물을 왼편에 두고 우리는 오른편에 난 탐방로로 걷기 시작했다. 역시 설악산 계곡이다. 계곡 안으로 조금밖에 들어가지 않았는데 금방 깊은 계곡에 들어온 느낌이었다. 계곡 바닥의 바위와 그 위의 돌들이 흰색으로 반질반질하게 빛나고 있었다. 수천만 년 동안 세월의 온갖 풍상을 겪고 견뎌서 저렇게 멋지고 하얗게 빛나는 모양이 되었나 보다. 그 아래위로 흐르는 깊은 자연의 물은 맑디맑아서 바닥과 그 아래 모래 알갱이까지도 훤히 내려다보였다.

계곡은 곳곳에서 크고 작은 폭포를 만들며 흐르고 있었다. 이틀 전 내린 비로 흐르는 물의 양이 꽤 많아서 폭포마다 멋진 모습을 나타냈다. 폭포 아래 소(沼)들이 다 선녀가 목욕하고 놀다간 선녀탕으로 보였다. 계곡 바닥의 지형을 따라 흐르는 물이 어떤 곳에서는 계곡 옆 바위를 치며 쏜살같이 빨려 내려갔다. 거세게 휘몰아치는 물소리는 다른 모든 자연의 소리를 다 삼켜버렸다. 노래하는 매미와 곤충, 벌레가 아무리 악을 쓰고 소리를 질러도 깡그리 계곡 물소리에 묻혀 버렸다.

탐방로는 참나무 숲길이었다. 탐방로 안으로 얼핏얼핏 비쳐드는 아롱아롱한 햇빛과 고저를 가늠하기 어려운 세찬 물소리에 정신이 아득해지고 혼미할 지경이었다. 왼편으로 계곡을 건너는 다리 위에 서니 위로 하늘이 뚫리고 파란 하늘과 흰 뭉게구름이 보였다. 너무나 깨끗한 파란 하늘과 흰 구름이었다.

응봉폭포까지 오르는데 계곡을 이쪽저쪽으로 건너는 다리가 네댓 개 정도 있었다. 다리 위에서 바라보는 상류 쪽 물길과 하류 쪽 물길은 어림할 수도 없고, 보아도 형용할 수도 없는 각양각색이었다. 인간의 손길이 닿지 않은 자연 그대로의 물길이었다. 계곡 물길의 양옆 위로 빽빽한 숲과 산, 하늘을 바라보니 모두가 원시적 그대로의 자연이었다. 우리는 그렇게 자연 속으로 빠져들었다.

아들이 제일 앞서 걷고 그 뒤에 아내와 딸이 걸었다. 나는 맨 뒤에서 따라가며 멋진 자연 풍경 속에서 걷는 아들과 아내와 딸의 모습을 사진에 담았다. 우리는 그렇게 응봉폭포까지 올라갔다. 그러나 응봉폭포의 장엄한 자태는 탐방로 옆의 나무와 작은 관목들에 가려서 확연히 드러나지 않았다. 하지만 그게 더 묘미가 있었다. 아들이 앞서가서 찾아주는 장소 세 곳에서 나뭇가지 사이로 보이는 폭포를 바라보고 사진을 촬영하였다.

아내와 딸은 폭포를 바라보고 먼저 내려갔다. 아들과 나는 바로 내려가기가 아쉬워서 조금 더 올라갔다. 응봉폭포를 지나니 길이 험해지고 가팔라졌다. 시간상 도저히 용탕폭포까지 갈 수 없기에 아들과 나도 뒤돌아 내려왔다. 복숭아탕(용탕폭포) 3.2km ↔ 남교리탐방지원센터 1km가 쓰인 이정표를 지나, 올라오면서 첫 번째 다리에 이르렀다. 아들이 다리 위에서 상류 쪽 물에 들어가 놀고 있는 아내와 딸을 발견했다. 소리를 질러 불러도 물소리에 묻혀서 들리지 않는 모양이다. 우리는 다시 다리를 건너 올라가 계곡 물에서 아내와 딸과 합류하였다.

아들과 나도 얼른 등산화와 양말을 벗고 물속으로 들어갔다. 물이 무척 차가웠다. 계곡 물에서 놀다가 우리는 1시가 넘어서야 계곡에서 나왔다. 차를 타고 딸이 인터넷으로 찾은 용대리 황태구이집으로 달렸다. 딸이 황태구이 정식과 더덕구이 정식, 감자전과 도토리묵, 내가 좋아하는 시골 청국장을 주문하였다. 반찬으로 산채나물이 열 가지나 나왔다. 산나물을 양껏 더 갖다 먹을 수 있는 식당이었다. 우리는 여행 마지막 날 여행지에서 최고로 푸짐한 식사를 했다. 2박 3일 동안 아름다운 가족여행이었다. 시간을 내 함께해 준 딸과 아들에게 고마웠다.

평창 오대산 선재길

10월 중순을 지나 오대산 단풍 절정기에 아내와 나는 오대산 단풍놀이를 갔다. 평일인데도 사람들이 많아서 월정사 입구 한참 전부터 차가 한 줄로 서서 기어갔다. 월정사 앞 주차장에 차를 세울 수 있을 것 같지가 않았다. 월정사 앞에 주차를 못 하면 위로 올라가서 주차해야 한다. 그러면 일주문에서부터 시작되는 전나무 숲길을 걷기가 곤란해진다. 우리는 주차비도 아낄 겸 월정사에 조금 못 미쳐 오대산 탐방지원센터 주차장에 차를 세웠다.

주차하고 조금 걸어가니 도로 중앙에 입장료를 받는 부스가 있었다. 모든 차량과 사람을 막고 입장료를 받고 있었다. 거액(?)의 입장료를 지불하고 통과하였다. 조금 더 가니 오른편에 '월정 대가람'이라고 현판을 붙인 일주문이 보였다. 일주문을 지나 우리는 전나무와 단풍나무가 울창하게 우거진 숲길로 들어섰다.

전나무 숲길은 햇빛이 쨍쨍한 한낮인데도 온통 그늘이어서 어두컴컴했다. 마치 열대우림에 들어온 듯하였다. 어린아이를 데리고 온 젊은 부부가 아이 사진을 찍어주는 모습이 정겨웠다. 우리처럼 부부가 온 사람도, 삼삼오오 친구들과 어울려 온 사람들도 있었다. 다들 기분이 한껏 좋아 보였다. 참으로 아름다운 숲 속 단풍 나들이 정경이었다.

1km가 좀 안 되는 전나무 숲길을 걷고 천왕문과 금강문을 통과하여 월정사 마당에 이르렀다. 마당 한가운데 있는 팔각구층석탑과 그 뒤 적광전을 둘러보고 월정사에서 나와 선재길로 가는 다리를 건넜

다. 다리를 건너면서 뒤돌아보니 월정사 뒷산이 온통 울긋불긋 단풍으로 뒤덮여 있었다. 선재길은 덱 길로 시작되었다. 왼편은 산, 오른편은 오대천 물이다. 걷는 길 양옆으로 단풍 천지였다.

산 아래와 물가에 심긴 나무들이 제각기 빨강, 노랑, 갈색 등 갖가지 색의 단풍으로 치장하고 있었다. 여전히 파란 잎을 생생하게 유지하고 있는 소나무와 고사리처럼 생긴 양치식물과 다른 야생 식물들도 있었다. 이들이 어우러져 울긋불긋 빛나는 단풍길을 만들어 내고 있었다. 선재길은 월정사에서 상원사까지 약 9km 거리의 오대천 계곡을 따라 걷는 아름다운 단풍길이다.

걷다 보니 점심때가 되었다. 길옆 한적한 곳에 우리 두 사람이 앉을 만한 자리를 찾았다. 마침 널찍한 바위가 보였다. 우리는 바위 위에 올라가 다리를 쭉 뻗고 앉았다. 바로 우리 앞에 붉고 노랗게 물든 단풍이 어우러져 있었다. 우리는 멋지게 물든 단풍을 바라보면서 준비해 온 과일과 김밥으로 점심을 먹었다. 아내와 나는 산에 갈 때는 어디를 가든지 간단하게 점심을 준비해간다. 때가 되면 바로 적당한 자리를 찾아 앉아서 점심을 먹을 수 있으니 좋다. 점심을 간단히 먹는 날 저녁은 아내가 고른 좋은 식당에 가서 잘 먹으니 아내도 좋아한다.

점심을 먹고 쉬면서 커피도 마시고 일어났다. 얼마 가지 않아 사진

작가인 듯 보이는 두 사람이 단풍 경치 사진을 찍고 있었다. 그 사람들이 찍는 곳을 쳐다보니 빨간 단풍과 노란 단풍이 나무에 불이 붙은 듯 활활 거리며 황홀한 빛을 발하고 있었다. 염치불구하고 한 사람에게 우리 둘의 사진을 부탁하였다. 그 사람은 친절하게도 우리가 서야 할 위치를 정해주고 멋진 사진을 세 장이나 찍어 주었다.

1.5km쯤 올라가니 상원사로 가는 도로로 나왔다. 도로를 건너니 그 옆으로 흐르는 계곡을 건너는 멋진 아치형 나무다리가 있었다. 나무다리 위에서 계곡의 상류와 하류 좌우에 물들어 있는 단풍을 감상하기에 딱 좋았다. 물가에 있는 단풍의 색깔은 더욱 선명하고 생기가 돌았다. 다리를 건너서 오르는 길은 자연스런 오솔길이었다. 이제는 오른편이 산이고 왼편이 계곡 물이 되었다.

조금 올라가니 왼편 물가에서 사진작가인 듯한 사람이 사진을 찍고 있었다. 물가로 내려가 보니 계곡 좌우 언덕이 온통 노랗고 빨갛게 물들어 있었다. 우리도 경이로운 단풍의 향연을 바라보고 사진에 담았다.

다시 길로 올라와서 걷는데 길옆에 '화전민 터'라는 표지판이 있었다. 옛날 화전민들이 일군 밭과 집의 흔적, 숯가마터가 이 근처에서 발견되었다고 한다.

우리는 계곡을 따라 계속 올라가 섶다리까지 갔다. 단풍을 감상하고 사진을 찍다 보니 시간이 지체되어 더 올라갈 수는 없었다. 섶다리에서 사진을 찍고 뒤돌아 내려오다가 계곡 물 옆 바위에 앉았다. 계곡 좌우에 있는 바위는 수천만 년 동안 온갖 풍상에 닳고 닳아 퇴색되었지만, 쇳물로 주조한 듯 견고해 보였다. 태고의 신비로움을 여전히 간직한 계곡에 앉아 있으니 불현듯 우리도 아주 먼 그 옛날 자연 속에 들어와 있는 듯하였다. 우리는 그렇게 늦은 오후 한적해진 계곡의 정취에 한없이 빠져 있었다. 해가 높은 산 뒤로 넘어가고, 내려가는 사람들의 소리가 들리지 않아서야 우리는 정신을 차리고 일어났다.

월정사 주차장에 도착하니 어둑어둑해졌다. 단풍놀이 온 사람들이 거의 다 빠져나갔다. 넓은 주차장에 차가 몇 대 남아 있지 않았다. 주차장 주위에 있는 가게들이 문을 닫고 있었다. 너무 어두워져서 전나무 숲길로 걸어서 나갈 수는 없을 것 같았다. 하늘이 뚫려 있어 그나마 빛이 남아 있는 오대천 옆길을 더듬어 걸어 나왔다. 일주문을 지나 오대산 탐방지원센터 주차장에 오니 완전히 어두워졌다.

강릉 대관령 소나무 숲길

6월 초 서울 선배 부부와 강릉 대관령 소나무 숲길에 갔다. 우리는 강릉 대관령 어흘리주차장에서 조금 더 올라가 삼포암주차장에 차를 세웠다. 주차장 위쪽 구석에 '삼포암'을 가리키는 팻말이 세워져 있었다. 다른 길은 없어서 그 길이 대관령 소나무 숲길로 가는 길로 여기고 따라갔다. 오르는 길의 바로 좌측에 흐르는 계곡 물소리와 숲 속에서 나는 새소리를 들으니 드디어 대관령 깊은 산속에 들어와 있음을 실감하였다.

조금 올라가니 폭포가 나왔다. 위로 올라가니 폭포가 하나 더 나오고 또 좀 더 올라가니 또 다른 폭포가 있었다. 세 폭포 다 그다지 높고 큰 폭포는 아니지만, 그래도 오랜 세월 동안 바위를 깎아 내린 흔적이 드러나는 멋진 폭포였다. 삼포암 폭포라고 불리는 이 폭포 셋을 지나 조금 더 오르니 계곡을 건너는 다리가 나왔다.

계곡의 다리, 솔숲교를 건너다가 멈춰 서서 위로 올려다보니 멀리 있는 산은 짙푸르다 못해 검게 보였다. 현대에 와서 사람들이 땔감을 하러, 또 먹이를 구하러 산에 들어갈 일이 없다 보니 인간의 발길이 거의 닿지 않은 산으로 느껴졌다. 아래로 내려다보니 계곡의 바닥을 이루는 바위와 이리저리 놓여 있는 크고 작은 돌들은 퇴색한 흰색 또는 희끄무레한 회색 톤이었다. 바위와 돌들 모두 장구한 세월의 흐름 속에 계곡 위에서 쏟아져 내려오는 물에 깎이고 닳고 닳아 매끈매끈해졌다. 수천만 또는 수억 년 동안 비바람과 겨울의 폭설과 추위를 온몸으로 버텨온 모습이 역력했다.

솔숲교를 건너 데크 쉼터에 다다랐다. 이정표를 보니 오른쪽으로 도로를 따라가면 대관령 자연휴양림 매표소였다. 우리는 노란색 선으로 표시된 대관령 소나무 숲길 6.3km를 걸으러 왔으니 정면으로 도로를 건너 데크 계단을 타고 산으로 올라갔다. 드디어 금강소나무 숲이 시작되었다. 올라가는 길의 경사가 좀 급했지만 걷기에 좋도록 매트를 깔아 놓았다. 오르는 길이 그다지 길지는 않아 금방 전망대에 도착하였다.

우리가 전망대에 올라서자 시원한 바람이 한 줄기 불어왔다. 그 바람에 사방을 둘러싸고 있던 무수히 많은 소나무들이 몸을 흔들고 사악사악, 치익치익 소리를 내며 우리를 반겨 주었다. 쭉쭉 자라 하늘을 향해 뻗어 오른 키 큰 소나무의 군무를 대하니 가히 환상적인 풍광이었다. 이런 자연의 경이로움을 보고 체험하고자 멀리서 찾아오고 땀 흘리며 올라오지 않았는가!

우리는 올라온 길 경사면에 쭉쭉 뻗어 자라고 있는 소나무들을 바라보며 심호흡을 하고 스트레칭을 했다. 소나무들이 내뿜는 산소와 피톤치드를 폐 속 가득 들이마셨다. 그곳에 앉아서 땀을 닦고 물을 마시며 모두들 만족해했다. 다시 일어나서 조금 더 오르니 삼거리가 나왔다. 왼쪽으로 1.7km 가면 대통령 쉼터, 오른쪽으로 40m 가면 솔고개였다. 우리는 대통령 쉼터, 왼쪽으로 방향을 잡고 나아갔다.

온통 소나무 숲이었다. 산책로 옆에 쓰인 '대관령 소나무 숲' 게시판을 읽어보니 현재 이곳 대관령 소나무 숲의 면적은 400ha(120만평)로 축구장 570여 개 수준의 규모란다. 이곳에서 자라고 있는 소나무는 약 14만 그루인데 평균 직경이 36cm, 높이 23m이다. 수령이 200~300년 된 소나무가 많은데 100년쯤 되는 소나무도 있다고 한다. 수령 100년쯤 되는 소나무는 일본강점기 때인 1922~1926년에 소나무 씨앗으로 파종한 것이라고 한다.

대관령 소나무 숲은 2000년 제1회 아름다운 숲 전국대회에서 '아름다운 천 년의 숲'으로 선정되어 공존상(우수상)을 수상하였다. 이 대회는 산림청에서 주관하는데 유한킴벌리에서 지원하고 사단법인 생명의 숲에서 실무를 담당하는 듯하다. 이곳의 소나무 숲은 봉화, 울진, 영양의 금강소나무 숲보다 늦게 알려졌지만 세 곳의 소나무 숲보다 훨씬 넓어 보였다.

오른쪽으로 내리막길을 조심조심 내려가니 삼거리가 나오고 왼쪽으로 0.58km 가면 대관령 옛길이라고 알려주는 이정표가 세워져 있었다. 좀 더 나아가니 숯가마(터)가 있고 그 앞쪽에 초가집이 있었다. 그 앞 계곡에는 물레방아를 만들어 놓았다. 우리는 세 곳을 다 둘러보고 벤치에 앉아 잠시 쉬었다. 다시 일어나 길을 따라가니 '금강송정(金剛松亭)'이라는 정자가 있었다. 우리는 조금 전에 쉬었기에, 또 마침 바로 우리 앞에 가던 두 사람이 그 정자로 올라가서 그냥 그 정자를 지나쳤다. 코로나 19 전염병이 하루에 600명 전후로 감염되고 있는 상황이다. 코로나 상황으로 낯선 사람을 만나면 서로 가까이 가지 않고 피하는 게 예의인 이상한 세상이 되어버렸다.

느리게 걷고 여기저기서 쉬고 놀다 보니 산행을 시작한 지 1시간 반이나 지났는데 전체 거리의 1/4이나 걸었을까? 대통령 쉼터가 있는 도둑재까지는 아직도 1.3km쯤 더 가야 했다. 우리는 속도를 내서 빠른 걸음으로 앞으로 나아갔다. 오르막을 힘들게 올라가면서 나무 사이로 하늘이 보이니 다 왔나 싶었는데 아니었다. 대통령 쉼터는 나오지 않고 방향을 바꾸어 또 다른 오르막이 나왔다.

두 번째 오르막을 올라서야 멀리 철제 구조물을 조립하여 높이 올려서 만든 덱 전망대가 보였다. 그 앞 넓은 터에 대통령 쉼터가 있었다. 대통령 쉼터는 2007년 4월 28일 노무현 대통령이 이곳에 올라와 쉬면서 이곳에 온 시민들과 담소하던 사진이 붙어 있는 장소였다. 우리는 노 대통령이 앉아 쉬면서 시민들과 대화하던 자리에 앉았다. 노 대통령의 말투로 흉내를 내면서 대화를 하기도 하며 그에 관하여 이야기를 나누었다.

1년 전 아내와 나는 광주 무등산(입석대-서석대)에 오르면서도 노무현 대통령의 자취를 만났다. 2007년 5월 19일 노 대통령은 증심사-장불재 구간을 등산하면서 당산나무 쉼터와 장불재에서 시민들과 만났다. 그는 국민에게 다가간 지도자였다. 이런 대통령이 또 나올까?

우리는 전망대로 갔다. 전망대는 멀리 강릉 쪽을 바라보는 자리였다. 소나무 숲 속에 철 구조물이 높이 세워져 있어서 자연경관을 해치는 모양새였다. 보기에 좋지 않았다. 우리는 거기서 부부끼리, 또 다른 사람에게 부탁하여 두 부부, 넷이 기념사진을 찍었다. 다시 쉼터 쪽으로 왔다. 대통령 쉼터 둘레로 멀리 뚝뚝 떨어져서 벤치들이 놓여 있었다. 평일이어서 사람들이 많지 않았다. 그중 한 벤치에 앉았다. 이 장소는 도둑재로 소나무 숲길 중 가장 높은 곳이다.

사방 아래에서 쭉쭉 뻗어 자란, 수를 셀 수도 없이 많은 소나무들이 우리를 향해 올라오는 듯 보였다. 고개를 젖히고 위를 올려다보니 한 그루 한 그루 소나무가 햇빛을 받아 광합성을 하려고 하늘에서 제각각 가지와 솔잎을 펼치고 있었다. 그런데 어떤 소나무도 다른 소나무 위로 올라가서 그 위에 가지와 잎을 펼치지는 않았다. 다른 소나무가 햇빛을 받는 공간을 침범하는 소나무는 단 한 그루도 없었다. 각각의 나무가 다른 소나무와 높이를 맞추고 제 영역을 지키고 있었다. 신비로운 나무의 세계를 보았다.

인간의 세계는 어떤가? 남들은 안중에도 없고 업신여기기까지 하면서 출세하고 돈 벌려고 나부대는 사람들이 있다. 우리는 그런 사람들을 언론 매체를 통하여 종종 본다. 자신이 필요로 하는 것은 다른 사람도 필요하다는 것을 인식하고 다른 사람의 영역을 침범하지 않아야 하는데…. 자연에서 보고 배우고 스스로 깨우치는 바가 크다.

소나무 숲 속 쉼터에서 자연에 취해 마냥 앉아 있다 보니 언제 그렇게 시간이 지났는지? 해가 서쪽으로 바짝 기울었다. 우리가 앉아 있는 숲 속에 햇빛이 수평으로 비쳐 들어오고 있었다. 주위에 대여섯 사람이 있었는데 언제 내려갔는지 아무도 없었다. 우리는 다음에 또

오기로 하고 아쉬움을 달래며 일어났다.

하산하는 길은 언제나 바쁘다. 나는 오후 늦게 일몰이 다가오는 시간에 산에서 내려갈 때마다 이런 생각이 들곤 한다. '우리가 죽음에 다가갈 때도 시간이 바쁘게 재촉할 것이다.' 그러니 사는 동안 잘 살아야 한다. 풍욕대를 지나 노루목이 쪽으로 가려니 줄을 쳐서 길을 막아 놓았다. 우리는 노란 색 주 노선 탐방길을 따라 내려가고 싶었으나 어쩔 수 없이 다래터 방향으로 내려갔다. 다래터를 지나 내려가니 야생화 단지가 있었다.

아내와 나는 최근 몇 년 동안 숲길을 찾아다니다 보니 부쩍 야생화가 눈에 들어온다. 야생화 단지에서 이 꽃 저 꽃들을 살펴보다 보니 어느새 어둑어둑해지고 있었다. 어둠이 깔린 숲길을 더듬어 내려오려니 자칫 넘어져 다칠까 위험하다는 생각이 들었다. 우리는 숲길로 내려가기를 단념하고 하늘이 열린 차도를 택하여 안전하게 하산하였다.

강릉 대관령 옛길

6월 하순 아내와 나는 1박 2일 일정으로 대관령 옛길을 걸으러 갔다. 인터넷을 찾아보니 이 길을 걷는 사람들 대부분이 대관령에서 출발하여 강릉시 성산면 어흘리 아래에 있는 대관령박물관 또는 에른스트 국제 학교로 내려갔다. 산행 거리와 시간은 대략 10.5km/5시간 또는 14km/6시간이었다. 그들은 단체로 산악회 버스를 타고 대관령에 도착, 하차하여 어흘리 쪽으로 내려갔다. 버스는 대관령에 등산객들을 내려주고 그들이 내려오는 곳에 가서 대기하는 모양이다.

아내와 나는 옛날 강릉 주변 영동지방 사람들이 대관령을 넘어 영서지방으로 또는 한양으로 올라가던 때 걸었듯이, 대관령 옛길을 걸어 올라가 보고 싶었다. 대관령박물관에서 출발하여 우주선 화장실 – 옛 주막터 – 목교 – 덱 쉼터 – 반정 – 성황당 – 대관령까지 올라갔다가 내려오려면 20km/10시간이 넘는 산행이다. 최근 몇 년 동안 우리는 10km/5시간 이상은 산행을 하지 않았다. 대관령박물관에서 우주선 화장실까지는 숲길이 아니고 포장된 도로다.

첫날 아내와 나는 차를 타고 전에 가봤던 어흘리주차장을 지나 대관령 치유의 숲 입구에 있는 우주선 화장실을 찾아갔다. 오후 3시가 지난 늦은 시간이어서인지 다행히 차를 세울 공간이 있었다. (우주선 화장실 앞에는 5~6대 정도밖에 차를 세울 공간이 없다.) 우주선 화장실에서 옛 주막터까지 1.5km이고 반정까지는 약 4.5km이다. 반정까지 올라갔다 내려오면 왕복 9km쯤 되는 거리이다. 우리는 반정을 목표로 하고 오르기 시작했다.

벼르고 벼르던 대관령 옛길이다. 기대한 대로 길 양옆과 하늘 위로 짙푸른 녹음이 둘러싸고 있는 운치 있는 숲길이었다. 옛길은 두 사람이 옆에서 함께 걸을 수 없을 정도로 폭이 좁았다. 조금 걷는가? 했더니 이정표가 세워져 있었다. 반정까지는 4.28km, 오른편으로 1.6km 가면 대관령 자연휴양림이고 왼편으로 조금만 가면 대관령 치유의 숲이다. 우리는 반정을 향하여 계속 나아갔다. 아내와 나는 앞서거니 뒤서거니 걸었다.

길을 따라 왼편으로 계곡이 흐르는데 계곡의 폭이 좁지 않았다. 좁은 곳은 10m 정도, 넓은 곳은 20m가 넘어 보였다. 아직 장마 전인데도 흐르는 물의 양이 적지 않았다. 계곡의 바닥은 넓은 하얀 바위였다. 그 위에 투명하다 싶을 정도로 깨끗한 돌과 모래로 정원을 꾸민 듯하였다. 우리는 아름다운 계곡과 맑은 물소리의 유혹에 끌려 계곡으로 들어갔다. 계곡 바닥 바위에 앉아 쉬면서 바라보는 계곡의 위아래는 유구한 세월을 거치면서도 꿋꿋하게 살아 있는 산들의 세계였다. 불현듯 우리는 이 영겁의 자연 속에 들어와 자연의 일부가 되었다.

다시 옛길로 돌아와 조금 더 오르니 삼거리가 나왔다. 이정표를 보니 우리는 1.2km 산속 깊숙이 들어와 있고 반정은 3.3km를 더 가야 했다. 왼쪽으로는 제왕산으로 가는 길이었다. 제왕산을 등산하면서 대관령에 오를 수 있는 코스이다. 오른편에 작은 집이 있는데 나중에 알아보니 숲 해설가들이 머무는 곳이었다.

삼거리 주위에 키 큰 나무들의 짙푸른 나뭇잎들이 온통 하늘을 가려서 아주 운치가 있는 숲 속이었다. 300m만 더 가면 옛사람들이 쉬던 주막터가 있다지만 우리는 그곳에 마련된 벤치에 앉지 않을 수

없었다. 뭐, 등산이 목적인가? 산속 옛길을 걸으면서 자연에 취해 인생의 아름다운 시간을 사는 게 목적이지! 아내와 나는 그곳의 풍광을 즐기면서 스트레칭을 하다가 체조를 했다. 신선한 산소를 많이 마시고 싶었기 때문이다.

다시 일어나 조금 걸으니 금방 옛 주막터가 나왔다. 한옥 초가집과 물레방아를 복원해놓고 그 앞에 연못을 조성하고 쉼터를 마련해 놓았다. 우리는 계곡에서 또 제왕산 갈림길에서 시간을 많이 보냈기에 그곳을 둘러만 보고 계속 나아갔다. 옛 주막터에서 100m쯤 가니 삼거리가 나오고 이정표가 있었다. 오른쪽 길로 1km 가면 대관령 소나무 숲길이고 직진하면 반정까지 2.8km이었다.

삼거리를 지나면서부터는 조금 경사진 길이었다. 약 500m쯤 올라갔을까? 목교가 나왔다. 아내는 힘이 들고 더웠는지 목교 아래 계곡으로 내려가서 찬물에 손을 담그고 잠시 쉬었다. 나는 아내에게 앞으로 1km 남짓 오르면 덱 쉼터이니 그곳에 올라가서 쉬자고 발길을 재촉했다. 계곡 위의 나무다리를 건너 산을 향해 오르니 계곡 물이 아래로 멀어졌다. 경사가 심해져 길을 지그재그로 만들어서인지 길은 산 속살을 파고 들어간 모양새이었다. 목교를 지나고부터는 은근히 가파른 등산길이 되어서 땀이 나고 걷는 속도가 느려졌다.

땀을 쏟으며 경사진 등산길을 200~300m쯤 올라갔을까? 덱 쉼터에 이르지도 못했는데 6시였다. 반정까지 가려면 2km쯤 더 올라가야 했다. 시간상 반정은 고사하고 700~800m 위에 있는 덱 쉼터까지도 가기 어려운 상황이었다. 쉼터까지 올라갔다 바로 내려온다 하더라도 차를 주차하여 둔 우주선 화장실에는 8시 반쯤 되어야 도착할 것 같았다. 하산하는 도중에 산속에서 어둠을 만나면 안 된다. 6월 하순으로 낮이 가장 긴 때이지만 산속에서는 더 일찍 어두워진다. 우리는 더 이상 오르는 것을 단념하고 발길을 돌렸다.

서둘러 내려오면서도 우리는 맑은 물과 수천만 년을 견딘 흰 바위들이 어우러진 신비한 계곡의 유혹에 또 이끌렸다. 옛길을 벗어나 고즈넉한 깊은 자연 속 계곡으로 들어갔다. 대관령의 깊은 산 속에 들어왔는데 어찌 쉽게 내려갈 수가 있겠는가? 저녁이 다 되어가는 시간이니 오가는 사람은 한 사람도 없었다. 우리는 계곡 물 앞 넓고 평평한 흰 바위를 찾아 등산화와 양말을 벗고 발을 물에 담그고 앉았다. 흐르는 물소리를 들으며 무아지경에 빠졌다. 결국, 우리는 8시가 넘어서 어둑어둑해질 무렵에야 주차장에 도착하였다.

우리는 대관령 자연휴양림에서 자고 다음 날 아침 차를 타고 반정으로 올라갔다. 반정은 옛 영동고속도로 옆에 있다. 현재 그곳에는 '대관령 옛길 반정'이라고 쓰인 표지석이 세워져 있다. 대관령 옛길을 걷는 사람들을 위하여 주차장과 쉼터, 화장실이 마련되어 있다. 반정은 대관령 옛길이 시작되는 지점에 있는 강릉의 구산역과 대관령 위에 있는 횡계역의 중간 지점을 가리키는 말이다.

옛날에 대관령을 넘는 사람들은 구산역과 제민원이 있던 마을을 지나면 더 이상 민가를 만날 수 없었다. 제민원은 관리나 상인 등 여행자들에게 숙식을 제공하던 곳으로 현재 대관령박물관 자리쯤에 있었다. 겨울에 대관령을 넘나들던 사람들이 예상치 못한 강추위를 만나 얼어 죽는 사고가 해마다 발생하였다. 강릉지방의 향리 이병화는 이를 안타깝게 여겨 이곳 반정에 개인 돈으로 주막을 열었다. 그 후로부터 겨울에도 여행자들이 안전하게 대관령을 지나다니게 되었다고 한다.

대관령을 자주 넘나들던 어흘리 마을 주민들과 장사꾼들이 그의 은혜를 기리려고 기관이병화유혜불망비(記官李秉華遺惠不忘碑)를 세웠다. 이 비는 반정 아래로 300m 정도 내려가면 볼 수 있다. 반정 아래에는 또 신사임당이 강릉 친정에 다니러 왔다가 이 옛길을 통하여 한양으로 올라가면서 지었다는 「사친시비」도 있다. 「유대관령 망친정」(踰大關嶺 望親庭, 대관령을 넘으며 친정을 바라보다.)이라는 시이다. 김홍도의 「대관령」 그림도 있으니 두루 찾아 돌아볼 만하다.

반정 주차장 옆 화장실 앞에서 도로를 건너면 국사 성황사로 오르는 등산로로 연결된다. 반정에서 성황사를 거쳐 대관령으로 오르면 대관령 옛길을 다 걷게 된다. 우리는 차를 운전하여 왔기에 차를 타고 대관령휴게소로 올라갔다. 휴게소 한편에 차를 세우고 왼쪽으로 올라갔다. 300m쯤 올라가니 1.5km를 가면 국사 성황사가 나온다는 이정표가 있었다. 또 다른 게시판에는 '바우길 1, 2구간 시작점입니다.'라고 적혀 있었다. 1구간은 선자령 풍차길이고 2구간이 대관령 옛길이다. 대관령 옛길의 코스를 보니 풍해 조림지를 거쳐 성황사로 간다고 되어 있는데 거리가 나와 있지 않았다. 나는 얼른 성황사로 가서 반정으로 내려가고 싶은 마음에 이정표가 가리키는 성황사 1.5km 방향으로 계속 갔다. 차량이 다니는 길이어서 걷기에 좋지 않았다.

20분쯤 걸었을까? 성황사에 다 왔는지 왼편에 주차장이 보였다. 그곳에 가니 길 오른편에 이정표가 있었다. 선자령 등산로 입구에서 1.2km 지점이었다. 이정표 뒤에 대관령 옛길 등산로 지도가 세워져 있었다. 짧은 계단을 올라 오솔길로 200m를 가서 도로를 건너면 반정으로 내려가는 길이다. 거기서부터 반정까지 1.6km 내리막길이다. 그 길이 지그재그로 그려져 있는 것을 보고 아내가 말했다. "아주 가파른 길인가 본데, 이런 길을 내려갔다가 다시 어떻게 올라오지요? 어제도 나무다리를 지나 길이 가팔라서 포기하고 내려갔는데, 내려가지 마요." 아내의 말을 듣고 나는 잠시 멈칫했다. '아니, 여기까지 와서 무슨 말을 하는 거야?' 그런데 다시 생각해보니 우리의 목적은 자연 속, 쾌적한 숲 속에서 걷고 노는 것 아닌가? 우리 걸음으로 1.6km 가파른 길을 내려갔다가 올라오려면 땀깨나 쏟고 2시간 이상 걸릴지도 모른다. 대관령 옛길을 다 걸어보면 좋겠지만, 아내가 힘들어하는 산행을 무리하게 해서는 안 된다.

우리는 반정으로 내려가려던 계획을 접고 지도를 살펴보았다. 풍해 조림지와 양떼목장을 거쳐 대관령 휴게소로 내려가기로 했다. 성황사 앞에서 왼쪽 길로 올라갔다.

경사가 거의 없는 숲길이었다. 오른편은 참나무이고 왼편은 소나무인 아름다운 길이었다. 400m를 가니 삼거리가 나오고 이정표가 세워져 있었다. 오른쪽으로 가면 선자령(4.2km)이고 왼쪽으로 가면 대관령 휴게소(1.9km)다. 우리는 그곳 길옆에 있는 벤치에 앉았다. 대관령의 아름다운 숲길을 걷고, 나무와 숲과 하늘을 보면서 앉아 있자니, 이보다 더 좋은 힐링이 어디 있을까 싶었다. 아내 말을 듣고 반정으로 내려가지 않기를 잘했다는 생각이 들었다. 그래, 내 주장을 너무 앞세우지 말고 아내는 물론이고, 다른 사람의 의견에 귀 기울이며 살아야 한다. 다시 한 번 깨우치고 다짐했다.

일어나 대관령 휴게소 방향으로 걸었다. 약간 내리막이고 길 좌우에는 3~4m 높이로 자란 잣나무들이 빽빽할 정도로 심겨있었다. '이 지역이 풍해 조림지인가?' 하는 생각이 들었다. 200m를 가니 또 삼거리가 나왔다. 오른쪽으로 가면 제궁골(1.4km)로 가는 길이고, 왼쪽으로 1.7km 가면 대관령 휴게소다. 이곳부터는 키 큰 잣나무 숲이 이어졌다. 얼마쯤 가자 가문비나무 숲과 키 작은 참나무 숲을 지나 양떼목장이 나타났다. 숲길을 걷다가 하늘이 뻥 뚫린 바깥세상으로 나오니 저 멀리 풍력발전기가 보였다. 목장 안에는 어린아이를 데리고 놀러 온 젊은 부부와 연인들로 보이는 커플들이 걷고 있었다. 참으로 평화스러운 모습이었다. 문득 '우리나라가 참 살기 좋은 나라구나!' 하는 생각이 들었다. 양떼목장을 지나 또다시 참나무 숲과 소나무 숲길을 걸었다. 15분쯤 걸었을까? 숲을 빠져나오니 아침에 본 바우길 1, 2구간 시작점이 있는 등산로 입구였다.

대관령 휴게소로 돌아와서 우리는 점심을 먹고 국민의 숲으로 갔다. 성황사–반정 구간 1.8km를 왕복하는 대신 국민의 숲에 가서 걷기로 한 것이다.

국민의 숲은 평창군 횡계3리에 있다. 낙엽송, 전나무, 가문비나무, 주목, 자작나무 등을 구분하여 심어 놓은 아름다운 숲의 동산이다. 숲 안에서 걷는 산책로의 거리는 4km쯤 된다. 아내와 나는 6월의 울창한 녹음 속에서 느리게 걸었다. 산딸기가 한창이었다. 아내는 빨갛게 익은 산딸기들이 모여 있는 숲 언저리를 그냥 지나치지 못했다. 우리 두 사람은 큰 나무 아래 덤불 속에서 산딸기 따 먹는 아이가 되기도 하였다. 산책로 옆에 있는 벤치에서 쉬기도 하며 우리는 시간을 잊고 저녁때까지 정령의 숲에서 놀았다.

강릉 괘방산

5월 하순 한음회 친구들과 강릉 바우길 8구간 '산우에 바닷길'을 걸으러 갔다. 이 길은 해파랑길 36코스이기도 하다. 모두 아홉 사람이 용인 후배의 집 앞 주차장에 모여 후배의 차 스타렉스 한 대로 출발하였다. 대구 선배 부부만 집안 행사로 오지 못했다. 바우길 8구간을 걷는 사람들은 통상 안인 안보등산길 주차장에서 출발하여 정동진까지 9.5km 거리를 걷는다. 그러나 이날 우리는 중간 지점인 등명낙가사 주차장으로 갔다.

우리는 거의 언제나 차를 갖고 다니기 때문에 차를 주차한 지점으로 원점 회귀하여야 한다. 등명낙가사 주차장에 차를 세웠으니 우리는 산을 타고 북쪽으로 안인 삼거리까지 등산하고 내려올 때는 해변도로를 따라 내려오기로 했다. 먼저 점심을 먹고 오르기로 하고 각자 싸온 도시락을 들고 해변 공원에 모여 앉았다. 다섯 집에서 싸온 다양한 반찬의 뷔페로 점심을 맛있게 먹으면서 누군가 농담을 했다.

"아니, 도시락 싸 갖고 밥 먹으러 서울과 경기도에서 멀리 강릉까지 왔는감?"

"누구랑 먹느냐가 중요하지요. 우리 한음회원들이 모여서 먹는다면 어디든 가지요. 여행 갈 때 여행지도 중요하지만 누구랑 가느냐에 따라 즐거움이 배가 되기도 하잖아요. 먹는 것도 마찬가지지요."

"하하.", "호호.", "히히."

우리 한음회 친구들은 모이기만 하면 즐거운 시간을 누린다. 점심

도시락을 비웠으니 배낭이 가벼워졌다. 물과 간식만 든 배낭을 메고 우리는 등명낙가사 방향으로 오르기 시작하였다.

등명낙가사(燈明落痂寺)는 신라 선덕왕 때(640년경) 자장율사가 창건하였다고 한다. 북의 고구려와 동쪽 왜구의 침입을 부처의 힘으로 막고자 세운 절이었다. 신라 말에 전쟁으로 소실되었다가 고려 초에 중창하였다. 조선 시대 들어서 숭유억불 정책으로 폐사되었다가 근래에 와서 재건되었다. 1956년에 중창하고 1970~1980년대에 여러 전각들을 세워서 오늘날 우리가 보는 사찰의 모습이 되었다.

우리는 사찰 관람은 하지 않고 괘방산(掛榜山)으로 올라갔다. 옛날에 이 지역 사람들이 과거에 급제하면 두루마리에 급제자의 이름을 이 산 아래 써 붙여(괘방: 掛榜) 알렸다고 해서 산 이름이 괘방산(掛榜山)이 되었다고 한다.

절을 지나 산으로 오르는 길은 흙길이 아니고 포장된 길이었다. 길옆 수풀에 산딸기가 한창이었다. 모두들 산딸기 따 먹느라고 앞으로 나아가지 않았다. 또 농담이 나왔다.

"아니, 산딸기 따 먹으러 강릉까지 왔나요?"

"점심 후식입니다. 호호."

사람들이 이 길을 많이 이용하지 않는지 산딸기가 그대로 남아 있었다. 우리는 산딸기를 실컷 따먹고 다시 오르기 시작했다.

포장도로에서 벗어나 산으로 오르는 길은 급경사였다. 그래도 긴 거리가 아니어서 다행이었다. 잠시 오르니 삼거리가 나오고 이정표가 세워져 있었다. 등명낙가사에서 1.7km 올라온 지점이었다. 북쪽으로 삼우봉까지는 1.1km이고 바우길 8구간의 남쪽 끝 지점인 정동진까지는 5.25km이었다. 우리가 가려는 북쪽 끝 지점 안인 안보등산길 주차장까지는 4km 남짓 되는 거리다. 삼거리에서 조금 걷는가? 했더니 어느새 왼편으로 괘방산(해발 339m)이었다. 정상에는 군 통신시설이 있어 막아 놓아서 접근할 수 없었다.

괘방산 정상을 지나고부터는 완만한 산길이었다. 길의 양옆으로는 소나무들이 많은데 참나무들도 적잖게 자라고 있었다. 산등성이를 타고 15분쯤 나아가니 삼우봉(해발 339m)이었다. 이곳에서 오른편 아래로 살짝 해안이 보였지만 우리 모두가 바다를 조망하면서 쉴 만한 넓은 장소는 아니었다. 우리는 잠시 서서 물을 마시면서 쉬고 다시 출발하였다.

삼우봉을 지나니 내리막길이었다. 다듬지 않은 산길이어서 조심조심 내려가야 했다. 10여 분쯤 내려가니 오른쪽으로 임해 자연휴양림으로 내려가는 포장된 길이 나왔다. 계속 앞으로 나아가 오르막을 오르면 패러글라이딩 활공장이었다. 우리는 활공장에 올라가서 동해를 바라보고 되돌아와서 임해 자연휴양림으로 내려가기로 했다.

활공장에 오르니 넓은 덱 전망대가 있었다. 아홉 사람이 모두 마음껏 활개 치며 놀 수 있는 장소였다.

청정한 바다와 자연 휴양림에서 상쾌한 바람이 불어왔다. 탁 트인 바다를 바라보며 상큼한 바람을 쐬니 가슴이 뻥 뚫리며 시원해졌다. 가슴 한구석에 웅크리고 있던 잡념들이 하나도 남김없이 다 날아가는 것 같았다. 멀리 보이는 깊은 동해는 짙푸른 색이었다. 가까이 해안의 바로 앞바다는 연한 녹색이었다. 우리 발아래로는 임해 자연휴양림과 통일공원이 보였다. 멋진 장소였다. 어디 가서 이렇게 완전한 힐링을 할 수 있을까? 이곳은 활공장이다. 하늘로 나는 장소가 아닌가? 모두가 떠올라 날고 싶은 기분이었다. 누가 먼저랄 것도 없이 한 사람 한 사람 두 팔을 하늘로 내저으며 뛰어오르기 시작했다.

나는 바다와 하늘을 배경으로 여자들 다섯이 하늘로 뛰어오르는 장면을 촬영하기 시작했다. 다섯이 한꺼번에 동시에 하늘 높이 떠오른 순간을 포착하려고 하니 쉽지 않았다. 사진을 찍는 나도 순간포착을 잘해야 했고 다섯 여자도 같은 순간에 떠올라야 했다. 촬영된 사진을 보고 완벽한 작품을 만들기 위하여 나는 덱 바닥에 누워서 사진을 찍고 또 찍어야 했다, 다섯 여자는 수도 없이 다시 또다시 뛰어올라야 했다.

짙푸른 바다와 창공의 파란 하늘이 맞닿은 수평선만 희뿌연 선이었고 그 아래로 또 그 위로 온통 파란 세상이었다. 이렇게 신기한 세계에서 다섯 여자들만이 창공으로 뛰어오르기를 반복하고 있었다. 활공의 춤추기를 하는 동안 다섯 여자는 이 세상 사람이 아니었다. 각 사람의 혼이 하늘 위에서 날아다녔고 몸뚱이만이 창공 위로 올라갔다 내려왔다. 신비로운 세계에서 끝없이 춤을 추었다. 이 세상에서는 맛볼 수 없는 황홀한 춤이었다.

하늘로 뛰어오르는 신비한 춤추기를 마치자 다섯 여자는 다 덱 바닥에 널브러졌다. 그럴 만도 했다. 황홀경에서 돌아와 다시 세상을 보니 눈앞이 어질어질하지 않았겠는가? 다섯 여자는 덱 바닥에 드러누워 다시 정신을 차리고 이 세상 사람으로 귀환하는 데 꽤 시간이 걸렸다. 이날 우리 한음회 친구들은 평생에 두 번 누릴 수 없는 추억을 만들었다. 활공장에서 마음껏 놀고 간식도 먹고 커피도 마시면서 쉬었다.

우리는 임해 자연휴양림 쪽으로 내려와서 휴양림을 돌아보고 통일공원으로 내려왔다. 통일공원에서 안보전시관에 들어가서 관람하고 동해안 해변도로(율곡로)를 따라 우리 차가 있는 남쪽으로 걸었다. 중간에 함정 전시관에 들렀다. 이곳은 1996년 9월에 북한의 잠수함이 우리나라의 주요 시설물을 정탐하러 왔다가 좌초된 장소이다. 좌초된 북한의 잠수함도 볼 수 있었다. 언제나 같은 민족인 두 진영이 자유롭게 왕래하며 사이좋게 잘 살 수 있으려나? 양편의 지도자와 그를 보좌하는 사람들이 민족의 역사를 염두에 두고 일하면 쉽게 풀릴 수도 있지 않을까?

해변도로(율곡로)를 따라 등명낙가사 주차장까지 걸었다. 집으로 돌아오면서 진부에 있는 산채 정식을 잘하는 식당에 들러서 저녁을 먹었다. 주인아저씨와 아주머니가 산에서 채취했다는 나물을 한 상 가득 올려주는 정식이었다. 운동 잘하고 잘 놀고 잘 먹고 행복 가득한 나들이였다.

태백 태백산 겨울 눈꽃 산행

1월 말 태백산으로 겨울 눈꽃 산행을 갔다. 지난해, 12월 겨울이 되고부터 눈 오기를 기다렸다. 인터넷으로 날씨 예보를 계속 검색하였다. 마침내 설 연휴 끝나는 월요일(대체공휴일) 오후부터 화요일 오전까지 강원도 산악지역에 많은 눈이 내린다는 예보를 보았다. 아내와 나는 화요일 아침에 큰 보온병 한 개와 작은 보온병 두 개에 뜨거운 물을 준비하고 과일과 빵 등 간식을 싸고 김밥을 사 가지고 태백산으로 출발했다. 우리 동네에는 전혀 눈이 오지 않았는데, 원주 옆을 지나니 치악산 봉우리에 눈이 쌓여 있었다.

고속도로 위에는 눈이 오지 않았는지 눈을 볼 수 없었다. 고속도로를 타고 가다가 제천 IC에서 빠져나왔다. 영월을 거쳐 태백으로 가는 도로 위에도 눈은 보이지 않았다. 태백산 유일사 주차장 10km 전쯤 오르막길을 오르자니 주위 산에 눈이 덮여 있고 도로가에도 눈이 쌓여 있었다. '눈발이 흩날려서 도로에 눈이 쌓이면 어떻게 운전을 하나?' 걱정하였지만 그치는 눈이었다. 이 지역에 전날 오후부터 이날 오전까지 내린 많은 눈은 도로 양옆으로 다 치워져 있었다.

유일사 탐방로 주차장 입구에 도착하니 차량이 들어가고 나오는 길과 대략 15대 정도 주차할 수 있는 공간만 눈이 치워져 있었다. 주차장은 꽤 넓었지만, 어제까지 명절 연휴이었던 데다 내린 눈이 워낙 많아서 다 치우지 못한 것이다. 다행히 등산객이 많지 않아 주차하는 데 문제는 없었다. 아내와 나는 뜨거운 물을 한 잔씩 마시고 작은 보온병 두 개에 가득 채웠다. 배낭을 메고 아이젠을 차고 스틱을 잡고 태백산 정상을 향해 출발하였다. 출발시간이 12시 15분이었다.

등산로 입구에 '태백산 국립공원 유일사 탐방로'라고 쓰인 명주석이 있었다. 아내와 나는 그 옆에 서서 기념사진을 찍었다. 등산로에 쌓인 눈의 깊이가 어림잡아 30cm 정도는 되지 않았을까? 쌓인 눈 위를 밟으면 등산화가 눈 속으로 쑥 들어가서 눈이 등산화 위 발목으로 들어왔다. 스패츠 준비가 안 된 우리는 아무 데나 밟으며 걸을 수가 없었다. 겨울에 선자령과 오대산, 계방산, 함백산, 월악산 등에 갔었지만, 이렇게 눈이 많이 쌓이지는 않았었다. 우리는 아침에 먼저 올라간 등산객들이 걸어간 발자국을 밟고 올라갔다.

등산로 초입은 낙엽송 지대였다. 나무의 둥치와 가는 가지 위에 내려앉은 하얀 눈이 그대로 있었다. 조금 더 올라가니 낙엽송 숲 옆으로 길가에 주목들이 줄 맞추어 심겨 있었다. 주목의 눈 쌓인 가지가 축 처져 땅 위의 눈에 잠겨 있었다. 그림에서만 보던 멋진 설경이었다.

벌써 하산하는 사람들이 있었다. 내려오는 사람마다 등산화 발목으로 눈이 들어오는 것을 방지하기 위하여 스패츠를 착용하고 있었다. 아내와 나는 스패츠가 없으니 내려오는 사람들을 만날 때마다 옆으로 비켜서 그들이 지나가기를 기다려야 했다. 올라가는 동안 우리는 내려오는 사람들 세 팀(여덟 사람)과 마주쳤다. 올라가는 사람은 우리와 거의 같은 시간에 주차장에 도착한 사람들, 7~8명 한 그룹이 있었는데, 그들은 벌써 올라가고 보이지 않았다. 그 후 우리를 추월해간 사람은 두 사람이 전부였다.

한참을 올라가니 길 양옆에 있는 나뭇가지들 위에 눈이 쌓여 우리가 걷는 길 위로 처져서 하늘을 가리고 있었다. 땅 위와 길 양옆, 우리 위로 하늘까지도 온통 하얀 눈의 세계였다. 이런 놀라운 설경 속에서 우리는 한가롭게 놀면서 올라갔다. 문득 얼마 전 눈 내린 동네 공원을 산책하면서 본 까치가 내 머리에 떠올랐다. 그날 까치 네 마리가 나뭇가지 위와 그 아래 눈 덮인 땅 위를 오가면서 놀고 있었다. 그 모습이 완전 자연 속에서 사는 생명체의 참모습이라고 생각되었다. 이날 우리도 산행 내내 자연 속의 순수한 생명체로 살지 않았을까?

왼편으로 민가처럼 보이는 태백사를 지나니 경사가 좀 가팔라졌다. 좀 더 올라가다 보니 오른편에 쉼터가 있었다. 우리는 쉼터 벤치에 눈을 치우고 깔판을 깔고 앉아서 쉬었다. 아예 점심으로 과일과 김밥을 먹고 뜨거운 커피를 마셨다.

다시 일어나 오르기 시작하였다. 산 위로 올라오니 산 초입보다는 눈이 더 많이 쌓여 있었다. 길 양옆에 있는 주목들이 온통 눈으로 뒤덮여 가지가 내려앉아 하얀 움막집 모양이 되었다. 그 뒤, 숲 속에 있는 나무들의 둥치와 가지에도 눈이 달라붙어 하얀 나무가 되었다.

우리는 체력에 맞게 쉬엄쉬엄 올라갔다. 유일사로 내려가는 지점에 있는 쉼터에 도착하였다. 좀 쉬려고 자리를 잡고 앉았는데, 쉼터가 칼등처럼 생긴 지형 위에 있어서 바람이 세차게 불어왔다. 오래 앉아 있을 수 없었다. 얼른 초콜릿을 먹고 뜨거운 물을 마시고 일어났다. 겨울산행 때는 에너지를 보충하고 체온을 올리는 게 중요하다.

우리는 좌측 장군봉-천제단 쪽으로 오르기 시작하였다. 오르는 길의 경사가 더 가팔라졌다. 우리는 50대에 거의 주말마다 산에 다녔다. 심신의 건강을 위하여 자연 속에 들어가서 즐겁게 산행을 한 것이지, 높은 산에 다닌 것은 아니었다. 설악산 대청봉이나 지리산 천왕봉같이 멀리 있는 높은 산에는 갈 생각도 하지 않았다. 또 백두대간을 등산한다든지 하는 정도로 큰 목표를 정하고 다닌 것도 아니었다. 우리는 그냥 가까운 산과 한음회 친구들의 근무지라든지 고향이라든지 그런 연고가 있는 산에 다녔다. 이렇게 험한 비탈길의 산은 몇 번 경험하지 못했다.

푹푹 빠지는 눈 덮인 비탈길을 옷을 많이 껴입고 걸으니 아내가 많이 힘들어했다. 결국, 아내가 더 이상 못 오르겠다고 혼자 다녀오란다. 그럴 수가 있는가? 나는 걷는 속도를 늦추고 조금 앞서가면서 아내에게 앞의 멋진 경치를 말해주며 힘을 북돋워 주었다. "조금만 더 가면 태백산에서 유명한 주목 군락지가 나와. 조금만 더 힘을 내." "저기 위에 주목이 나타나기 시작했어. 정말 멋지다!" 정말 주목 군락지가 나타나기 시작했다.

태백산 최고봉인 장군봉 조금 아래부터 주목 군락지였다. 온 나무들이 주목과 함께 상고대와 눈꽃을 피워 순백의 정원을 이루고 있었

다. 주목은 '살아서 천 년, 죽어서 천 년'이라고 하지 않는가? 이곳저

곳에 고목이 된 주목들과 수백 년을 살아온 직한 주목들이 하얀 옷을 입고 있었다. 눈이 시리도록 아름다운 광경이었다. 자연 속에 펼쳐진 이 멋진 겨울왕국의 모습을 사진에 담지 않을 수 없었다. 아내와 나는 각자 진기한 눈꽃을 피우고 있는 주목을 쫓아다니며 사진 찍느라 서로를 잃어버리기도 했다. 이런 멋진 광경을 만끽하고자 추운 겨울에 눈 쌓인 산에 오르는 것 아니겠는가?

장군봉에 도착하여 '태백산 최고봉 장군봉 1,567m'라고 쓰인 표지석 앞에서 서로의 사진을 교대로 찍어주었다. 지나가는 사람이 아무도 없어서 둘이 함께 사진을 찍지 못했다. 장군봉에서 300m쯤 더 가면 천제단이 있는 영봉이다. 가는 길은 평탄해서 힘들지 않았다. 그러나 나무가 많지 않고 나무의 키도 크지 않으니 매서운 바람과 함께 눈보라가 강하게 휘몰아쳤다. 이날 태백산 정상의 기온이 영하 3도쯤 된다고 했는데 체감온도는 영하 10도~15도는 되는 것 같았다.

천제단 앞에서 한 그룹의 산악회 사람들을 만났다. 태백산을 한자로 쓴 '太白山' 정상석 앞에서 사진 찍을 준비를 하고 있던 그들이 우리를 보고 반가워했다. 그들의 부탁에 내가 먼저 그 사람들의 단체 사진을 찍어주었다. 그 후 그들 중 한 사람이 '太白山' 정상석 앞에 선 아내와 나의 사진을 찍어주었다. 서로가 서로를 만난 게 큰 다행이었다. 그들도, 우리 부부도 함께 기념사진을 찍을 수 있었으니 말이다. 눈보라가 휘몰아쳐서 몹시 추웠다. 세찬 바람에 천제단 앞에서는 잠시 서 있기조차 어려웠다. 빰이 얼고 손이 곱아 왔다. 서둘러 천제단 위에 올라가 한 바퀴 돌아보고 기념사진만 찍고 하산하였다.

유일사 탐방로 입구에서 천제단이 있는 영봉까지의 거리가 4km다. 보통 등산객들이 2시간이면 오르고 1시간 반이면 내려온다고 한다.

그런데 이날 우리가 천제단 앞 '태백산'이라고 쓴 표지석에 도착한 시간은 4시였다. 12시 15분에 오르기 시작하였으니 거의 4시간이나 걸린 셈이다. 내려올 때도 하얀 나무로 변한 주목과 주위의 멋진 설경을 만나면 그 신묘막측함에 그냥 지나치지 못했다. 손이 얼어 두 손을 비비고 겨드랑이에 넣어 녹여가며 이날 하루에 찍은 사진이 100장이 넘었다. 주차장에 도착하니 6시였다. 겨우 해지기 전에 하산한 셈이다. 어둠이 깔리기 시작하면서 우리는 집으로 출발하였다. 환상적인 하루였다. 이렇게 눈 쌓인 멋진 날에 맞춰 아름다운 겨울 눈꽃 산행을 하다니! 역시 은퇴 후엔 시간이다. 돈과 명예가 결코 대신할 수 없다.

인제 원대리 자작나무숲

11월 초순이 지나면서 아내와 나는 가는 가을이 아쉬워 인제 원대리 자작나무숲에 갔다. 원대리 자작나무숲에는 몇 년 전 눈 쌓인 겨울에 한 번, 여름에 한 번 갔었는데 언제 가도 좋은 곳이다. 주차장에 차를 세우고 으레 다니는 임도(윗길)로 올라갔다. 자작나무숲으로 오르는 길 초입 우측 언덕 위에 하얀 둥치의 자작나무들이 보였다. 이것은 우리가 가보려는 자작나무숲이 아니다. 우리를 반기려고 나와 있는 초병과 같은 작은 자작나무숲이다. 이 작은 무리의 자작나무들은 방문자들의 열병을 기다리고 있듯이 잘 정렬하여 심겨 있었다.

올라가는 길 좌우에는 참나무들이 노랑과 밝은 갈색, 그리고 퇴색되어가는 어두운 갈색 잎을 여전히 달고 있었다. 나무에서 떨어진 낙엽들이 길 위를 덮고 있었다. 길이 꽤 오르막이었다. 전에 두 번이나 왔었는데 그때는 이렇게 오르막길이라 느끼지 않았다. 아내도 나도 숨이 차고 땀이 났다. 중간에 쉬지 않을 수 없었다. 우리는 중간에 있는 벤치에 앉아서 숨 좀 돌리고 물을 마셨다.

다시 일어나 올라가는데, 오르는 길이 꽤 멀게 느껴졌다. 전에 왔던 때는 자작나무숲까지 그렇게 많이 걷지 않았던 것으로 기억하는데…. 힘들게 올라가서 산의 정상에 도착하니 늦가을의 차가운 바람이 강하게 불어 왔다. 막힘없이 불어대는 바람 속에서도 햇빛을 받아 눈부시게 빛나는 단풍이 있었다. 아내와 나는 그냥 지나칠 수 없었다. 빨갛고 노랗고 밝은 갈색으로 알록달록 빛나는 단풍을 배경으로 사진을 찍었다.

바람을 피해 좌측 자작나무숲으로 얼른 내려갔다. 하늘을 향해 쭉 쭉 뻗어있는 하얀 둥치의 자작나무숲은 언제 봐도 멋지다. 노랗게 물든 자작 나뭇잎이 70~80%는 떨어진 듯했다. 우리는 자작나무 숲 속을 거닐었다. 넓은 자작나무숲을 지나 맞은편 언덕 쪽으로 가니 갈색으로 물든 단풍잎이 보였다. 자작나무의 하얀 둥치와 노란 단풍잎 그리고 단풍나무의 갈색 단풍잎이 어우러진 멋진 가을 풍경이었다.

가을은 물러가면서도 아름다움을 남긴다. 그 주역을 나무가 한다. 나무는 한 해 동안 애써 가꾼 열매를 필요로 하는 생명체에게 넘겨준다. 이파리와 가지도 모든 생명체의 근원이 되는 흙에게 준다. 세상의 온갖 풍상에도 이 모든 일을 말없이 하는 나무, 이렇게 살아가는 나무의 단순한 삶이 나는 좋다. 이형기의 시 「낙화」가 떠올랐다.

낙화

가야 할 때가 언제인가를
분명히 알고 가는 이의
뒷모습은 얼마나 아름다운가

봄 한 철
격정을 인내한
나의 사랑은 지고 있다

분분한 낙화…
결별이 이룩하는 축복에 싸여
지금은 가야 할 때

무성한 녹음과 그리고
머지않아 열매 맺는
가을을 향하여
나의 청춘은 꽃답게 죽는다

헤어지자
섬세한 손길을 흔들며
하롱하롱 꽃잎이 지는 어느 날

나의 사랑, 나의 결별

샘터에 물 고이듯 성숙하는
내 영혼의 슬픈 눈

내려올 때는 탐험코스(1.2km)를 따라 내려왔다. 이어서 연결되는 아랫길 임도(2.7km)로 내려오니 올라갈 때보다 더 멀게 느껴졌다. 내려와서 안내 표지판을 보니 내려온 거리가 3.9km이었다. 올라가는 윗길 임도의 거리가 3.2km이니 내려올 때 700m 정도 더 걸었다. 오르고 내려온 거리를 합치면 7km 남짓이었다.

전에 두 번이나 왔던 때는 이렇게 많이 걸은 것 같지 않았다. 기껏 편도 2km, 왕복 4km 정도나 될까? 하고 짧게 여겼는데. 길은 그대로인데 내 나이가 들었음을 몸이 말해주는 것 같았다. 멀리 돌아와서 다리가 아프다고 투덜거리는 아내의 잔소리를 들으면서 내려왔다. 아내도 나이가 들었는가 보다.

동홍천 공작산 수타사 생태숲과 산소길

9월 중순 어느 날 아내와 함께 동홍천으로 귀촌한 직장 선배를 방문하였다. 마침 송파에 사는 친구 부부도 이날 시간을 낼 수 있다고 해서 함께 갔다. 선배가 이사한 곳은 시골 사람들이 사는 마을이 아니었다. 서울과 수도권 사람들이 귀촌하였거나 주말에 찾아가는 별장지대 같은 곳이었다. 선배의 집 전체 부지는 250여 평인데 건물(집)이 40평, 집 앞 잔디마당이 60평, 집 옆으로 150여 평의 밭이 있었다.

집 구경을 하고 형수님이 준비한 맛있는 점심을 먹고, 우리 세 부부는 공작산 수타사로 갔다. 수타사는 큰 절은 아니었다. 신라 때 창건하였다고 하는데 1592년 임진왜란 때 전소되어 폐사되었다. 40여 년이 지난 1636년(인조 14)에 대적광전을 다시 짓고 1683년(숙종 9)에 다른 전각들을 추가하여 현재에 이르고 있다. 우리는 사찰을 둘러보고 공작산 생태숲으로 갔다.

생태숲에서 넓은 구절초 꽃밭을 만났다. 몇 년 전부터 9~10월이 되면 구절초 꽃이 인기다. 정읍 구절초 축제가 인기를 끌자 이곳저곳

지방마다 구절초 꽃밭을 가꾸어 놓고 가을이 되면 관광객들을 부른다. 우리 세 부부 다 나이가 60이 넘었지만 그래도 구절초 꽃밭 가운데 들어가서 부부끼리 사진을 찍었다. 나이 들어가면서는 오늘이 가장 젊은 날이라고 하지 않는가? 꽃 속에 파묻혀 웃음꽃을 피우며 둘씩 짝지어 찍은 세 부부의 사진이 젊고 멋지게 나왔다.

우리 세 사람은 1985년 해외 근무지 싱가포르에서 만났다. 각자 맡은 업무는 달랐지만 서로 돕기도 하고 다투기도 하면서 친해졌다. 우리는 젊었던 시절에 있었던 옛날이야기를 나누며 생태숲을 걸었다. 길가에 그리고 잔디밭 안에 세워 놓은 깜찍한 조형물들을 보면서 걷다가 나무 그네 의자를 발견했다. 그냥 지나칠 수 없었다. 또 나무 그네 의자에 부부끼리 앉아서 사진을 찍었다.

이날 우리는 대학교 1학년 때 단체 미팅 후 세 쌍이 공원에 온 듯한 기분이었다. 우리는 연이 심긴 연못 가운데로 난 덱 길을 걷다가 양옆의 난간에 앉아서 담소하며 놀았다. 연꽃은 다 떨어졌지만, 여전히 초록색의 넓은 연잎은 꼿꼿한 줄기에 붙어서 세상을 향하여 활짝 가슴을 펴고 있었다. 산에 들어와서 초록색을 많이 보니 눈도 맑아지고 마음도 상쾌해졌다.

우리 셋은 다 은퇴 후 가진 것은 많지 않지만, 일자리에 연연하지 않는 공통점이 있다. 우리는 많든 적든 젊어서 벌어 놓은 것 갖고 노후를 조용

히 살고자 한다. 60 중반이 넘어서 먹고 살 만한데도 일자리를 찾는 사람들이 있다. 자본가들이 만들어 내놓는 상품들의 유혹에 넘어가지 않는다면 여생을 사는 데 큰돈이 들지 않는데…. 소박하고 단순한 삶이 오히려 행복을 가져다준다. 우리는 세상사를 다 초월한 것처럼 이야기를 나누다가 산소길을 걷기로 했다.

산소길은 생태연못에서 출발하여 왕복 4km가 채 되지 않는다. 한 시간 반이면 다녀올 수 있다. 우리는 우측 산 쪽에 난 길로 올라갔다. 생태숲 끝에 있는 정자를 지나니 왼편으로 덕지천 계곡이 흐르는 호젓한 오솔길이었다. 조금 가다 보니 '궝소'에 대한 안내판이 궝의 그림과 함께 세워져 있었다. '큰 통나무를 파서 만든 소 여물통을 궝이라 한다. 옆 계곡의 암반에 생긴 협곡이 마치 궝과 같이 생겼다 하여 궝소라 불린다.' 계곡 바닥을 쳐다보며 궝소를 찾아보았다. 꼭 닮지는 않았어도 내가 시골에서 봤던 소 여물통을 생각하며 보니 그럴듯하게 보였다.

조금 더 올라가니 왼편으로 계곡을 건너는 출렁다리가 있었다. 다리 앞에 있는 이정표를 보니 출렁다리를 건너지 않고 계속 올라가면 마을이 나오고, 다리를 건너면 등산로가 있단다. 계곡을 따라 더 걷거나 등산을 할 수 있다. 하지만, 우리는 그렇게 한정 없이 놀 수는 없으니 출렁다리를 건너 내려오기 시작했다.

계곡 옆으로 길을 내기 어려운 데는 덱 길을 설치해 놓아서 걷기 좋았다. 한참 내려오다 보니 계곡에 '용담'이라는 물이 깊은 소(沼)가 있었다. 깊이를 헤아릴 수 없을 정도로 깊고 옛날에 용이 승천했다는 전설이 있는 깊은 웅덩이였다. 우리나라에서는 풍광이 좋은 계곡에 가면 용추, 용소 등, 용으로 시작되는 폭포와 소(沼)가 있다. 자연의 신비스러움을 인간의 머리로 충분히 설명할 수 없는 경우가 있다. 그렇다

보니 용이라는 상상 속 동물을 만들어서 갖다 붙이지 않았을까?

산소길을 걷고 수타사 뒤쪽 계곡 물 건너편으로 내려왔다. 옥수암으로 오르는 길을 지나 치유 쉼터로 들어가니 잣나무 숲이 우거져 어두컴컴했다. 수타사와 생태숲, 그리고 산소길에서 오래 놀지도 않았는데 어느덧 저녁 으스름이 시서히 밀려왔다. 저녁을 먹고 헤어지고 싶었으나, 우리는 모두 그 시간까지도 배가 그득했다. 선배네 집에서 점심을 워낙 맛있게 배불리 먹었기 때문이다. 무슨 저녁을 먹겠는가? 형수님이 밤도 한 소쿠리 삶아 내놓았는데 몇 개 먹다가 배가 불러서 두 집에서 다 싸 갖고 오지 않았는가?

세 부부 다 서로가 저녁을 사고 싶은 마음이었다. 선배는 우리가 멀리서 왔는데 저녁 시간에 저녁을 못 먹여 보내자니 아쉬운 마음이다. 우리는 점심으로 시골 돼지고기와 산나물로 귀한 음식을 대접받았으니 우리가 저녁 대접을 하고 싶었다. 그러나 시골 동네여서 식당도 보이지 않았다. 송파 친구 부부와 우리 부부는 다음 기회에 시간을 좀 더 많이 갖고 다시 오기로 하고 차에 올랐다.

둔내 태기산

몇 년 전 수도권에 있는 집을 정리하고 평창으로 이주한 친구가 있다. 3년 전인가? 그 친구가 태기산 정상에 오른 사진을 친구들 단톡방에 올렸다. 그때 나는 처음으로 태기산이라는 산 이름을 들었고 풍력발전기가 그 산의 상징물처럼 세워져 있는 사진을 보았다. 5월 중순 우리 가족은 평창으로 가족여행을 갔다. 그때 횡성 호수길을 걸으면서 태기산이 근처에 있다는 것을 알았다.

5월 하순 아내와 나는 1박 2일 일정으로 횡성 둔내 여행에 나섰다. 첫날 태기산에 오르기로 했다. 태기산(泰岐山)은 해발 1,261m로 횡성군, 평창군, 홍천군, 3개 군에 걸쳐 있는 산이다. 원래의 이름은 덕고산(德高山)이었다. 진한의 마지막 왕, 태기왕은 박혁거세가 이끄는 신라군에 밀려서 이곳까지 후퇴하였다. 그는 이 산에 산성을 쌓고 재기를 노리면서 항전하였다. 그 후 이 산을 태기산으로 부르게 되었다고 한다. 우리는 차를 타고 해발 980m의 양두구미재로 올라갔다. 경찰전적비 앞 광장에 주차하고 간식거리가 든 배낭을 메고 오르기 시작하였다. 이 길을 산철쭉길이라고 한다.

길은 약간 오르막이었지만 잘 닦아놓은 임도였다. 오르면서 오른편은 산등성이고 왼편은 골짜기였다. 왼편으로 키 큰 소나무와 참나무들이 골짜기 가득 자라고 있었다. 나무마다 봄기운을 받아 새잎을 틔우고 초록으로 숲 속을 물들이니 사람이 들어간 흔적이 없는 원시림 같았다. 조금 오르니 임도 좌우 옆에서 풍력발전기가 휘익휘익 돌고 있었다. 평일이어서 오가는 사람이 없으니 우리 둘만 높고 깊은 산 속 잘 닦여진 길을 걷고 있었다.

거의 한 시간쯤, 2km 정도 올랐더니 오른편 앞에 작은 모형 풍력발전기가 줄지어 서 있었다. 그곳에서 이정표를 보니 산철쭉길과 태기산성길을 잇는 청정체험길 2.5km가 시작되는 지점이었다. 계단을 올라 그 길로 들어가 보니 완전 다른 세계였다. 지금까지 올라온 산철쭉길이 넓은 임도인데 반해 청정체험길은 완전히 밀림 속으로 낸 길이었다. 좁은 길 양옆으로 참나무와 물푸레나무가 교목이 아닌 관목의 형태로 자라서 산속이 빽빽했다.

세상에! 이 두 나무는 원래 큰 둥치 하나로 자라다가 어느 정도 높이 올라가서 옆으로 가지를 뻗는 교목이 아닌가? 그런데 이곳이 해발 1,142m 봉우리 바로 아래여서인지 참나무와 물푸레나무가 교목의 형상이 아니었다. 키가 작고, 큰 둥치가 없이 밑동에서부터 6~8개의 가지가 나와서 자라고 있었다. 환경에 따라 다르게 적응하는 생명체의 신비한 힘을 느꼈다. 우리는 키 작은 활엽수 밀림 속에서 자연의 신비로움을 느끼며 앉아 쉬었다.

청정체험길의 신비한 숲에서 나와 태기산 정상을 향하니 내리막이었다. 내려갔다가 또다시 오르막을 오르고 조금 더 가니 (1km쯤 갔을까?) 정면에 노랑, 빨강, 파랑, 그리고 흰색의 큰 글씨로 '자연과 역사가 공존하는 태기산 국가생태탐방로'라고 쓰인 멋진 글자판이 서 있었다. 이곳은 태기왕 전설길과 합류하는 삼거리였다. 조금(400m) 더 가니 낙수대 계곡 길과도 만나는 삼거리가 있었다. 이제 1.2km만 더 가면 태기산 정상이다.

300m 정도 나아가니 오른편 언덕에 예쁜 새 두 마리와 큰 소 한 마리의 조형물이 있었다. 그 언덕을 끼고 오른쪽으로 길이 완전히 'U' 자형으로 굽어졌다. 걷기에 좋은 마사토 흙길이 이어졌다.

조금 더 가니 왼편으로 '조릿대길'이라는 게시판과 노란색과 하늘색 작은 새 두 마리의 솟대가 앙증맞게 세워져 있었다. 그 길로 들어서니 덱 길로 걷기에 좋고 완전 숲길이었다. 쭉쭉 뻗은 소나무와 참나무에는 커다란 매미, 풍뎅이 등 곤충들의 모형을 붙여 놓았고 그 나무들 아래는 온통 조릿대밭이었다.

그 숲을 빠져나와 조금 더 나아가니 또다시 왼편으로 '양치식물길'이라고 표시되어 있었다. 그 길로 들어가니 역시 걷기 좋은 덱 길을 만들어 놓았다. 덱 길 양옆으로는 소나무와 참나무 숲이었고, 나무들 아래는 고사리 모양의 양치식물 세상이었다. 녹색의 양치식물 밭 속에 다람쥐와 토끼, 노루와 사슴, 호랑이의 예쁜 조형물들이 있었다. 멋진 동화의 세계였다. 아내와 나는 덱 길 옆 쉼터 벤치에 앉았다. 지나가는 사람은 아무도 없었다. 그 동화의 숲 속에서 아내와 나는 마냥 앉아 있고 싶었다. 하지만 유한한 인생길을 사니 일어날 수밖에….

숲에서 나오니 드디어 태기산 정상이었다. '태기산 해발 1,261m'라고 쓰인 정상석과 멀리 보이는 풍력발전기를 배경으로 사진을 찍었다. 양두구미재 산길 초입에서 두 커플을 보았을 뿐 4.3km의 산길을 올라오면서 우리는 아무도 만나지 못했다. 정상에 올라온 사람도 없어서 아내와 나는 태기산 정상 인증샷을 둘이 함께 찍을 수 없었다.

내려오는 길가에 드문드문 둥굴레와 금낭화 등 야생화가 수줍은 자태로 피어 있었다. 푸른 산과 맑은 하늘, 그리고 둥둥 떠 있는 흰 구름이 자연 속의 우리를 감싸고 있었다. 우리는 그 순수한 자연 속에서 자연의 일부가 되었다. 그 속에 인공물인 거대한 풍력발전기만이 이방인이었다. 높고 깊은 산 속에서 걷기 좋은 길 왕복 9km를 네 시간에 걸쳐 느리게 걸은 트레킹이었다.

둔내 청태산 자연휴양림 건강숲길

여행 둘째 날 우리는 청태산 자연휴양림 건강숲길을 걸었다. 당초 우리의 계획은 해발 1,194m의 청태산에 등산하는 것이었다. 그런데 청태산 자연휴양림 브로슈어를 보니 청태산의 6~7부 능선을 걷는 건강숲길이 있었다. 거리도 5.2km로 등산로에 비해서 짧지 않았다. 등산로는 모두 5개 코스가 있는데 4개 코스는 왕복 4~5km 정도이고 5코스 등산로는 왕복 7.1km이었다.

우리는 땀 흘리며 해발 1,200m 가까이 되는 산 정상에 오르기보다는 산 중턱을 잇는 건강숲길을 느리게 걷기로 했다. 아내는 사람이 살기에 가장 좋은 고도가 해발 700~800m라고 말해왔다. 이곳 건강숲길이 바로 그 높이에 조성된 아주 쾌적한 산책길이 아닐까?

우리는 휴양림 지도를 보고 주차장에서 오른쪽 야영장 방향으로 걷기로 했다. 그런데 방 열쇠를 반납

하면서 직원에게 물으니 제1산림문화휴양관 뒤편 데크 길로 올라가라고 했다. 차를 중앙 주차장에 세우고 관리 직원이 말한 대로 우리는 데크 길로 올라갔다. 잣나무가 울창한 숲 속에 지그재그로 데크 길을 만들어 놓았다. 남녀노소 누구나 걷기 좋은 길이었다. 휠체어나 유모차도 다닐 수 있는, 경사가 아주 완만한 길이있다. 잘 조림된 잣나무에서 피톤치드가 뿜어져 나오는 듯했다. 우리는 심호흡을 하면서 데크 길을 걸었다.

데크 길이 끝나고 조금 더 나아가자 사거리 갈림길이 나왔다. 위로 계속 올라가면 청태산 정상으로 가는 2등산로이고, 데크 길도 좀 더 이어진다. 왼쪽으로 가면 3, 4, 5등산로로 올라갈 수 있는 건강숲길, 오른쪽으로는 1등산로와 야영장으로 가는 건강숲길이다. 우리는 왼쪽 건강숲길로 들어섰다. 여전히 잣나무 숲이 이어졌다. 조금 걷자니 길 양옆으로 산죽 즉 조릿대가 무성하게 자라고 있었다.

건강숲길을 어느 정도 걷다 보니 잣나무 숲이 끝나고 낙엽송 지대가 나타났다. 이곳은 깊은 산 속이어서 옛날에 농사지을 땅이 없는 사람들이 들어와 화전을 일구고 살던 곳이다. 정부에서 1960년대에 화전을 정리하고 1970년대에 이곳에 나무를 심었다고 하니 50년 가까이 된 나무들이 우거진 숲길이다.

건강숲길을 걷다 보니 길옆에 '다람쥐가 심은 잣나무'라는 게시판과 함께 둘레줄 안에 잣나무가 심겨 있었다. 이 잣나무는 이곳에서 약 20m 떨어진 바위틈에서 자라고 있던 어린 잣나무를 옮겨 심은 것이라고 한다. 다람쥐가 월동 식량으로 저장해둔 잣 중 찾아 먹지 못하고 남은 잣이 봄이 되자 싹이 터서 자란 것이다. 자연 속에서 각각의 생명체마다 종을 이어가는 방법이 참으로 신비롭다. 자연 속 생명체들이 꽃과 나비(벌)처럼 서로 다른 종 간에도 알게 모르게 상부상조하면서 살고 있음을 새삼 알게 되었다.

우리 인간이 살아가는 원리도 다를 바 없다. 모든 생명체가 서로서로 주고받으며 어울려 산다. 출세하고 돈을 많이 번 사람들 중 제가 잘나서 잘된 줄로 여기는 사람들이 있다. 그런 사람들을 보면 안쓰러운 생각이 든다. 그가 성공하기까지 부모와 형제자매, 친구들과 주위 사람들의 지원이 없었을까? 직접적이든 간접적이든 서로서로 영향을 끼치고 받으며 산다. 자연에서 상부상조하는 관계를 보고 겸손함을 배워야 한다.

어느덧 걷기 좋은 마사토 흙길이 끝나고 아스팔트 포장길이 나왔다. 내리막 포장길을 걸어서 주차장으로 돌아왔다. 흙길을 걷다가 포장된 길을 걸으려니 발이 피곤했다. 다음에는 포장길로 내려오지 않고 다시 청태산의 6~7부 능선 길로 올라가서 왔던 숲길을 되돌아 한 번 더 걸어야겠다. 그리고 덱 길로 내려가지 않고 야영장 쪽으로 주욱 돌아서 주차장으로 가야겠다. 그러면 건강숲길을 7km 이상 걷게 되니 훨씬 더 좋지 않겠는가!

우리는 시간적으로 여유가 있었다. 처음에 야영장 쪽으로 가지 않았기에 그쪽 길로 들어갔다. 조금 들어가니 자작나무 숲이 보였다. 와우! 안 와봤으면 후회할 뻔했다. 인제 원대리나 영양 죽파리에 있는 자작나무숲과는 비교할 수 없는 작은 숲이었지만, 빽빽하게 조림된 하얀 자작나무들을 보니 시원하고 상쾌했다. 자작나무숲을 지나 야영장에 가니 잣나무 숲 아래 여기저기 야영 덱이 설치되어 있었다. 야영 왔던 사람들이 11시에 철수했으니 아무도 없었다.

아내와 나는 계곡 옆 넓은 야영 덱에 올라앉았다. 다음 사람들이 들어오는 3시까지는 이 야영장 동네가 전부 우리 차지이다. 우리는 야영장 덱에서 시간을 보내고 둔내 장에 가서 점저(점심과 저녁) 내지는 이른 저녁을 먹기로 했다. 배낭에서 남은 간식을 꺼내 먹고 편하게 뒹굴거리며 놀았다. 숲 속의 깨끗한 산소를 실컷 들이마시고 피톤치드로 몸 구석구석을 깨끗이 했다.

태기산이 있는 평창과 횡성은 겨울 여행지로도 각광을 받는다. 겨울에 눈 내리면 태기산과 청태산 자연휴양림에 다시 와보고 싶다. 은근한 오르막과 내리막이 있는 숲 속에 눈이 쌓인 길을 걸어보고 싶다. 이제는 산 정상을 향해 헉헉거리며 오르기보다는 주위를 관찰하고 멀리 바라보고 생각하면서 천천히 걷는 게 더 좋다.

횡성 호수길 5구간

5월 가족여행으로 평창에 갔다. 첫날 봉평에 가서 이효석 문학관과 그의 생가(터), 소설『메밀꽃 필 무렵』에 나오는 여러 장소들을 돌아보았다. 둘째 날 대관령 하늘목장에 가서 양과 소, 말들이 풀을 뜯고 있는 넓은 목장을 돌아보면서 놀았다. 집으로 돌아오는 날 횡성호수길 전체 6개 구간 중 5구간 '가족길'을 걸었다.

이 구간은 다른 구간과 다르게 원점으로 회귀하는 코스다. 출발지점인 주차장으로 되돌아와서 좋다. 넓은 호수 가운데로 돌출되어 있는 산의 가장자리를 따라 만든 9km나 되는 아름다운 수변 산책로이다. A 코스와 B 코스로 나누어져 있는데 각각 4.5km씩이다. 시간상 또는 체력상 9km를 다 걷기가 어려운 상황이면 A 코스 4.5km만 걸어도 좋다. A 코스는 B 코스보다 상대적으로 지형이 높은 지역이어서 되돌아오는 길에 오르막과 내리막이 있는 반면에 B 코스는 평탄한 호숫가 산책길이다. A 코스를 지나서 B 코스가 있기 때문에 B 코스만 돌 수는 없다.

우리는 횡성 망향의 동산으로 가서 그 앞에 차를 세웠다. 망향의 동산은 2000년 횡성댐 건설로 물에 잠긴 갑천면 5개 마을의 주민들이 겪은 망향의 아픔을 달래고자 만든 작은 동산이다. 앞에 기념비 '희망의 나비' 조형물이 있고 그 뒤에 화성 옛터 전시관이 있다. 수몰지역에 있던 문화재, 중금리 3층 석탑 2기가 이전, 건립되어 있다. 화성 옛터 전시관에는 1990년대 중반 이전에 수몰지역에 살던 사람들의 집과 생활상을 보여주는 사진, 농경문화 생활도구들이 전시되고 있다. 호숫가에는 호수를 조망하며 쉬기 좋은 화성정이라는 정자가 있다.

화성정에서 주위의 푸른 산과 파란 하늘을 담고 있는 넓은 횡성호수의 아름다운 풍경을 보니 어서 빨리 그 풍경 속으로 들어가고 싶었다. 안내 게시판을 따라서 5코스 입구로 갔다. 입구에 매표소가 있고 어른 2,000원씩 입장료를 받았다. 웬 입장료…? 그런데 바로 같은 금액만큼 횡성군 관광 상품권으로 내주었다. 인근 식당이나 가게에서 바로 사용할 수 있단다. 횡성군에서 지역 상인들을 위하여 좋은 일을 하고 있는 것 아니겠는가?

우리는 호수를 오른편에 두고 걷기 시작했다. 얼마 가지 않아서 안내 팻말에 출발점이 왼쪽, 도착점이 오른쪽으로 표시되어 있었다. 혹시라도 발생할 수 있는 코로나 19 전파를 염려하여 탐방객들이 마주치지 않도록 한쪽으로 걷도록 안내하는 것이리라. 우리는 호수를 뒤로하고 왼쪽 숲길로 들어갔다. 얼마 가지 않아서 호수가 앞에 나타나고 길이 오른쪽으로 휘어지면서 호수가 왼편으로 펼쳐졌다. 오른편은 산이요, 왼편은 호수인 아름다운 산책길이 이어졌다.

걷다 보니 중간중간 길옆에 (넘어져 죽은) 자작나무로 귀여운 동물 모양과 사람 형상을 만들어 세워 놓았다. 또 길옆에 앙증스런 나뭇잎 모양의 의자와 나비 모양의 의자를 마련해 두었다. 조금 더 걸었더니 왼편 호숫가에 원두막이 있었다. 그 옆에 우리가 어린 시절에 놀았던 놀이를 재현한 조형물이 설치되어 있었다.

아이들의 익살맞은 표정을 보니 어릴 적 옛 친구들의 얼굴이 떠올랐다. 동네 빈터나 골목에서 세상 물정 모르고 재미나게 함께 놀던 친구들…. 지금은 다들 어디 사는지? 어른들은 어쩌면 닥치지도 않은 미래의 일들을 앞당겨서 염려하느라 현재를 제대로 살지 못하지 않나? 하는 생각이 들었다. 어린아이처럼 항상 현재의 시간에서 재미있게 살아가면 될 텐데.

조금 더 나아가니 B 코스가 시작되는 지점에 도착하였다. 왼쪽 길로 들어가면 B 코스 '오색꿈길'이고 오른쪽으로 계속 돌면 A 코스만 걷게 된다. A, B 코스 9km를 다 걷지 말고 A 코스 4.5km만 걷고 놀자고 한 딸이 엄마의 팔짱을 끼고 앞장서 오른쪽 A 코스 길로 갔다. 아들과 나만 B 코스로 갈 수는 없지 않은가? B 코스는 다음 기회에 걷기로 하고 아들과 나도 아내와 딸의 뒤를 따라 A 코스로 갈 수밖에 없었다.

처음부터 딸은 말했었다. "걷기도 하고 쉬기도 해야지. 아빠는 어딜 가면 걷기만 하려고 해. 아내와 딸을 데리고 좋은 데 왔으면 자연 속 주위 풍광을 감상하며 조용히 앉아 있기도 해야지. 맛있는 것도 사 먹고. 아빠는…." 그렇다. 나는 평생 열심히 살아왔기에 가만히 앉아 있으면 게으름을 부리는 것 같아서 그렇게 하지를 못한다. 이제는 은퇴하였으니 딸이 지적한 대로 여유를 갖고 살아야 하는데 그게 잘 안 된다.

조금 가니 멋진 호수길 전망대가 나왔다. 출발점에서 2km 정도 걸었을까? 호수 가운데로 길게 뻗어 나간 덱 전망대였다. 먼저 간 딸이 엄마를 전망대 끝에 서서 포즈를 취하게 하고 사진을 찍고 있었다. 전망대에 서니 감청색의 맑은 호수가 넓게 펼쳐졌다. 호수 건너편에 5월의 싱그러운 녹음을 가득 담은 산과 그 위로 구름 한 점 없는 파란 하늘이 호수를 둘러싸고 있었다. 그 시간 그 선경(仙境) 속에는 우리 가족 네 사람만이 들어와 있었다.

우리는 각자 전망대 난간에 기대서서 자연의 아름다움에 심취하였다. 딸이 선경(仙境) 속에서 호수를 응시하는 뒷모습을 사진에 담으니 이날 사진 중 최고의 작품이 되었다. 정적인 아름다움이 그윽한 깊은 자연 속에서 높은 하늘과 주위의 산과 숲을 다 담고 있는 깊은 호수를 응시하는 소녀의 뒷모습! 세상 어디 다른 호수에 가더라도 이만한 그림을 사진으로 찍어낼 수 있을까?

그곳에서 한동안 놀고 있자니 탐방객 한 커플이 왔다. 우리만 그 선경(仙境)을 차지하고 있을 수는 없었다. 우리는 그곳에서 나와 다시 걸었다. 조금 걸었더니 호숫가에 역시 덱으로 만든 가족 쉼터가 있었다. 차를 마시거나 간식을 먹으면서 쉴 수 있는 테이블과 멋진 사진을 찍을 수 있는 자리도 있었다. 우리는 호수길 전망대에서 실컷 쉬었기에 그곳에서 가족사진을 한 장 찍고 나왔다.

조금 더 가니 왼편에 쭉쭉 뻗어 올라 하늘을 가린 소나무 숲 삼림욕장이 있었다. 빽빽한 소나무 사이로 안락의자가 몇 개 놓여 있었다. 누워서 쉴만한 장소였다. 100m 정도 들어가니 줄이 쳐 있고 더 들어가지 말라는 팻말이 걸려 있었다. 넓은 삼림욕장은 아니어도 숲 속에 피톤치드가 가득 차있는 듯 느껴졌다. 우리는 잠시 머물며 스트레칭을 하고 심호흡을 하였다.

삼림욕장에서 나오니 오르락내리락 산길이 이어졌다. 타이타닉 전망대와 오솔길 전망대에는 들르지 않고 지나쳐 걸었다. 여전히 자작나무와 다른 나무로 만든 아기자기한 조형물들이 길옆에 설치되어 있었다. 탐방객들이 앉아서 쉴 수 있는 벤치도 마련되어 있었다. 봄의 한가운데서 나무들이 온통 연한 초록에서 진한 녹색으로 물들어 가고 있었다.

싱그러운 봄의 숲길을 걷고 우리는 망향의 동산으로 되돌아왔다. 입장료를 내고 받은 횡성군 상품권으로 아내와 딸은 시원한 물 한 병씩, 아들은 냉커피, 나는 따뜻한 허브티를 주문하여 샀다. 호숫가 화성정으로 가서 각자 선택한 음료수를 마시며 호수를 바라보고 앉았다. 주위에는 아무도 없었다. 저녁 시간이 되면서 분위기가 더욱 고즈넉하였다. 잔잔한 호수와 짙푸른 앞산을 바라보며 우리는 저녁 늦게까지 그렇게 앉아 있었다.

몇 년 전부터 아들과 함께 어디를 가면 아들이 운전을 한다. 가족 여행을 가면 자연스럽게 딸과 아들이 앞에 앉고 아내와 나는 뒷좌석에 앉는다. 아버지 어머니께서 살아계시던 때 내가 운전을 하니 아내와 내가 앞 좌석에, 아버지 어머니께서 뒤에 앉으셨는데…. 집으로 돌아오는 차 안에서 아버지 어머니 생각이 났다. 나는 세대의 흐름을 또 읽었다.

치악산 구룡사–세렴폭포

10월 하순 어느 날 OB 모임에서 치악산으로 가을 단풍산행을 갔다. 치악산 구룡탐방지원센터에서 구룡사를 거쳐 세렴폭포까지 가는 길은 많은 사람들이 즐겨 찾는다. 편도 3km, 왕복 6km가 조금 더 되는 거리인데 완만하여 걷기에 좋다. 그 전 해엔 설악산 한계령 아래 흘림골과 주전골을 거쳐 오색약수까지 가면서 가을단풍을 즐겼었다. 그런데 이번엔 나이 든 선배들을 생각해서 좀 더 쉬운 이 길을 택하였다. 천호동 렌트카 회사 앞에서 열한 명이 모였다. 총무가 12인승 스타렉스를 임차, 운전하여 치악산으로 출발하였다.

치악산 구룡탐방지원센터 주차장에 도착하여 차를 세웠다. 총무가 나눠주는 물과 간식봉지를 받아서 각자 배낭에 넣고 가을 트레킹을 시작하였다. 매표소까지 도로 옆으로 데크 길을 따로 만들어 놓아서 걷기에 좋았다. 매표소에서 총무가 65세 이상 선배들은(무료) 제외하고 OB들의 입장료를 지불하였다. 나는 이름난 큰 절이 있는 산에 돈을 내고 들어갈 때마다 기분이 좋지 않았다. 하지만 요즘은 마음을 바꿔 먹었다. "그래, 입장료 받아서 이 산과 나무들을 잘 관리하시오. 걷는 길도 자주 돌아보고 정비 잘하시고요."

구룡사로 들어가는 길은 시원한 계곡물을 우측에 두고 걷다가 우회전하여 계곡을 건너는 다리를 지나면 길이 두 갈래로 갈라진다. 좌측 길은 계곡물을 따라 데크로 만든 금강소나무 숲길이고 우측 길은 구룡사로 들어가는 길이다. 금강소나무는 황장목이라고도 하는데 조선 시대에 궁궐을 건축하는 데 사용하던 단단하고 질 좋은 소나무다. 매표소를 지나 들어오면서 황장금표(黃腸禁標)라는 표지판과 황장금표(黃腸禁標) 네 글자를 새긴 작은 바위가 있었다. 조선시대에 일반인들이 이 소나무를 벌목하는 것을 금지한다는 표지석이었다.

우리는 금강소나무 숲길은 내려오면서 걷기로 하고 구룡사로 가는 오른 쪽 길로 올라갔다. 다른 사찰과는 달리 일주문 위에 원통문(圓通門)이라는 명패가 붙어 있었다. 이 문을 지나면서는 둥글고 원만한 마음을 갖고 서로 통하는 사람이 되라는 뜻인가 보다.

부도탑을 지나 절 입구에 도착하니 수령이 200년이 넘은 커다란 은행나무가 노란 은행잎을 온몸에서 뿜어내고 있었다. 하트 모양의 노란 은행잎이 땅 속에서 뿌리와 줄기를 타고 계속 올라와 나무 위에서부터 아래로 한정 없이 흘러내리고 있었다. 은행나무 가까이 다가가자 하늘과 땅이 온통 노란 은행잎의 세상이었다. 장관이었다. 모두들 은행나무 주위를 돌아보고 절 안으로 들어갔다.

우리는 절을 돌아보고 나와서 우측에 있는 출렁다리로 올라갔다. 출렁다리에서 오른 쪽 아래 계곡을 내려다보니 계곡 아래 흐르는 물이 더할 수 없이 맑았다. 출렁다리 건너 조금 가니 왼편으로 전나무 숲이 보였다. 내가 그쪽을 쳐다보고 "저 숲길을 걸어야 하는데?" 했더니 총무가 "내려오면서 저 길로 걸을 겁니다. 아쉬워하지 말고 올라가시죠."라고 했다.

세렴폭포로 가는 길은 크게 오르막이 아니고 걷기 좋은 길이었다. 조금 올라가니 길 양편으로 갈색으로 물들어가는 활엽수 나뭇잎 속에 노랗고 빨간 단풍들이 자연의 패턴으로 수를 놓고 있었다. 우리 모두 직장 생활하던 때는 다들 젊었었는데 어느새 머리에 희끗희끗한 단풍이 들었다. 지난 시절을 이야기 하자니 정말 인생의 시간이 금방이다.

우리는 두세 사람씩 짝을 지어 이야기를 나누며 걸었다. 주로 근황들을 묻고 나누는 대화였다. 나는 '은퇴한 선배들이 어떻게 지내고 있는지?'가 궁금했다. 어떤 선배들은 여전히 일을 하거나 일자리를 찾고 있었다. 어떤 선배는 은퇴한 다른 친구들과 산에 다니고 노는 게 즐거움이라고 했다. 아내와 여행을 즐겨 다니던 선배 한 분은 요즘 아내의 건강이 좋지 않아서 여행을 다니지 못한다고 했다.

나는 은퇴시기와 노후의 삶에 대하여 다시 한 번 생각해보았다. 일을 해서 돈을 벌고 모을 때가 있고, 은퇴 후 자기가 하고 싶은 것을 하며 살 때가 있어야 한다. 인생의 단계마다 잘 살아야 한다. 일만 하고 돈만 벌다가 이승을 하직해서야 되겠는가? 모은 게 많든지 적든지 60~65살 정도, 아무리 늦어도 70살 전에는 은퇴하고 멋진 노후 생활로 들어가는 게 바람직하지 않겠는가?

인도 철학(힌두교)에서는 인생을 4단계(학습기-가주기-임서기-유행기)로 구분하여 살라고 가르친다.

◇ 태어나서 ~ 25-30세 학습기: 자라고 배우는 시기

◇ 25-30세 ~ 50-60세 가주기: 가족을 부양하고 부를 축적하여 가정을 안정시키는 시기

◇ 50-60세 ~ 75-90세 임서기: 집과 사회를 떠나 숲에 들어가 수행하며 사는 시기

◇ 75-90세 ~ 죽는 때·유행기: 거처를 떠나 완전히 무소유로 걸식하고 유랑하며 살다가 죽음

고대 인도에서는 인생 4단계를 출생-25세-50세-75세-죽는 때까

지로 25년 간격으로 구분하였다. 현대에 와서 의학의 발달로 사람의 수명이 길어지고 사회 활동 기간도 늘어서 나는 위와 같이 25~30년 간격으로 구분해보았다. 단계별 연수는 사람마다 건강상태와 단계별 준비상태에 따라 다르니 더하거나 줄어들 수 있다.

종교적인 면을 떠나서 우리 현대인의 삶에 적용해보자. 특히, 가주기와 임서기에 대해서 생각해보자. 누구나 일할 수 있을 때 열심히 일하고 때가 되면 은퇴하는 게 자연스러운 인생살이다. 정년을 연장하여 나만 계속 돈을 벌려는 사람들이 있는데 저와 제 가족만 생각해서야 되겠는가? 때가 되면 일자리를 후배들에게 넘겨야 한다. 요즘에는 많은 젊은이들이 학교를 졸업하고도 일자리가 없어서 취업을 못하고 있는 상황이다. 본인을 위해서도 인생의 후배들을 위해서도 때가 되면 가주기를 끝내고 임서기로 들어가야 한다.

인도 철학에서 말하는 임서기는 (가주기를 끝낸 다음에는) 집과 사회를 떠나 숲에 들어가서 수행하며 살라는 말이다. 이 고대 힌두교의 가르침을 현대를 사는 우리는 이렇게 해석해보면 어떨까? 일자리에서 은퇴하면 가장의 자리에서도 은퇴하고 다른 모든 사회적 지위도 내려놓고 오로지 자신이 살고 싶은 삶을 살라는 것으로.

은퇴 후엔 가정의 모든 사항을 아내에게 넘기고, 자식은 성인이 되었을 테니 제 앞길 제가 알아서 가게 하고. 정치와 경제, 사회 문제는 이제 후배들에게 맡기고... 우리는 물러나 나서지 말자. 내가 살고 싶은 삶이나 잘 살자. 그 동안 내가 하고 싶었던 것들을 하자. 인생을 함께하고 싶은 사람들과 만나 즐겁게 지내자. 여행가고 싶은 곳이 있으면 망설이지 말고 가자. 언제 죽음이 우리를 부를지 모른다. 은퇴 후 임서기는 인생길에서 진정한 내 삶을 살 수 있는 아주 좋은 시기다.

구룡사에서 나와 20분쯤 걸었을까? 좌측으로 화장실과 금강솔빛 생태학습원이 있었다. 우리는 그곳에서 쉴 자리를 찾아 앉아서 물을 마시고 쉬었다. 주위에 알록달록한 단풍들을 바라보면서 한참 동안 이야기꽃을 피우며 놀았다. 다시 일어나서 좀 더 올라가니 우측으로 계곡물 쪽으로 내려가는 구룡 자연관찰로가 있었다. 하지만 우리는 그냥 걷기 좋은 큰 길로 계속 올라갔다.

조금 더 올라가니 계곡물이 우리가 걷는 길 우측 옆으로 바짝 다가와 있었다. 계곡물은 군데군데 작은 폭포를 이루며 흐르고 있었다. 불현듯 물이 생기가 있어 뛰노는 듯 보였다. 생태학습원에서부터 30~40분쯤 올라왔을까? 우측 계곡 위에 철제 다리가 보였다. 철제 다리를 건너 우측으로 2.7km 오르면 비로봉이라는 이정표가 있었다.

우리는 우측 철제다리를 건너지 않고 물길 따라 계속 올라갔다. 조금 오르니 좌측 골짜기에서 물이 흘러나오는데 작은 폭포가 보였다. 우리의 목적지 세렴폭포다. 세렴폭포는 우리가 막연히 기대하던 우람한 폭포는 아니었다. 2단인지 3단인지로 보이는 작은 폭포였다. 그래도 탐방길의 목적지로 표기될만한 폭포였다.

우리는 늦은 점심을 먹기 위하여 세렴폭포 맞은 편 물가 위 언덕으로 올라갔다. 열한 명이 앉을 수 있는 자리를 찾았다. 빙 둘러앉아 각자 싸온 점심과 총무가 특식으로 준비한 떡과 고기를 펼쳐 놓았다. 건배주로 막걸리 세 병이 나왔다. 한 컵씩 따라서 들고 제일 고참 왕상무님이 건배사를 했다. "나이 들어보니 마누라도 자식도 친구도 돈도 건강이 있어야 소용이 있지, 건강을 잃으면 다 소용없습디다. 건강을 제일로 챙겨야 합니다. 자, 건강 제일!" 우리는 다 함께 "건강 제일!"을 복창하고 건배주를 마셨다. 왕상무님이 한 말씀 더하셨다. "저녁은 내가 살 테니 이 근처에서 제일 좋은 데로 갑시다." 모두들 "와우! 감사합니다."를 연발하였다.

하산 후 총무가 인터넷으로 맛집을 찾아보고 횡성한우식당에 가서 비싼 쇠고기를 먹었다. 왕선배님이 큰돈을 내셨다. 이 선배님은 술을 잘 드시지 않아서 (내 기억에) 현직에 있을 때는 밥이나 술을 잘 산 것 같지는 않다. 그러나 은퇴 후엔 기회 있을 때마다 잘 내신다. 선배가 베풀며 노년을 사시니 정말 보기 좋다. 참으로 본받을 모습이다. 산악대장인 북한산 형님은 산행코스 답사하고, 사진 찍느라 사진에도 안 나오고…, 숨은 수고를 아끼지 않으셨다. 총무는 산행 준비하고 회원들 챙기고 운전하느라 좋아하는 술도 마시지 못하고 종일 수고했다. 다 감사한 일이다.

치악산 영원사 오르는 길

5월 어느 토요일이었다. 휴일이고 우중충한 날씨 탓에 우리 가족은 모두 늦잠을 자고 9시가 넘어서야 일어났다. 굵고 강한 비는 아니지만 비가 내리고 있었다. 일기예보를 보니 강수량이 많지는 않아도 종일 가는 비가 오락가락한단다. 우리는 잠시 계획한 가족 나들이를 갈까 말까 망설였다. 하지만 자주 있는 기회가 아니니 가기로 했다. 각자 씻고 챙기고 아점을 먹고 12시가 지나서야 치악산으로 출발하였다. 딸이 등산은 안 되고 오래 걷는 것도 사양한다고 하니 나는 금대분소에서 영원사까지 편도 2.4km, 왕복 4.8km 숲길을 걷자고 했다.

금대분소 조금 못미처 빈터에 주차하였다. 비가 부슬부슬 내려서 우리는 각자 우산을 받쳐 들고 올라갔다. 금대 에코힐링 야영장을 돌아보고 영원사를 향해 걷기 시작했다. 계곡을 따라 걷는 산속 숲길 좌우에 있는 나무마다 어린 초록 잎을 돋우고 있었다. 조용히 비가 내리니 초록 산천은 더욱 운치가 있었다. 아내와 딸이 나란히 걸으며 이야기를 나누면 자연히 아들과 내가 짝이 되어 이야기하며 걸었다. 어떤 때는 자연스럽게 아내와 아들이, 그리고 딸과 내가 짝이 되어 대화하며 걸었다. 딸과 아들이 짝이 되고 아내와 내가 짝이 되어 걷기도 하였다. 참으로 아름다운 가족 나들이 모습이었다.

계곡을 따라 걷는데 처음에는 계곡의 우측에 길이 나 있었다. 어느 정도 걷다 보니 다리를 건너 계곡의 좌측에 난 길로 걷게 되었다. 1.5km쯤 걸었을까? 다시 또 다리를 건너 계곡의 우측 길이 되더니 경사가 가파른 오르막길이 나왔다. 오르막을 오르지 않고 계곡 물가로 난 길이 있었다. 이 길을 따라가면 산속의 마을로 간다고 한다.

우리가 가야 할 곳은 영원사였다. 급경사의 오르막길을 50m 정도 오르니 길이 오른쪽으로 굽어지면서 좌측에 영원사라고 쓰인 큰 명주석이 나타났다. 명주석을 지나 조금 오르니 길이 다시 완만해지고 멋진 침엽수림 속을 걷게 되었다. 침엽수림 길이 길지는 않았지만 이만큼 멋진 산속 숲길이 어디 또 있을까? 하는 생각이 들었다. 깊은 산 속에 잘 닦여진 이 길은 영원사로 드나드는 사람과 차량만이 다니는 길이다. 이날 통행하는 사람도 차량도 거의 없었다. 길에서 딱 한 사람만이 느리게 걷는 우리를 지나쳐 갔다. 차량도 딱 한 대, 국립공원 관리차량만 지나갔다.

우리는 영원사로 들어가기 전에 절 아래 있는 정원의 철쭉 꽃밭에서 멋진 가족사진을 찍었다. 아들이 돌 위에 핸드폰을 올려놓고 타이

머를 작동하고 쫓아와서 찍은 넷이 나란히- 아빠, 딸, 아들, 엄마 순으로 -서 있는 사진이었다. 내리는 비는 아주 가늘어지고 오락가락하였기에 우산을 쓰지 않고 사진을 찍을 수 있었다.

꽃밭 한편에 탑이 세워져 있었다. '토종벌 사육농가가 기술부족으로 벌을 죽이고 꿀을 거두어 생명을 수천 년간 살생하였기에 위로하여 위령탑을 세워 드린다.'라는 내용이었다. 토종벌 위령탑이라니 의아했다. 종교마다 정도는 다르지만 무고한 살생을 금하라고 가르친다. '사람마다 배운 바가 다르고 생각하는 바가 다르니 이런 탑도 세워지는구나.' 하는 생각이 들었다.

영원사는 676년(신라 문무왕 16년)에 의상대사가 영원산성의 수호사찰로 창건하였다고 한다. 그러나 워낙 깊은 산 속에 있는 절이다 보니 제대로 유지관리가 되지 않았다. 1564년(조선 헌종 5년)에 인환 스님이 중건하였다. 그 뒤 폐사되었다가 1900년대 들어서 중수와 중창을 거듭하였다. 현재의 모습은 1990년에 무이 스님이 주지로 부임한 후 중창한 모습이다.

절에 올라가니 전각은 대웅전과 범종각, 조금 올라간 산 위에 산신각 그리고 요사채 두 채가 전부였다. 절 마당 한가운데 큰 나무가 있고 그 아래 평상이 있었다. 우리는 평상에 앉아서 간식을 먹으며 놀았다. 절은 사방팔방이 산으로 둘러싸여 있었다. 밭뙈기 하나도 볼 수 없었다. 세속의 소리 하나 들리지 않고 간간이 푸드득 날아오르는 새소리만 들렸다. 종일 내린 비로 싹 씻긴 주위의 산은 깨끗하고 싱그러웠다.

이날 우리는 절 아래 정원과 절 마당에서 거의 한 시간가량 머물렀지만 스님 한 분 보지 못했다. 비가 부슬부슬 내린 탓인지 방문객도 없었다. 사찰과 주위의 산속이 완전히 우리 가족 네 사람의 세상이었다. 영원사에서 해발 1,181m의 남대봉까지는 3.2km다. 1시간 반 내지는 2시간쯤 등산하면 오를 수 있다. 영원산성은 600m 위다. 15~20분 정도만 올라가면 된다. 하지만 우리는 더 올라가지 않고 절 마당에서 쉬고 놀다가 내려가기로 했다.

영원산성은 1291년(고려 충렬왕 17년) 몽골의 일족이 고려에 침입했을 때 몽골족을 물리쳐 나라를 구한 성지다. 그 당시 충렬왕은 강화도로 피신하고 몽골족이 원주 이북 대부분을 점령한 상태였다. 당시 원주 향공진사였던 원충갑이 이 산성을 근거지로 삼아 원주 백성들과 함께 적과 치열한 싸움을 벌여 승리함으로써 적을 퇴각하게 했다. 그러나 1592년(선조 25년) 임진왜란 때는 원주 목사 김재갑이 이곳에서 왜군과 싸우다 아들, 부인과 함께 전사한 아픈 역사도 있는 곳이다.

우리는 깊은 산 속 한적한 절 마당에서 충분히 쉬고 내려왔다. 내려오면서 보는 자연의 모습은 올라오면서 보던 모습과는 또 다른 감흥을 자아냈다. 절 아래 계곡 옆으로 심긴 싱그러운 초록빛의 나뭇잎과 땅 위를 가득 덮은 또 다른 초록빛의 야생풀잎들이 눈에 가득 들어왔다. 비 갠 후 물 머금은 풀잎들이 살포시 내리는 햇빛을 받으니 너무나 황홀한 풍경이 되었다. 그 광경을 사진에 담으

니 천상 세계 숲의 모습이 이렇지 않을까? 하는 생각이 들었다.

치악산 금대계곡의 걷기 좋은 숲길을 걷는데 금대분소에서 영원사까지 편도 2.4km, 왕복 4.8km는 좀 짧게 느껴졌다. 다음에는 국도에서 영원사 방향으로 갈라지는 삼거리를 지나 조금만 들어가면 만나는 함박골 주차장에 주차하고 걸어야겠다. 함박골 주차장은 금대분소로 올라오기 1.2km 전에 위치하고 있다. 거기서부터 걸으면 편도 3.6km, 왕복 7.2km이니 적당한 거리이지 않을까?

우리는 원주에 왔으니 박경리(1926~2008)의 자취를 찾아보기로 했다. 먼저 대하소설 토지의 작가 박경리가 세운 토지문화관(원주시 흥업면 매지리)으로 갔다. 1999년 개관한 토지문화관은 문학인들에게 창작공간을 제공하고 다양한 문화 행사를 개최하는 장소다. 우리는 1층 전시관에서 그녀의 과거 진주여고 시절 사진과 옷, 친필 시 등을 돌아보았다. 6시 문 닫는 시간까지 관람을 마치고 옆에 그녀가 생애 마지막 10여 년(1998~2008) 동안 살던 집을 돌아보았다. 주차장으로 내려오면서 문화관 앞에 있는 그녀의 동상에도 가보았다.

그다음 우리는 원주 시내 단구동에 있는 박경리 문학공원으로 이동하였다. 이 공원은 그녀가 서울에서 이주해온 후 19년(1980~1998) 동안 살던 집과 주변을 공원화한 것이다. 토지는 1969년부터 1994년까지 26년 동안 쓴 소설이다. 작가는 이곳에서 토지의 후반부를 썼다. 우리는 그녀가 살던 옛집과 정원을 살펴보았다. 집 뒤로 돌아 들어가서 토지의 배경이 된 평사리마당, 홍이동산, 용두레벌 등 토지의 3개 테마공원도 돌아보았다. 박경리 문학의 집과 북카페는 문을 닫아서 들어가 보지 못해 아쉬웠다.

치악산 상원사 오르는 길

2월 말에 시작된 코로나 전염사태로 한음회 친구들과 산에 간지가 언제였던가? 1주일이 멀다 하고 자주 만나던 여자들도 만난 지 오래된 모양이다. 실내에서 만나 차를 마신다든지 밥을 먹기가 조심스러웠기 때문이다. 8월 말 유난히 길었던 장마가 끝났는데도 매일 비가 한두 차례 쏟아졌다. 이래저래 집에만 갇혀 있으니 더위에 짜증 나고 갑갑했다. 실내에서 만나는 것은 어렵더라도 산에야 함께 갈 수 있는 것 아닌가? 8월 말 한음회 친구들 중 분당 지역에 사는 세 여사와 용인 후배와 나, 다섯이 어디든지 좀 멀리 바람 쐬러 가기로 했다.

우리는 목적지를 치악산 상원사로 정하고 출발하였다. 상원사는 보은의 꿩 이야기가 있어서 잘 알려진 절이다. 까치로 이야기하기도 하는데 꿩이 맞다. 상원사에 전해 내려오는 설화를 정리해보면 이렇다. 천 년 전쯤 고려 초에 젊은 선비 한 사람이 개성으로 과거시험을 보러 가는 길이었다. 이 산을 넘는데 꿩의 다급한 울음소리가 들렸다. 가까이 가보니 큰 구렁이가 둥지에 있는 꿩 새끼들을 잡아먹으려 하고 있었다. 새끼들과 아비 어미 꿩이 혼비백산하여 울부짖고 있었다. 젊은이가 활을 쏘아 구렁이를 죽이고 그들을 구해주었다.

그날 밤 선비는 산속에서 혼자 사는 여인의 외딴집에서 유숙하게 되었다. 새벽에 그 여인이 구렁이로 변하여 선비를 칭칭 감고 말했다. "네가 낮에 죽인 구렁이가 내 남편이었다. 남편과 나는 때가 차서 함께 승천하려고 하였는데 네가 내 남편을 죽였으니 너는 죽어 마땅하다. 혹 산 위에 있는 폐사의 종이 세 번 울리면 하늘의 뜻으로 알고 너를 살려주마." 이 새벽에 누가 폐사된 절의 종을 울려준단 말인가? 선비는 죽기를 각오하였다. 그런데 놀랍게도 종이 세 번 울렸다. 구렁이는 선비를 살려주고 승천하였다.

새벽에 선비가 산 위 절의 종루에 가보니 꿩 세 마리가 머리가 터져 죽어 있었다. 자신들의 머리로 종을 쳐서 선비를 살리고 죽은 것이다. 젊은 선비는 생명과 보은에 대하여 크게 깨달았다. 과거시험 보기를 포기하고 속세로 내려가지 않았다. 폐사된 절을 다시 짓고 이곳에서 도를 닦고 살았으니 바로 지금의 상원사다. 이 산의 원래 이름은 적악산(赤岳山)이었는데 갸륵한 보은의 꿩을 생각하여 꿩 치(雉)를 써서 치악산(雉岳山)으로 바꿔 부르게 되었다. 이 절은 해발 1,000m가 더 되는 높은 곳에 위치한 것으로도 유명하다.

성남탐방지원센터를 지나니 도로 폭이 좁아져서 차 한 대만 겨우 다닐 수 있었다. 길 양옆으로 나무들이 우거져서 길 위에 그늘을 만들어주니 깊은 산 속에 들어온 분위기가 확 느껴졌다. 평일이고 코로나 사태로 방문자가 거의 없어서 다행히 마주치는 차는 없었다. 깊은 산 속의 멋진 숲길이었다.

산속 숲길을 한참 올라가다 보니 왼편에 주차장이 있었다. 아무 표시도 없는데 차량 20대쯤 주차할 수 있는 부지였다. 상원사로 올라가는 탐방로가 시작되는 상원골주차장에는 10대 정도 주차할 수 있다고 했다. 새로 만든 주차장인 듯했다. 그곳에 차를 세우고 나와서 이정표를 보니 우리는 성남탐방지원센터로부터 2.2km 올라와 있었다. 이곳에서부터 상원사까지 거리는 3km였다. 우리는 배낭을 메고 걷기 시작했다.

400m를 올라가니 상원골 주차장이 나왔다. 차량이 10대쯤 주차해 있었고 더 이상 주차공간이 없었다. 여기서부터 상원사까지는 2.6km인데 등산로였다.

코로나 사태로 지난 3월 봄부터 우리는 등산을 못 다녔다. 그래도 지난해까지는 청계산과 광교산에 수없이 등산을 다녔던 우리가 아닌가? 2.6km 등산이니 1시간 반이면 상원사에 도착할 수 있다. 힘들면 중간중간 쉬고 몸 상태에 맞춰 천천히 오르면 된다. 빠르게 오를 이유가 없다.

세 여사가 우측에 있는 화장실에 다녀온 후 우리는 상원사 탐방로로 들어섰다. 하루 전날까지도 비가 내려서 계곡 물의 양이 엄청나게 많았다. 곳곳에 크고 작은 폭포를 이루고 물거품을 일으키며 흐르니, 웅장한 물소리가 계곡을 가득 채우고 있었다. 정말 장관이었다. 긴 장마에 이어 태풍 '바비'에, 무엇보다도 코로나 사태로 지난 6개월 동안 집과 동네에 갇혀 있다가 경이로운 자연 속에 들어와 걷자니 모두들 경탄해 마지않았다.

걷는 길 양옆과 또 머리 위 하늘을 가득 채운 녹음의 숲 속에 우리 다섯 사람만이 걷고 있었다. 하늘도 보이지 않는 이 깊은 치악산 상원골에서 계곡 물소리를 들으며 우리는 한 발 한 발 더 깊은 자연 속으로 들어가고 있었다. 이 시간만큼은 우리는 속세를 떠나 숲 속에서 노는 정령들이었다.

계곡 물 위에 놓인 철제 다리를 이리저리 건너며 상류로 올라갔다. 점심때가 되어 계곡 물가에 우리 다섯 사람이 앉을 만한 자리를 잡고 둘러앉았다. 아침에 느닷없는 아내의 제안으로 오게 된 소풍이었다. 그래도 점심 도시락은 준비해 왔다. 아무도 없는 깊은 산 속 시원한 계곡 물가에서 우리는 천상의 오찬을 먹었다. 과일도 먹고 커피도 마시고 물놀이도 하였다. 충분히 쉬고 다시 출발하였다.

탐방로 시작지점부터 800m~900m쯤 들어가니 계곡이 끝나고 오른쪽 산으로 오르막이 시작되었다. 우렁찼던 물소리가 저 아래로 멀어지고 들리지 않았다. 회장님은 물소리가 너무 시끄러워서 심란했는데 조용해서 좋단다. 그렇지만 이제는 길이 가팔라지니 오르기가 만만치 않았다. 본격적인 등산이 시작되었다. 얼마쯤 오르자니 땀이 그야말로 비 오듯 쏟아졌다. 비 온 후 계곡과 산속에 습기가 많았기 때문이다. 세 여사가 이구동성으로 항의(?)하였다. "우아하게 숲길을 걷는 줄 알았는데, 왜 이렇게 힘들게 등산하는 데로 데리고 왔어요?"

숲 속 계곡 길을 걸을 때만 해도 "천국이 여기다!"라고 말하더니 등산길로 오르기 시작해서 힘이 들고 땀이 쏟아지니 투덜거렸다. "그만 가자. 우리 여자들은 여기서 돌아갈 테니 남자 두 분만 다녀오세요." 여자뿐 아니라 남자도, 아니 모든 사람이 거의 다 그렇다. 좋은 때는 희희낙락 하다가도 어려운 때는 징징거리는 게 사람이다. 그렇지만 어쩌겠는가?

"반 이상 올라왔으니 오늘 역사를 씁시다. 우리가 언제 또 상원사에 오르겠습니까? 올라가면 경치 끝내준답니다." 나는 세 여사에게 이렇게 말하며 기운을 북돋워 주었다. 우리는 등산길 1.7km를 오르는데 두 번을 쉬었다. 600m쯤 오르고 쉬고 또 600m쯤 오르고 쉰 셈이다. 점심을 잘 먹었는데도 쉴 때마다 초콜릿 과자와 포도로 당을 보충하고 땀이 완전히 마를 때까지 충분히 쉬었다.

상원사 바로 밑에 도착하니 절벽 위에 지어진 작은 집 한 채와 전나무 한 그루가 멋지게 보였다. 절에 오르는 길 좌측에 줄지어 탐스럽게 핀 수국이 우리를 반겨주며 진한 꽃향기를 내뿜었다. 우측에는 사찰에 사는 사람들이 가꾼 밭이 있었다. 오르막을 다 올라 우측 절 입구로 가는 길가에 심긴 구절초가 활짝 피어 우리를 향해 줄지어 인사를 하였다. 올라온 길을 돌아보니 가까운 산과 먼 산 십여 개가 겹쳐 보여서 장관이었다. 우리가 엄청 깊고 높은 산 속에 들어와 있음을 실감하였다.

절에 오르니 정면에 보이는 건물이 심검당이었다. 심검당 앞에서 우측으로 올라가니 건물 바깥에 석조불상이 있고 그 옆으로 대웅전이 있었다. 대웅전 앞쪽에 두 개의 탑이 있고 탑 너머 절 아래서 보았던 멋진 건물이 있었다. 가보니 보은의 설화가 담긴 범종각이었다. 범종각은 낭떠러지 위에 서 있었다. 범종각에서 대웅전을 바라보며 우측으로 넓은 바위 덩어리가 길게 늘어져 있었다. 누가 먼저랄 것도 없이 우리 다섯 사람은 그 바위로 갔다.

바위 가까이 가니 앞이 탁 트여 전망이 아주 좋았다. 아래로는 절벽이었다. 바로 앞산부터 먼 산까지 산들이 겹쳐져서 멋지게 파노라마를 연출하고 있었다. 너른 바위 위에 각자 자리를 잡고 등산화와 양말을 벗고 편한 자세로 앉았다. 모두 함께 올라오길 정말 잘했다. 정말이지 우리가 언제 또다시 상원사에 올라와 보겠는가? 다들 60이 넘었으니 다시 또 올라올 기회는 없을 듯하다. 회장님이 말씀하셨다. "속지 않고는 이런 데 못 와보겠네요." 내가 대답했다. "그러니 속길 잘했지요? 하하. 힘들게 올라왔으니 여기서 한 시간 동안 망중한을 누리고 내려갑시다. 언제 또 오겠습니까?"

우리는 앞으로 산들의 파노라마를 바라보며 마냥 쉬었다. 쉬다가 심검당으로 내려가서 좌측 계단으로 올라 영산전을 돌아보고 산신각에 올라가 보았다. 산신각 앞에서 상원사 전체와 앞산의 전망을 내려다보니 참으로 멋진 곳이었다. 그래, 천 년 전 그때 그 젊은이(지금의 우리에게 먼 선조 되는 분)가 과거시험 보러 가지 않고 여기서 살기로 한 것이 얼마나 잘한 결단이었나! 속세에서 벼슬아치들과 아귀다툼하며 사는 것보다 여기 멋진 자연 속에서 사는 게 훨씬 낫지!

이날 우리는 3km 오르는 데 세 시간이나 걸렸다. 보통 사람들은 한 시간 반 정도면 오른다는데…. 하지만 나이 들어서도 이렇게 이야기가 있는 멋진 산에 오를 수 있다는 게 얼마나 큰 축복인가? 앞으로 건강하게 살아갈 날이 10년 남짓이다. 하고 싶은 것 있으면 하고, 가고 싶은 데 있으면 가야 한다. 그렇게 적극적으로 살다 보면 더 오래 건강하게 잘 살 수 있지 않을까? 수명이 다할 때까지 건강하게 살다 간다면 얼마나 아름답고 행복한 인생이겠는가? 이날도 행복한 하루였다.